린도스 성의
  올리브나무

린도스 성의 올리브나무

김홍정 지음

등장인물

　나 : 극장에서 간판그림을 그리던 미술과 출신 화가
　연서(쑤) : 미술학원을 운영하다가 그리스로 가서 그림을 그리는 화가
　주루 : 중국에서 청동기물을 만들던 주동의 손녀. 홈쇼핑 기획자
　카잔카 : 로도스 섬의 관광 안내인
　루나 : 기긴기의 여동생. 린도스 싱안 신전 올리브나무 관리
　레아 : 로도스 섬 저자거리 귀금속 상점의 여인
　마리스 : 린도스 성으로 가는 골목길 아트 플라자 대표
　아레아스 : 마리아의 삼촌. 로도스 섬 출입국 관리
　야니스 : 로도스 섬의 선원이자 거리의 사람
　사바니니 : 로도스 해변 호텔거리의 카페 티케의 여 점원
　리고르스 : 산토리니 섬 포도농원의 주인
　우미향 : 아에로페 갤러리 사장

목차

1. 카잔카   9

2. 연서 1   43

3. 레아   57

4. 주루   71

5. 마리스   105

6. 아레아스   117

7. 야니스   133

8. 연서 2   161

9. 사바니니   181

10. 쑤   209

11. 리르고스   247

12. 우미향   265

13. 카페 '린도스 성의 올리브나무'   283

[작가의 말]   300

카잔카 1

「밤이 깊도록 화덕 옆에 앉아 있으면, 행복이란 포도주 한 잔, 밤 한 톨, 허름한 화덕, 바다 소리처럼 참으로 단순하고 소박한 것임을 알게 되지.」

익숙한 글. 화실 벽에 붙인 '그리스인 조르바' 7장 첫 문장. 그 문장을 적은 연서의 마지막 그림엽서에는 로도스 인장이 찍혀 있다. 린도스 성의 흐릿한 성벽과 신전을 배경으로 한 그루 올리브나무가 선명하다. '에게해를 건너는 꿈에 나타난 성' 부제가 붙어 있고, 올리브나무 그늘에 연서 서명이 있다.

1

 홈쇼핑에 사표를 내고 두 달이 지난 후 로도스로 가기 위해 한국을 떠났다. 연서가 보낸 엽서 로도스 그림 연작은 온통 올리브나무들이다. 3년 전, 겨울 휴가에서 돌아와 받은 첫 엽서에는 로도스 동남쪽 절벽 위 린도스 성과 성의 광장 아테나 신전 벽 앞의 올리브나무가 그려져 있다. 연둣빛 나무는 굳게 닫힌 성벽 앞에서 햇빛을 받고 은빛으로 반짝인다. 세찬 바람에 흩날리는 나뭇가지들이 나무 둥치가 기운 방향으로 기울고 있다. 홀로 외로움을 견디는 모습이다. 오랫동안 기억으로 남은 연서의 모습과 다를 게 없다.

 연서는 로도스로 직접 가지 않고 터키에서 오래 머물렀다. 그녀가 보낸 엽서 그림은 보스포르스 해협을 이은 다리나 골목 풍경, 작은 가게 앞 둥그런 탁자에 둘러앉은 사내들, 황금빛 지붕을 가진 모스크 등이 주 소재다. 모스크를 배경으로 그린 거리 풍경에 트로이 호텔 간판이 선명하다. 구글 검색창에서 알게 된 정보로는 '바자르 가는 길'이란 부제가 붙은 트로이 호텔은 이스탄불 그랜드 바자르와는 상당히 먼 외곽에 있다. 관광객들이 올린 사진 속 트로이 호텔은 허름하고 낡은 골목들이 이어진 거리 끝에 위치한다. 트로이 호텔 주변 풍경을 그린 것으로 보아 연서가 그 호텔에 머물렀을 것이다. 연서가 보낸 그림들을 늘어놓고 순서대로 검색하면 그 끝 그림은 카파르 차르쉬(그랜드 바자르) 풍경이다.

곧장 로도스로 가지 않고 이스탄불에 머물기로 작정한 것도 실은 연서가 다닌 길을 따라서 걸어보고 싶기 때문이다. 연서의 엽서에서 이름을 알게 된 여행사에 항공편을 부탁하자 고객지원부 차장이라 밝힌 여직원은 이스탄불 호텔을 권했다.

"안전이 우선입니다."

그녀는 다른 호텔에 머물면 여지없이 당신은 사기꾼이나 소매치기들에게 손해를 당하게 될 것이라고 확신에 찬 어조로 경고한다.

"이스탄불 호텔은 소피아 성당을 걸어서 다닐 수 있거든요, 잘 선택한 것을 알게 될 겁니다."

그녀의 목소리는 밝고 즐겁다. 그녀의 권고에 따르기로 하고 예약을 부탁했다.

이스탄불 호텔은 깔끔하고 화려하다. 품격을 지키려는 지배인이나 벨보이와는 달리 단체 관광객들로 늦은 밤까지 북

새통이다. 이른 아침 짐을 챙겨 카파르 차르쉬로 가서 연서가 보낸 그림 속 길을 거슬러 걸어 저녁이 되어서야 겨우 트로이 호텔에 도착했다.

트로이 호텔은 트로이 목마를 연상하도록 로비를 꾸몄으나 한국의 어느 지방 유흥가 골목 끝 풍차 네온사인이 돌고 있는 여관과 다를 바 없다. 트로이 호텔을 굳이 선택한 것은 값싼 숙박비에도 아침 식사를 제공하기 때문만은 아니다. 연서가 보낸 엽서 속 올리브나무 그림이 성처럼 긴 돌담을 지닌 호텔의 로비에 걸려 있기 때문이다. 린도스 성의 올리브나무. 그림 앞에서 서성거리고 있을 때, 눈치 빠른 트로이 호텔 매니저는 지나가는 말로 참견한다.

"그 그림 아주 좋지요? 우리 호텔 손님들은 아마 다 좋아하실 겁니다."

"누가 그린 그림이죠?"

"그긴 모르죠. 우리 사장님이 사신 것이니까요, 어쩌면 안탈랴는 알고 있겠지요."

"그가 누군데요?"

"모든 문제를 해결하지요. 걱정하지 마세요. 들어오는 대로 곧 불러드리죠. 들어올 때가 되었어요. 손님과 함께 나갔는데, 이 시간이면 돌아옵니다. 그는 어김없이 시간을 지키니까요. 기다리시면 방으로 방문합죠. 가시죠. 가방은 제가 들어야 합니다."

그는 가방을 챙겨 작은 엘리베이터 앞에 섰다. 엘리베이터 안에는 아침 식사 안내와 간단한 숙박 규칙 외에 작은 그림 몇 개가 붙어 있다. 눈에 익숙한 모스크 그림들이다.

안탈랴는 삼십 분이 채 지나기 전에 방으로 왔다. 안탈랴에게 연서의 그림엽서를 보여주자 "오호, 이 그림 너무 잘 알죠." 호들갑을 떤다. 그는 연서가 아내인지 딸인지를 먼저 묻고, 자신이 연서를 데리고 나가 멋있게 사진을 찍을 수 있는 자리로 아주 싼 가격에 안내했다고 덧붙였다.

"친구, 내가 작지만 아름다운 그녀에게 했던 훌륭하고 만족할 서비스를 할인된 헐값에 제공하고 싶군요."

안탈랴는 연서를 한국인 사진작가로 정확하게 기억하고 있다고 말하지만, 그 말을 믿을 수 없다. 연서는 작지도 않고, 누가 봐도 그저 평범한 외모다. 그의 거짓말을 나무랄 필요는 없다. 물론 그를 가이드로 선택하지도 않았다.

다음날 트로이 호텔에서 보스포르스 해협으로 나가는 골목길을 종일 걸었다. 다른 가이드들도 그와 다르지 않다는 것을 알게 되는 데까지 오래 걸리지 않았다. 골목길마다 펼친 탁자에 둘러앉은 사내들은 어김없이 모두 가이드를 자청하고, 자신들은 아주 싼 가격으로 자신들만이 알고 있는 경관을 보여줄 수 있다고 떠든다. 어떤 이는 앉아 있던 자리에서 일어나 앞장서면서 재촉한다.

그들은 트로이 호텔 인근 에페소 맥줏집에서 낮이나 밤이나 맥주를 마시며, TV 앞에 줄지어 앉아 축구 중계를 본다. 특히 베식타쉬jk 팀의 경기가 있는 날이면 경기장으로 가지 못한 사람들까지 거리의 TV 앞으로 몰린다. 그들의 집에 TV가 없어서가 아니다. 축구 경기의 열광을 다른 사람들과 함께 누리기 위한 선택이다. 그들에게 축구는 전쟁이다. 게다가 챔피언스 리그에서 베식타쉬jk가 예선을 통과한 이후 더욱 그랬다. 저녁 일찍 맥주를 사 들고 TV를 잘 볼 수 있는 자리를 선점하고 경기를 기다린다.

연서가 이곳에서 무엇을 했는지 전혀 알 수 없다. 다만 시간을 보내는 일이 어렵지 않았을 것이다. 거리 곳곳에 이젤을 펼치고 현장에서 그림을 그려서 파는 숱한 거리의 화가들을 봤기 때문이다. 연서의 실력이라면 하루에 그림 한두 점 파는 것이 힘든 일은 아니다. 내가 터키에서 예정보다 더 오래 머무르게 된 것도 생각보다 쉽게 재료 원가보다 열 배 이상의 가격으로 그림을 팔 수 있기 때문이다.

값싼 페인트를 사용하여 빠른 속도로 그려내는 그림에 대해 사람들은 호기심을 보인다. 불법 영업을 단속하는 경찰이 누려웠으나 거리를 걷던 경찰도 호기심을 가지고 내 옆에서 한참 머물곤 한다. 그에게 3호(엽서 3장) 정도의 그림 한 점을 선물로 주겠다고 하자 그는 한사코 사양한다. 둘러선 사람들의 눈치를 살피던 그는 20유로 지폐 한 장을 내고 웃으면서 그림을 가져갔다. "아주 훌륭해!" 그는 활짝 웃으며 훌륭한 거래라고 여러 차례 반복했다. 그 돈으로 트로이 호텔 인근의 맥줏집에서 에페소 맥주를 넉 잔이나 마시면서 축구 경기를 시청했다. 그 경찰은 다른 동료를 데리고 왔고, 그 동료도 3호짜리 다른 그림을 샀다. 거리에서 그림을 그리고, 그 그림을 판 돈으로 음식과 숙박을 해결하게 되자 머물기로 작정한 한 달이 지루하지 않게 지났다. 축구 시청 때문인지, 그림 파는 재미인지는 알 수 없으나 이스탄불에 더 오래 머물러도 불편할 것은 없을 것이다. 하지만 서둘러 로도스로 가기로 작정했다.

"내일부터 여기 올 수가 없어요. 로도스로 가려고요."
"아, 그래요? 로도스라고요? 좋지요. 에게해의 섬들은 터키 땅이었으니 이곳과 다를 게 없소. 로도스로 가는 길은 이 아라라트가 도울 수 있는 일이지요."
에페소 맥줏집 주인은 괜찮다고 사양해도 자기 승용차로 페티에 항구까지 데려다주겠다고 했다. 페티에 항구에서는 한 시간 간격으로 로도스로 직접 가는 카페리가 있다. 아라라트는 하루도 거르지 않고 에페소 맥주를 팔아주고 가게 앞, 거리 풍경을 그려준 답례라고 크게 웃는다.
다음 날 이른 아침, 그의 말을 믿지도 않았고, 서두를 것이 없는 여정이라 게으름을 떨고 있는데 그가 방문을 열고 들어오며 호들갑을 떤다.

"약속을 지키는 것이 이스탄불 상인들의 오랜 습성이야."

그가 창문을 열자 아침 햇살이 방으로 쏟아진다. 창으로 보이는 붉은 지붕들 사이 우뚝 솟은 모스크에서 아침 기도문이 길게 울리기 시작한다. 기도문을 듣자 오랜 습관처럼 몸을 일으켜 주섬주섬 가방을 챙겼다. 그려둔 그림 두 점을 그에게 맡기고 페티에 항구로 갔다. 그는 택시 요금 정도의 돈을 거절하고 웃으며 돌아갔다. 어쩌면 그는 그에게 맡긴 그림들은 이제부터 자신의 것이라고 확신했을 것이다. 로도스로 가는 배에 오르며 연서가 남긴 우연을 가장한 필연을 믿었다. 나는 연서를 만날 것이다.

터키 페티에를 떠난 배는 2시간이 지나지 않아 블루스타 페리 사무실이 있는 로도스 포구로 진입해 대기한다. 배에 탄 사람들은 로도스를 거쳐 산토리니로 가는 관광객들이 대부분이다. 배에서 내린 사람들은 여행의 최종 목적지인 산토리니로 가기 위해 블루스타 페리 사무실 앞에 다시 길게 줄을 늘어선다. 길게 늘어선 대열 앞에 서 있던 블루스타 페리 직원이 로도스에 머물 승객들은 따로 줄을 서서 입국 절차를 밟으라고 소리친다. 로도스에 내릴 승객들의 줄은 길지 않다. 30분이 지나서 여행용 큰 가방을 끌고 포구 안으로 들어갔다. 오래된 중세의 성이 포구 앞을 가로막고 있다. 그 성의 건물들은 대부분 관공서다. 여러 종류의 깃발들이 성 출입문 옆에서 바람에 힘차게 나부끼며 존재감을 과시한다. 가방을 나무 옆에 세워놓고 작은 배낭에서 물을 꺼내 마셨다. 작은 소년이 다가와 능숙한 영어로 가방을 지켜주겠다고 한다. 웃으면서 사양해도 막무가내다.

"어느 호텔에 머물 거요?"

소년이 여러 차례 같은 말로 묻지만, 연서가 보내준 여러 개의 호텔 그림 중에 어느 곳으로 갈지 결정하지 못했다. 가방 손잡이를 잡은 채 기다리는 소년에게 그 호텔 그림들을 보여주었다. 소년은 그중 하나를 가리켰다.

"이 호텔이 제일 편해요. 값도 싸고 훌륭한 아침을 준답니다. 꽃이 많고 내성에서 멀지 않아요. 좋은 곳!"

소년은 엄지손가락을 치켜세운다. 카잔카키스 호텔. 붉은색과 짙은 주황색이 뒤섞인 부겐빌레아 꽃들로 둘러싸인 호텔. 소년은 그림엽서를 돌려주고, 자기를 따라오라고 말하며 바퀴가 달린 제 가슴 높이의 가방을 챙긴다. 물끄러미 소년을 바라보았다. 소년은 능숙하게 거리로 나가서 항구 입구에 세워둔 작은 승용차를 불렀다. 승용차 기사는 소년을 보자 손을 흔들며 거리로 나온다. 거침없이 중앙선을 넘어 불법 회전을 한다. 기사는 소년이 놓치지 않는 큰 가방과 내가 들고 있는 가방까지 낚아채듯 트렁크에 싣는다. 소년은 기사의 옆자리에 탄다. 뒷좌석에 앉아 나는 카잔카키스 호텔을 말했다. 기사는 대답 대신 환하게 웃는다. 자동차는 성안으로 들어가 일방통행의 좁은 골목길을 달렸다. 기사가 반대편에서 달려오는 차를 보고 경적을 울릴 때마다 놀라 비껴선 사람들이 손을 머리끝까지 반복하여 올리며 버럭버럭 소릴 지른다. 그때마다 소년은 웃으며 '노 플로블럼!'을 외친다. 간간이 기사와 소년은 손을 마주치며 크게 웃는다. 포구에서 호텔까지는 멀지 않다. 성벽으로 이어진 골목길을 벗어나자 성문 밖으로 나가는 시장 입구에 호텔이 있다. 호텔 앞에서 차가 지나온 길을 바라보았다. 분명 일방통행으로 표시된 역주행 길이다. 미련하고 황당한 짓이다. 나는 어깨를 으쓱거리는 소년에게 미소를 지었다.

"15유로! 가장 짧은 거리!"

소년은 15유로를 받아 10유로는 기사에게 주고 5유로는 어깨에 두르고 있는 작은 가방에 넣는다. 기사가 다시 고개를 흔들며 활짝 웃고 차를 몰고 거리로 나갔다. 소년은 가방을 끌고 호텔 안으로 들어갔다.

"얼마나 머물려고 해요? 친구, 3일 이상 머물면 20% 할인."

"하루 숙박비가 얼마야?"

"친구가 계약하면 하루 40유로, 내가 하면 30유로. 3일이면 할인해서 80유로."

소년은 계산이 무척 빠르다. 내가 이틀 머무는 가격과 소년이 사흘 계약하는 것과 같은 값이다. 하루를 더 머물 수 있다. 소년의 말을 믿기 어렵다. 호텔 계산대에 있는 빨간색 옷을 입은 여자에게 숙박비를 물어보았다. 산타나브이너어스란 긴 이름을 가진 여자는 웃으며 소년을 가리키며 엄지손가락을 치켜든다. 소년이 고개를 끄덕였다. 대신 현찰. 카드로는 제값을 주어야 한다고 했다. 3일 동안 80유로. 엄청난 차이였다. 소년에게 80유로를 건넸다. 소년은 3일간 숙박이 기록된 계산서를 내게 건넸다. 소년에게 팁으로 5유로를 주었다. 소년은 환하게 웃고 두 팔을 벌려 껴안았다. 소년은 가방을 끌고 로비가 있는 건물을 가로질러 정원 뒤쪽에 있는 흰색 건물 이층으로 올라가 방문을 열었다. 창문을 열자 정원의 꽃들이 모두 한꺼번에 달려든다. 너무도 놀라 숨을 멈추었다가 길고 깊게 마시는 호흡을 여러 차례 했다. 향기롭고 달콤하다. 소년이 다가와 악수를 청하며 정식으로 인사했다.

"내 이름은 카잔카키스 헬리오스 하부리오스. 카잔카키스, 혹은 헬리오스라고 부르던지 하부리오스라고 불러도 됩니다. 좋은 고객이시니까요. 내가 제일 좋아하는 이름은 카잔카고요."

"아, 카잔카!"

카잔카라는 이름으로 기억하기로 한다.

"당신은 코레아노스. 나는 앞으로 당신을 코레아라고 부를 거고요. 좀 쉬고 샤워하고 거리를 돌아보려면 나를 가이드로 고용해요. 당신은 큰 이익을 보겠죠. 물론 봉사료는 하루에 10유로. 식사는 내가 알아서 해결하죠. 코레아가 하루에 10유로를 내게 주면 코레아는 멋진 친구를 구하는 거지요. 나는 이 로도스 항구의 모든 거리와 상점, 음식점, 카페를 알고 있으니까요. 물론 여자들도. 아, 아까 그 빨간 옷을 입은 여인, 헬레나 산타나브이너어스, 우리는 비너스라고 부르는데 비너스는 과부예요. 하지만 그녀에게 관심을 두지 않는 게 좋죠. 이 호텔 사장의 이거예요."

카잔카는 새끼손가락을 치켜세운다. 내가 웃으며 고개를 가로젓자 원하면 정식 가이드 자격을 가진 아름다운 아가씨를 데려오겠다고 했다. 물론 하루 일당은 20유로를 주어야 하고 식대는 별도라고 했다. 달리 방법이 없다. 카잔카를 나의 친구로 임명했다. 카잔카는 일당은 매일 하루 일이 끝난 후 주어야 한다고 했다. 우리는 두 시간 후에 호텔 로비에서 만나기로 하고 카잔카는 방을 나갔다.

옷을 꺼내 옷장에 넣고 푸른색 반바지와 붉은 줄무늬가 들어간 셔츠를 꺼내 의자에 걸쳐놓고 욕실로 갔다. 샤워 꼭지에서 시원한 물이 쏟아진다. 종이로 포장된 작은 비누 두 개가 놓여 있나. 비누 거품으로 머리를 감고 땀을 씻었다. 작은 에어컨 앞에서 머리를 말리고 잠시 침대에 누웠다. 눈을 감자 지중해의 푸른 바다가 한꺼번에 달려든다. 흰 구름 속에서 한 무리의 갈매기들이 바다를 향해 곤두박질친다. 그 갈매기들의 비행을 보며 푸른 바다로 잠겨 들었다.

 푸른 바다. 깎아지른 절벽 위에서 갈매기들이 날고 있다. 갈매기들은 수직으로 하강하다가 곧장 몸을 꺾어 상승한다. 상승 기류를 일으켜 두 날개를 활짝 펴서 푸른 하늘에 찍힌 한 점이 되어 정지하다가 같은 동작을 다시 되풀이하는 비행을 한다. 갈매기 한 마리만 그렇게 하는 것이 아니라 수십, 수백의 갈매기들이 모두 곡예비행을 하는 멋진 광경이다. 한참 비행을 하던 갈매기들이 일제히 긴 성벽 앞의 올리브나무에 앉는다. 올리브나무는 갈매기들이 내려앉자 흰색의 나무로 변해 작은 바람에도 몸 전체를 흔든다. 눈을 뗄 수가 없다. 그 장면을 놓치지 않고 바라보는 여자가 있다. 연서다. 연서에게 달려갔다. 연서가 고개를 돌린다. 멈칫 연서 앞에 서자 연서는 놀란 듯 슬그머니 시선을 돌린다. 언뜻 멈춰 숨을 고르고 보니 긴 갈색 머리카락 여인은 연서가 아니다. 헬레나 산타나 브이너어스, 비너스다. 이미 수평선에는 해가 가라앉고 있다. 푸른 하늘이 그녀의 옷 색깔처럼 붉게 물들기 시작한다. 갈매기들이 앉은 올리브나무도 회색빛으로 변하고 뚝뚝 붉은 빛을 떨어뜨리고 있다. 순간 갈매기들의 눈이 모두 붉은빛으로 변해 올리브나무 속으로 하나하나 스며들었고, 얼마 지나지 않아 올리브나무가 붉게 물든 제 몸을 갈매기처럼 날개를 펼치는 것을 보았다. 그때 주루의 문자들이 한꺼번에 살아난다.

「어디 계세요? 회사를 그만 두려고요.」

「중국으로 돌아가야 할까 봐요. 생리가 사라졌어요.」

「당신 집에 다른 여자가 살고 있더군요. 내 남자의 집이라 했더니 아니라고 하더군요. 믿을 수 없어서 그 여자를 밀치고 집 안으로 들어갔지요. 다른 남자가 나오더니 미친년 취급을 하더군요.」

「아이를 지웠지요. 아무 느낌도 없었는데 수술대에 눕자 찬 기운이 몸 안으로 밀려들어와 온몸을 헤집고 다니더군요.」

침대에서 벌떡 일어나 핸드폰 문자를 확인했다. 메시지 방에 주루가 남긴 메시지는 없다. 냉장고에서 시원한 물을 꺼내 마시고 호텔 로비로 내려갔다. 인터넷에 접속하여 홈쇼핑을 클릭했다. 홈쇼핑은 여전히 호황이다. 나는 선명하게 남아 있는 꿈속에서 본 문자를 지울 수 없다. 연서가 보낸 문자도 로도스로 간다는 마지막 메시지 이후엔 없다. 혼자 중얼거렸다.

"연서, 나도 로도스로 왔어요. 우연을 가장한 필연이 있으면 좋겠어요."

앉아 있던 자리에서 일어나 밖을 내다보다가 호텔 계산대로 가서 비너스에게 가서 물 한 잔을 청했다. 비너스는 웃으며 정수기에서 시원한 물을 받아주었다. 단숨에 물을 마셨다. 비너스가 환하게 웃는다. 흰 얼굴과 짙은 눈썹이 그림 속에서 보았던 비너스 여신의 모습과 닮았다.

"이런 친구, 벌써 내려왔어? 나는 늦지 않았어. 약속은 두 시간 후였거든. 그리고 저 비너스는 친구에게 맞지 않아. 문제를 일으키지 말라고. 경고한 거야. 물론 그리스 사람들은 참을성이 많지. 하지만 끝까지 참지는 않는다고. 그리스인들은 제 것을 빼앗기지는 않으니까. 특히 여자라면 더 그렇지."

내가 아그네스 발차의 노래를 떠올린 것은 우연이다. 기차는 8시에 떠나네. 카잔카는 쉬지 않고 종알거렸다. 붉은색 부겐빌레아와 덩치가 큰 올리브나무 사이를 거침없이 날아다니는 몸집이 아주 작은 개똥지빠귀와 징크jynx도 떠올렸다. 카잔카는 징크처럼 해야 할 일과 해서는 안 될 일에 대해 골목을 완전히 벗어날 때까지 혼자 떠들었다. 내가 카잔카의 말을 듣거나 듣지 않거나 상관없는 행동이다. 거리로 나섰다.

"코레아, 성으로 가겠지? 걸어가도 충분한 거리야. 걸으면서 상점들도 눈여겨보라고. 물건을 살 때는 내게 먼저 말을 하라고. 가게 주인과 먼저 거래를 하면 코레아가 손해를 본다는 것을 잊지마. 여긴 로도스야. 이 거리에 나온 청동 제품들은 모두 진품이 아니야. 틀림없이 중국에서 넘어온 것이지. 알렉산더 대왕 이후 그리스인들은 직접 이런 제품들을 만들지 않는다고. 하지만 저 와이너리는 전부 오리지널, 진품이지. 저 가게 지하에 와인 저장고가 있지. 여긴 화산섬이야 땅밑에 무수한 동굴이 이어져 있다고. 또 물이 귀하지. 물을 마시려고 땅바닥에 바짝 붙어 포도가 자라는 거야. 그 포도는 그 땅의 향기를 지닌다고. 물론 다른 포도밭과는 다르지. 바로 그거야. 이방인들은 진품의 가치를 처음에는 몰라. 점차 진품을 마시면 그 향과 맛이 전혀 다르다는 것을 알게 되지. 코레아가 혀끝에서 퍼지는 풍성한 포도향의 깊은 조화로움을 이해할 수 있을지."

카잔카가 단호하게 청동 제품을 가짜로 몰아붙이는 말이나 와인에 대한 설명을 신뢰할 수 없다. 열세 살을 앞둔 그가 도대체 얼마나 많이 알고, 더구나 와인에 대해 그 깊은 조화로움을 말하는지 가관이다. 나는 비시시 웃었다.

"그래? 저 와인 가게에 들르고 싶은데?"

내가 앞장서자 카잔카는 고개를 갸웃거리며 마지못해 가게로 따라 들어왔다. 와인 가게 주인은 카잔카를 보자 잘 지내냐며 악수를 청한다. 카잔카는 오늘은 와인을 사지 않고 둘러보는 것이라고 말한다. 사실 나는 와인을 한 병 사고 싶었다. 가게 주인은 시음용 와인을 두 잔이나 내놓는다. 카잔카에게 물었다.

"마셔도 되지?"

"노 플로불럼!"

가게 주인은 한 병에 8유로짜리 와인 한 잔을 먼저 권했다. 와인은 달지 않고 약간 떫은 맛이 돌았으나 먹기 좋았다. 다른 한 잔은 매우 비싼 값이라며 반 정도 잔을 채웠다. 목 넘김과 향기, 부드러운 단맛까지 상쾌하다. 나는 순간 사진 한 장을 기억했다. 연서는 이 가게에서 와인을 샀다. 너무도 오래 망설이다가 큰 결심을 하고 샀다는 '아바톤'. 연서는 '아리스토텔레스가 되었다.' 라고 적었다.

"혹시 이 와인이 아리스토텔레스가 즐겨 마시던 것인가요?"

와인 가게 주인이 환하게 웃는다.

"카잔카, 뭐 좀 아는 손님이야. 제대로 골랐어. 아하."

가게 주인은 엄지손가락을 치켜들었다가 카잔카와 손바닥을 마주친다.

"알고 있었어? 코레아, 내가 말해주려던 거야. '아바톤'에 들어가는 림니오 포도를 아리스토텔레스가 좋아했지. 그는 다른 포도를 먹지 않았어. 머리를 맑게 하고, 술주정을 부리지 못하게 하거든. 히히힛."

가게 주인은 카잔카의 말을 들으며 만족한 표정을 짓는다. 가게 주인에게 연서의 사진을 보여주었다.

"이 여자를 아세요? 이 가게에서 아마 이 와인을 샀을 겁니다."

가게 주인은 고개를 가로젓다가 다른 매니저를 부른다. 젊은 청년은 사진을 보고 역시 고개를 저으며 모르겠다는 표정이다.

"이 가게에 들르는 사람이 하루에도 수백 명이 넘지요."

가게 주인은 연서를 기억하지 못했다. 하지만 연서는 이 가게에서 와인을 샀을 것이다. 내일 다시 오겠다는 약속을 하고 가게를 나왔다. 카잔카는 내게 엄지손가락을 세워 보인다.

"오늘은 할인이 되지 않지, 내일은 분명 할인이 된다고. 그리스인들은 자신의 가게를 다시 찾는 사람들을 친구로 여기지. 그러니까 깎아준다니까."

카잔카는 로도스의 모든 것을 알고 있는 것처럼 장황하다. 로도스에 남아 있는 중세의 성과 궁전을 쉬지 않고 설명한다. 그중 기사단장의 궁전에서 무엇보다 깃발에 새겨진 문양이 의미하는 것을 말하려 노력한다. 카잔카가 한 모든 말을 기억할 수는 없다. 물론 꼭 귀담아 듣지는 않았다. 인터넷 안에는 정보가 넘쳐흐른다. 클릭하면 모든 정보가 어김없이 다가온다. 여행은 그저 순간순간 다가서는 느낌에 충실하면 그만이다. 오로지 연서가 가졌던 느낌을 공유하고 싶은 충동으로 설레고 있을 뿐이다. 연서는 그냥 지나치지 않고 이곳에 남았다. 연서를 떠돌게 한 모든 것을 버리고 이곳에 남게 한 것이 무엇인지 매우 궁금하다. 배가 고프다. 아침 식사로 빵 한 조각과 달걀 하나, 우유 한 잔으로 배를 채운 후 다른 것을 먹지 않았다.

"카잔카, 배가 고프냐. 수불라키를 먹으러 가지. 어때?"

"그거 좋지. 선택을 해야 해. 값이 비싼데도 사람들이 몰리는 곳과 값은 싸고 사람들이 덜 찾는 곳이 있어. 몰리는 곳을 가는 이들은 주로 외국인들이고, 사람들이 덜 찾는 곳은 그리스인들이 가는 거야."

"그리스인들이 가는 곳."

선택은 간단하다.

"그리스인들에게 수블라키는 패스트푸드나 마찬가지야. 근사한 레스토랑과는 어울리지 않지. 내가 사는 곳에서 멀지 않은 곳에 동네 사람들이 모이는 수블라키 파는 곳이 있어. 10분이면 갈 수 있어."

카잔카는 걸음의 속도를 높인다. 소년의 걸음이지만 제대로 따라잡을 수 없다.

"왜 그렇게 빨리 걷지. 난 뛰어야 해. 천천히 가자고."

"화덕에서 처음 나오는 수블라키가 제일 맛있다고. 달콤하고. 아직 사람들이 몰리지 않았을 거야. 빨리 와. 어른이 소년보다 늦으면 안 되지."

카잔카는 시장 안으로 들어갔다. 골목 안에는 평상에 걸터앉아 맥주를 마시는 사람들이 제법 눈에 띈다. 마침내 고기 굽는 냄새가 향긋한 가게 앞에서 카잔카는 걸음을 멈춘다.

"이곳이야. 여기서 수블라키를 먹고 한 시간 후에 저 분수가 있는 곳에서 만나자고. 나도 배를 좀 채워야 해. 내게 식사를 제공하지 않아도 돼. 계약했던 대로야."

카잔카가 가게를 벗어나려 하자 나는 얼른 카잔카의 손을 잡고 가게 안으로 들어갔다.

"첫날이니 같이 먹자고. 내가 사지."

"그래? 이건 내 영업 규칙에 어긋나지만 어쩔 수 없어. 친구의 초청을 거절할 수 없으니까. 그렇지만 분명히 알아둘 것은 우리 그리스인들은 터키 놈들과 다르다고. 그놈들은 거지야. 인샬라! 하고 외치면 그만이야. 우린 그렇지 않아. 고민하지. 우리는 철학자들이거든."

카잔카는 화덕에서 가까운 쪽에 자리를 잡고 마르코니스를 부른다. 달려온 마르코니스는 카잔카 또래의 소년이다.

"인사해. 내 친구 코레아야. 내게 수블라키를 사기로 했어. 지금 굽고 있는 고기들 정말 싱싱해?"

"더 말할 게 있겠어? 이틀 전에 작업한 고기들이야. 적당히 숙성된 것을 오늘 꺼냈어. 처음 굽는 고기들이 가장 맛있는 부위란 것을 너도 알지? 당연한 거야. 소문이 났을 거니까. 어둠이 내리면 사람들은 고기보다 술에 취하지. 내가 가서 그중에도 가장 맛있는 부위로 잘라 달라고 하지. 술도 있어야 해?"

"코레아, 술도 필요해? 와인? 와인보다 이 집에서 특별히 주문해서 파는 술이 있지. 맑은 보드카. 좀 독해. 한 모금만 마셔도 목이 타 버릴 지경이라고."

마르코니스는 빵을 내온 후 양과 닭, 소고기를 꼬치에 끼워 양념한 수블라키 한 접시와 적당히 튀긴 감자, 올리브기름을 두른 싱싱한 채소를 내왔다. 적당히 익힌 꼬치고기들은 달콤하고 고소했다. 독주를 곁들이자 제법 흥이 오르고 기분이 좋아졌다. 술을 더 시키려 하자 카잔카는 독주 대신에 와인을 청했다.

"그 맑은 보드카 먹을 만해? 나도 네 해가 지나면 술을 먹을 수 있겠지. 마침내 사내가 되는 거라고. 그 술 이름이 뭔지 모르지? 라키야. 그 라키는 마르코니스가 준 서비스지. 술은 사서 먹어야 해. 이상하지. 술을 마시면 사내들은 여자를 찾게 된다고. 더 이상한 것은 여자들이야. 여자들은 술 취한 남자를 좋아해. 아마 팁을 마음껏 얻게 되어서 그런가? 포구에 여자들이 몰린다고."

카잔카는 살짝 데친 브로콜리와 양고기를 함께 입에 넣고 우물거린다. 점차 카잔카의 말이 귀에 들어오지 않는다. 알아들을 수 없는 그리스어를 섞은 영어는 더 헛갈렸다. 수블라키는 적지 않은 음식이다. 너무 배가 불러 토할 지경이다. 더구나 추가로 내온 고기들이 많이 남았다.

"억지로 먹을 것은 없어. 그리스인들은 오랫동안 천천히 먹고 마시니 음식이 대개는 부족하거든. 코레아는 음식을 빨리 먹어. 그럼 음식이 남게 된다고. 우린 남은 음식을 가지고 가진 않지."

거리로 나왔다. 빈속에 마신 포도주 한 병과 독주 라키가 섞이며 토하고 싶을 정도로 속이 불편하다. 시원한 바람을 맞자 잠시 기분이 맑아졌지만 서둘러 호텔로 돌아가고 싶었다. 호텔 근처에서 카잔카는 작별을 고했다. 카잔카에게 하루 봉사료 10유로를 건넸다. 카잔카는 오전 11시에 호텔 로비에서 만나기로 하고 돌아갔다. 길을 건너 호텔로 들어서자 비너스는 방 열쇠를 내주며 혹시 다른 서비스가 필요한지 묻는다.

"베트남 마사지 25유로, 태국 발 마사지 15유로, 방에서 가능해요."

빙그레 웃고 손을 흔들어 거절했다. 방 열쇠를 들고 돌아서자 다시 비너스가 웃으며 물었다.

"여자는요? 과부는 40유로. 처녀는 60유로. 1시간."

환하게 웃었으나 고개를 저어 거절하고 로비를 지나 정원을 가로질러 방으로 돌아왔다. 이를 닦고 욕조에 몸을 담갔다. 따뜻한 기운이 몸을 감쌌다.

벽에 걸린 시계를 보았다. 시계는 9시 10분에서 멈춰 있었다. 핸드폰을 꺼내 시간을 확인했다. 다시 욕조로 들어가 뜨거운 물에 몸을 담그고 냉장고 안에 있던 와인을 마셨다. 따뜻한 물과 와인의 기운이 섞이면서 정신이 혼미했다. 비너스에게 전화를 걸까 하다가 온몸이 나른해지자 깊은 잠속으로 빠져들었다.

다음 날 성벽을 따라 걷자는 카잔카의 생각과는 달리 나는 관광 안내서에 나와 있는 미술관이나 아트플라자를 돌아보고 싶었다. 카잔카는 북쪽에 새로 조성된 거리의 미술관들에 대한 정보를 가지고 있지 않았다. 카잔카와 오후 5시에 다시 만나기로 약속하고 성 밖 시장을 나가 섬을 순환하는 도로로 나갔다. 택시를 탔다. 다행히 택시 기사는 미술관 거리를 알고 있다. 택시는 포구를 지나 북동쪽으로 달리다가 해수욕장을 끼고 비탈길을 타고 한참을 오른다. 흰색과 청색이 어우러진 주택가를 지나자 호텔들이 넓게 자리잡은 휴양지가 눈에 들어온다. 기사는 엘리시움 호텔과 빌리지 블루 호텔을 지나 차를 세운다.

"이런 고급 호텔을 찾는 게 아닌데요?"

택시 기사가 미소를 짓는다.

"미술관은 호텔 안에도 있고, 저 길을 따라 내려가면서 작은 아트플라자들이 있지요. 미술품들은 주로 거기에서 거래합니다."

택시를 떠나보내고 호텔 로비로 들어갔다. 로비 한쪽에 물건들을 늘어놓은 여러 아트숍이 있고, 전시장처럼 그림들을 걸어놓은 공간으로 들어섰다. 눈에 띄는 작품은 벌거벗은 여자들의 군상을 소재로 한 그림이다. 그림 속 여자들은 얼굴이 뭉개졌고 몸은 직립된 삼각이나 사각의 면 조각들로 대체된 추상이다. 특별한 감흥을 일으킬 수 없다. 전시장 한쪽에 앉아 있던 작가가 다가와 그리스어로 많은 설명을 했으나 그저 소음일 뿐이다.

호텔을 벗어나 거리로 나와 골목길을 걷다가 작은 아트플라자들을 돌아봤다. 아트플라자 안에 비치된 5, 6호 정도의 작은 그림들을 우선하여 면밀하게 살폈다. 그림을 보는 것이 아니라 그림 속에 연서의 서명을 찾으려 했다. 나는 연서가 남긴 우연을 가장한 필연을 믿었다. 점심도 거른 채 아트플라자 거리에 있는 그림들을 샅샅이 살펴보았다. 처음에는 서명을 확인하느라 그림을 자세히 살폈으나 서너 곳을 들르자 점차 올리브나무 그림들이 눈에 들어왔다. 올리브나무를 그린 그림이 대부분이다. 그 그림들은 갖가지 다른 형태의 올리브나무를 그렸을 뿐이다. 연서가 보낸 나무들이 아니다. 연서가 그린 올리브나무는 햇빛을 받고 회색빛으로 움직이는 깃발이 되어야 한다. 깃발은 당산나무에 걸어놓은 금줄이거나 주렁주렁 걸어놓은 주술이어야 한다. 하지만 새로운 호텔이 들어선 휴양지의 아트플라자 거리 어디에도 연서의 빛나는 올리브나무는 없다.

너무 오래 아트플라자를 돌아보다가 허기지고 지쳤다. 바다를 끼고 지붕을 연 스포츠카들이 달리는 도로를 걷다가, 작은 카페 티케로 들어갔다. 터키에서 맛보았던 치즈를 듬뿍 두른 카나페에 달콤한 체리와 딸기를 올린 과자와 산토리니 생백주를 주문했다. 어깨와 배꼽을 모두 드러내고 핫팬츠를 입은 점원이 주문한 음식을 내려놓고 환하게 웃었다. 문득 그녀가 금방 바닷물에서 나온 것처럼 보였다. 말리지 않은 머리칼에서 바닷물이 뚝뚝 떨어질 것같이 푸른색으로 물들어 있기 때문이다. 단숨에 맥주 반잔쯤 마시고 카나페 한쪽을 베어 물었다. 시원하고 달콤한 맛이 피곤을 잊게 한다. 맥주를 비우고 다시 한 잔 주문했다. 작은 카페에는 점원이라곤 그녀 하나다. 그녀는 웃으며 거품을 적당히 채운 생맥주를 가져왔다.

"맥주를 좋아하세요?"

그녀는 잔을 내려놓고 앞자리에 앉는다. 가슴이 눈앞에서 출렁인다. 뚜렷하게 보이는 젖꼭지가 카나페 속의 블루베리처럼 선명하다.

"좋은 바다 경치네요."

시선을 먼 바다로 돌리며 그녀의 가슴을 외면했다.

"석양이 되면 더 멋지죠."

그녀도 시선을 바다로 향하면서 미소를 짓는다. 그녀는 겨드랑이 제모를 하지 않았다. 대수롭지 않은 일이지만 그녀의 모습 하나하나가 새롭게 눈에 들어온다.

"여행 중이죠? 언제 떠나요?"

"나는 떠나지 않습니다."

그녀는 놀랍다는 표정이다. 다시 언제 떠날지 물었지만 나는 당분간 떠나지 않을 것이어서 고개를 저었다. 그녀는 흥미로운 듯 눈을 크게 뜨고 고개를 갸웃하며 환하게 미소 짓는다.

"이곳에서 살아요? 처음 보는데?"

"어제 이곳으로 왔지요. 하지만 떠나지 않을 겁니다."

환하게 웃으며 그녀의 눈을 보려 하지만 자꾸 시선이 가슴으로 향했다. 그녀는 어깨에 걸친 어깨끈을 올리며 자리에서 일어섰다. 잠시 후 그녀는 맥주를 반쯤 채운 잔을 들고 돌아온다. 그녀가 잠깐 자리를 비운 사이 나는 딸기를 올린 카나페를 베어 물고 우물거렸다. 그녀는 탁자에 놓여 있던 휴지를 꺼내 반으로 접어 내 입술에 묻은 카나페의 흔적을 닦아주었다. 손으로 입술을 닦으며 고맙다고 했다.

"궁금해요. 왜 떠나지 않죠? 섬사람들은 늘 떠나는 사람들에게 익숙하지요."

"나는 어떤 여자를 따라왔어요."

왜 그녀에게 그 말을 했는지 알 수 없다. 불쑥 그 말을 하자 그녀는 조금 더 바짝 다가앉으며 눈을 반짝거린다.

"오호, 파리스! 그래요? 그럼 헬레네, 그녀는 어디에 있는 누구죠?"

그녀에게 나는 신화 속의 한 인물처럼 누구에게나 익숙한 수작을 부리며 여자를 홀리려는 작자처럼 보였을 것이다. 그렇게 보였어도 어쩔 수 없고 부정할 수도 없다. 연서의 흔적을 따라 이곳으로 왔기 때문이다. 물론 그녀를 만난다 해도 어떻게 할지는 생각한 적이 없다.

"나이가 많은 선배 화가. 그녀를 따라왔지요."

"오호, 로도스로? 그럼 당신도 화가?"

그녀는 더 흥미로워 어쩔 줄 모르는 표정이다. 연서가 그린 올리브나무를 찍은 사진과 그녀가 로도스의 호텔 앞에서 찍은 사진을 보여주었다. 그녀는 천천히 그 사진을 보다가 무엇인가 생각난 듯이 웃으며 자신의 머리를 흔들었다.

"이곳, 아, 맞아요, 소크라테스 스트리트 아트숍. 이 팔찌도 거기서."

그녀는 자신의 팔목에 건 나무 조각들을 이어 엮은 팔찌를 보여주며 그림 속의 거리 이름을 알려주며 크게 웃는다. 물론 연서를 보고 신비한 미녀라고 덧붙인다. 나는 그녀의 말을 들으며 조금은 과장하여 환하게 웃었다.

"나는 폴리니우스 사바니니 헬레나, 당신 이름은요?"

"나요? 산, 산입니다."

"산? 산토리니 산?"

그녀는 손을 높이 들어 구불구불 올라가는 표정을 지으며 산을 여러 차례 뇌었다. 그녀를 사바니니로 기억하기로 했다.

"당신을 사바니니라고 불러도 돼요?"

"그럼요. 당신의 헬레나는 따로 있으니까요. 나를 사바니니라고 부르세요. 고마워요. 그리고 티케에 다시 오실 거죠? 티케는 질투의 여신이지요. 난 질투가 심해요."

여자가 잇몸을 드러내고 환하게 웃었다.

"당신에게는 사바니니. 당신은 산토리니 산, 볼케노스."

그녀는 손을 내밀어 악수를 청했다. 맥주를 더하고 싶지만 그만 자리에서 일어섰다. 다섯 시까지 호텔로 돌아가야 했다.

카잔카와의 약속 때문이다. 사바니니는 카페 앞 거리로 나와 택시를 부른 후 카잔카키스 호텔로 데려다주라고 했다. 택시 기사는 그녀와 눈인사를 하고 포구를 향해 달렸다.

  한 시간 정도 일찍 돌아온 나는 방으로 돌아와 샤워를 하고 옷을 갈아입었다. 입었던 옷들은 대충 헹궈 햇빛이 들어오는 창문 옆에 옷걸이에 걸었다. 여유롭게 정원으로 나가 담장을 그득 채운 붉은 부겐빌레아 꽃을 봤다. 연서가 보낸 엽서 그림에는 한국에서 본 기억이 없는 부겐빌레아 줄기를 늘여 올리브나무를 둘렀다. 나무를 감고 있는 것은 노란빛이 선명한 금줄이거나 부겐빌레아 덤불이다. 나는 연서가 보낸 엽서 그림을 꼼꼼히 살폈다. 그리고 한참 동안 꽃 덤불을 보며 서성대다가 로비로 나갔다. 로비에는 카잔카가 기다리고 있다.
"친구, 그림 많이 봤어?"
"글쎄, 원하던 그림을 찾진 못했어. 하지만 여자를 만났지."
  그림보다 여자를 만나서 좋았다고 말하며 웃었다.
"코레아, 여기 여자들은 매우 친절해. 모두 연인처럼 대하지. 넘어가면 안 돼."
  카잔카는 여전히 징크처럼 쫑알거리며 훈계를 시작한다. 순간 사바니니가 연인이었으면 하는 생각이 불쑥 치민다. 그러다가 호텔 계산대에서 우리를 보고 있는 비너스를 보았다.

비너스는 눈이 마주치자 손을 흔들며 웃는다. 우리도 손을 흔들며 밖으로 나왔다.

카잔카는 성으로 올라가 석양을 보자면서 서두른다. 카잔카는 태양신 헬리오스가 일으키는 바람을 맞으며 노을을 바라보면 헬리오스의 기분을 알게 된다고 한다.

"노을빛이 짙으면 짙을수록 헬리오스의 기분이 흥겨운 거야. 헬리오스가 즐겁게 하루를 지내면 사람들도 즐겁고 행복하게 되지. 노을이 없거나 흐린 잿빛이면 헬리오스가 화를 참고 있지만 결국 터트릴 거라고. 얼른 집으로 돌아가 문을 닫고 숨을 죽이고 있어야 해. 헬리오스는 오래지 않아 기분을 돌리거든."

나는 카잔카의 뒤를 따라 걸으며 노을이 붉게 타올라 헬리오스의 하루가 행복했길 바랐다. 카잔카는 성문 앞 매표소를 지나 바다가 보이는 거리를 향해 걷다가 언덕 위로 오르기 시작한다. 조금 먼 거리지만 카잔카의 빠른 발을 열심히 따랐다. 아직 해가 머리 위에 있기 때문이다. 카잔카는 바다를 감시할 수 있는 성벽 끝을 오르기 시작한다. 성벽 끝에는 우뚝 높이 세운 망루가 있다. 망루를 오르는 계단을 오르자 바다 끝이 누런빛으로 변하다가 붉은빛이 바다 밑으로부터 올라오기 시작한다. 세상이 온통 붉다.

"코레아, 헬리오스에게 어서 감사의 말을 전해."

카잔카의 말을 듣고 바다를 향해 두 손을 모으고 고개를 숙였다. 두 손을 모으고 고개를 숙이는 것을 본 카잔카가 묻는다. 그의 눈이 초롱초롱하다.

"코레아, 혹시 부디스트 뭉크야?"

카잔카의 질문에 그만 크게 웃었다. 아무나 승려가 될 수 없다고 대답하고는 이 세상 모든 자연은 위대한 신이라고 말했다. 카잔카는 고개를 끄덕이며 제우스, 포세이돈, 헬리오스, 아프로디테 등 신화 속의 이름들을 뇌기 시작했다. 카잔카는 자리에서 벌떡 일어나며 성이 어둠에 빠지기 전에 내려가야 한다며 서두른다.

"코레아, 타나토스는 닉스와 에레보스 사이에서 태어났지. 닉스는 밤의 여신이고 카오스의 딸이야. 에레보스는 어둠의 신이지. 이들이 운명을 결정짓지. 인간들은 타나토스의 결정대로 죽거나 살아남아. 코레아, 그거 알아? 밤의 어둠은 인간을 만들어 세상에 보내기도 하고 세상에서 데려가기도 해. 나도 마찬가지야."

카잔카의 말이 조금은 음울해지는 것을 느꼈다. 나는 그동안 카잔카가 다른 소년들과는 달리 왜 거리로 나왔는지 묻지 않았다. 카잔카는 명랑하고, 낙천적이다. 그는 속이지 않는 소년처럼 보였다. 하시만 그 소년이 밤과 어둠이 가져오는 인간의 운명, 특히 죽음에 대해 많은 것을 알고 있는 듯 말하는 것은 슬펐다. 카잔카의 말대로라면 그의 삶도 타나토스가 결정짓는 운명에서 비킬 수 없었을 터다. 나는 카잔카의 운명에 대해 묻지 않기로 한다. 내가 소년의 운명을 바꿔줄 수 없을 뿐더러 나도 내 운명조차 알 수 없기 때문이다. 나는 소년 카잔카를 위해 저녁으로 피자를 먹기로 했다.

"카잔카, 피자 좋아해?"

카잔카는 피자라는 말을 듣자 다시 소년으로 돌아와 활달해진다. 카잔카는 바닷가를 순환하는 도로 옆의 피자 가게로 들어갔다. 진열장 안에는 여러 종류의 피자들이 진열되어 있다.

"코레아, 먹고 싶은 피자를 골라. 조각으로, 코레아는 두 조각, 나는 세 조각을 먹을 거야. 오랫동안 피자를 먹지 않았거든."

카잔카는 종류별로 피자 다섯 조각을 주문하고, 콜라 한 잔과 생맥주 한 잔을 추가했다. 계산하고 자리에 앉아 에게해를 건너오는 작은 불빛들을 바라보았다.

"코레아, 피자는 아테네로 가서 먹어야 해. 물론 코레아도 알겠지만 훌륭한 피자의 맛을 결정하는 것은 좋은 치즈여야 하지."

카잔카는 피자를 한쪽 잘라 문 듯 만족한 표정을 지으며 미소를 짓는다. 나는 점점 카잔카의 말에 빠져들고 그의 말을 듣는 것을 좋아하게 되었다.

"로도스 피자는 별로야?"

"아니, 물론 로도스 피자도 알아주지. 특히 이 가게의 피자가 로도스에서 가장 맛있지. 아직 아테네를 가보진 않았어. 그런데 사람들이 아테네 피자가 더 근사하다고 그러더라고."

카잔카는 아테네 피자의 맛을 꼭 맛보려고 다짐하는 듯했다. 피자가 나오자 카잔카는 말을 멈추고 음미하듯 치즈를 길게 늘이며 피자 먹는 일에 집중했다. 두 조각을 먹고 남은 한 조각을 포장했다. 남은 콜라를 마저 마시고 혀를 날름거렸다.

"코레아, 10유로를 줘."

카잔카는 하루 일당 10유로를 달라고 했다. 내가 웃으며 10유로를 건네자 그중 5유로를 내게 다시 건넸다.

"이거 뭐야? 왜 내게 돌려줘?"

"피자값이야. 내가 먹은 거니까."

카잔카가 내놓은 5유로를 돌려주려 하자 그 돈을 탁자에 놓고 서둘러 먼저 밖으로 나갔다.

"이 길로 곧장 가면 호텔로 가는 길이야. 혼자서 갈 수 있지? 난 먼저 간다. 들를 곳이 있거든. 내일 11시? 비너스를 너무 좋아하면 안 된다고 한 것을 잊지 말고. 헤어날 수가 없다니까?"

카잔카는 차들이 밀려드는 거리를 가로질러 골목 안으로 사라졌다. 나는 천천히 길을 따라 올라왔다. 호텔 앞 카페에 들러 에스프레소 한 잔과 맥주 한 잔을 더 마셨다. 에스프레소의 진한 향이 입에 그득했다. 남은 씁쌀한 맛을 시원한 맥주로 달랬다. 기분 좋은 하루를 지내고 호텔로 들어섰다. 호텔 앞 가로등 불빛이 선명한 입구에서 비너스는 긴 가방을 메고 서성대고 있다. 순간 또 한 사진이 떠올랐다. 연서다. 비너스의 자리에 연서를 세워놓으면 똑같은 바로 그 장면이다. 누군가가 이곳에 서서 그 사진을 찍었을 것이다. 비너스에게 다가갔다. 비너스는 손을 흔든다.

"나는 오늘 약속이 있어요. 호호호. 내 양 얌전히 있어요."

"아니 잠깐 기다려요, 이 사진?"

비너스는 내가 사진을 꺼내기도 전에 호텔 앞에 도착한 택시를 타고 사라졌다. 우두커니 택시가 사라진 길을 바라보았다. 마치 연서가 방금 내 앞에서 사라진 것처럼.

연서1 2

2

  리그 선두를 놓고 겨루는 올림피아코스와 베리아팀의 격전이 진행되자 흥분된 아나운서와 해설가들은 고래고래 소리를 지른다. TV 소리는 거리에 앉아 경기에 집중한 사람들의 함성과 탄성으로 뒤범벅되어 혼란스럽다. 몸을 아끼지 않는 수비수는 달리는 공격수의 어깨를 부딪고 발을 길게 뻗어 공격수의 발목을 향해 미끄러져 들어간다. 심판이 호루라기를 불기 전, 선수들끼리 상대 선수의 얼굴에 바짝 얼굴을 들이밀고 거친 호흡을 내뿜는다. 당장이라도 머리로 얼굴을 치받을 기세다. 관중들이 일제히 일어나 주먹을 흔들며 죽이라고 외친다. 축구 경기는 절정으로 치닫는다. 마침내 상대 진영을 휘젓던 갈색 갈기를 철렁이던 선수가 수비수를 따돌리고 정확하게 골문으로 공을 보낸다. 그는 올림피아코스의 자부심이다. 골문을 지키던 수비수들이 몸을 던져 공을 막으려 뒹굴지만 소용없다. 공은 곡선을 그리며 골망 안으로 빨려 들어가 출렁인다. 선수들과 관중들은 일제히 환호하게 함성을 지른다. 온 골목이 터질 것 같다.

집단 광기. 2002년 우리도 그들과 다르지 않았다. 거리 한복판에서 붉은 깃발을 흔들며 지나가는 트럭을 세우고 그 위에 올라타서 대-한민국을 외쳤다. 거리를 달리는 청년들을 본 노인들은 인민군대가 다시 내려왔냐고 혀를 찼다. 노인들은 끔찍한 기억을 잊지 않고 있다. 인민군대가 내려오자 붉은 완장을 두른 사람들은 붉은 깃발을 세우고 행진하고 지주와 일제에 부역한 자들을 끌어내어 조리를 돌렸다. 거리에는 온통 조리돌림을 당하는 사람들의 행진에 이어 잘못을 고백하며 목숨을 구걸하는 울부짖음이 넘쳤다. 매일 출격하던 비행기들의 소음이 멈추자 썰물처럼 붉은 깃발이 사라지고 푸른 제복의 군인들과 경찰들이 몰려왔다. 그들은 완장을 찼던 사람들을 끄집어내어 거리에 무릎을 꿇게 하고 매질했다. 일제에 부역한 자들은 그동안 숨죽이고 견딘 수모를 갚기 위해 군인이나 경찰들의 앞잡이가 되어 인민군대의 붉은 부역자들을 색출하고 골짜기로 데리고 가서 숙이고 묻었다. 생지옥이었다. 옳고 그름은 중요하지 않았다. 오로지 내 편이냐 아니냐만 따졌다.

학생들이 거리로 밀려 나갔다. 경찰이 투입되어 학생들과 몸싸움을 벌였다. 군인들보다 군기가 더 세다는 전경 중대가 한 발을 굴러 발소리를 높이고 그 발소리에 맞춰 학생들의 대열 안으로 들어왔다. 전경 중대원들은 한 손에는 방패를 들고, 한 손에는 진압봉을 들고 대열 앞의 학생들을 팼다. 그들

중 몇은 얼마 전까지 학생들과 함께 대열 앞에 섰거나 구호를 함께 외치던 동지였다. 학생들이 밀리기 시작하자 복학생들이 대열 앞에 섰다. 그들은 학생들을 이끌고 전경 대열의 균열을 유도하고 마침내 몇몇 전경들을 고립시켜 헬멧을 벗기고 방패를 뺏고 진압봉으로 전경들을 위협했다. 길 한구석에서 졸지에 전경들이 학생들 앞에서 무릎을 꿇고 불안에 떨었다. 시민들이 풀어주라고 외쳤다. 학생들은 전경들이 자신들의 대열로 돌아가도록 길을 터주었다. 몇 명은 얻은 기회를 활용해 재빨리 달아났으나 몇몇 전경들은 학생들이 들고 있는 헬멧과 방패를 달라고 애원했다. 복학생들은 웃으며 전경들의 머리를 쓰다듬고 헬멧과 방패를 돌려줬다. 다음날 신문은 전경들의 헬멧과 방패를 뺏고 진압봉으로 폭력을 행사했다는 학생들 기사를 사회면 톱으로 올렸다. 시민들은 신문 기사를 보고 기자들을 비웃지만, TV는 종일 그 기사를 실어 나르기 바빴다.

연서는 학생회 소속 간부도 아니다. 시위 경험이 없는 대학의 학생들은 전투경찰의 조직적인 진압에 밀려 교문 앞으로 나서질 못하고 있었다. 느닷없이 연서가 대열 앞에 나서서 카랑카랑한 목소리로 마이크를 잡았다. 연서는 청바지와 티셔츠 차림이 아니다. 연서는 굽 높은 구두와 짧은 미니스커트, 단추 두 개쯤을 푼 땡땡이 블라우스. 어느 패션발표회 모델이라도 되는 듯 온몸을 뒤흔드는 걸음으로 대열 앞으로 나와 투쟁을 호소하며 대열을 선도했다. 연서가 앞으로 나서자 대열에서 벗어났던 학생들이 일제히 환호성을 지르며 대열에 합류했다. 기자들은 놀란 눈으로 카메라를 집중시켰다. 시위대열이 교문을 씩씩하게 나서자 연서는 마이크를 넘기고 학교 화실로 돌아갔다.

그날 저녁, 연서를 연행하기 위해 미술과 사무실 조교와 교직원을 앞세워 학교 화실로 찾아온 경찰들이 멜빵바지에 온통 물감을 뒤집어쓰고 작업에 몰두하고 있는 연서를 보고 맥이 빠진 듯 피식피식 웃는다.

"학생 도대체 뭐야? 아휴, 참뇌, 너 시위꾼 맞냐?"

"저요? 그냥 지나가다 학생들이 힘들어하기에 재미있게 놀아준 거죠. 뭐."

"뭐라고? 놀아준 거라고? 진짜 놀고 있네. 학생, 이제 그만해. 으응, 대열 앞으로 나서지 말라고. 경찰서로 붙들려오면 개망신당할 거야. 그냥 그림이나 그려. 잘 그리네. 근데 왜 나무만 그리냐? 사람을 그려야지. 사람이 없는 그림은 감동이 없어. 사람이 주인이야. 알았어?"

"예."

"절대 나서지 마라. 다음에 무조건 유치장이야."

"아, 예, 들어가세요. 수고하시고요."

연서는 화실로 찾아온 형사들에게 비굴한 미소를 지으며 문 입구까지 따라가며 인사했다.

"쟤는 좀 이거 아냐? 정신이 어떻게 된 거 아냐? 저게 무슨 운동권이야? 앞날이 캄캄하다."

경찰들은 좁은 계단을 내려가며 누구라도 들으라는 듯이 큰소리로 툴툴댔다. 그들은 운동권은 비장하고 의지가 강하고 어떤 소명 의식이 넘치는 투사로 본 모양이다. 앞날이 캄캄하다는 말은 누구의 앞날이 캄캄한 것인지 알 수 없다. 대학 당국은 교수회의를 열고 여름방학까지 임시 휴업을 결정했다. 경찰기동대가 교문을 닫고 학생들의 출입을 막았다. 대학은 곧 잠잠해졌다. 연서가 화실에서 쓸 화구들을 챙기러 왔다. 정문에서 연서의 출입을 막는 기동대원들은 없다. 대원들은 연서의 뒤에서 휘파람을 불거나 농담을 걸었다.

"아가씨, 어느 다방이야? 한번 줄래? 이따가 갈게."

연서는 뒤를 돌아보며 가운뎃손가락을 올리거나 엉덩이를 뒤로 내밀고 흔들며 약을 올렸다. 연서는 미술과 그림방에서 필요한 화구들을 들고 거리낌 없이 교문을 드나들었다. 화구뿐이 아니라 학생회 사무실과 동아리 사무실, 학과 사무실을 드나들며 학생회 간부들이 필요한 것들을 챙겨 전달했다. 기동대원들은 지독한 더위가 끝나도 돌아가지 않고 매일 학교 운동장에서 축구를 했다. 방학으로 이어지자 학생들은 학교를 두고 집으로 돌아갔다. 연서는 아예 학교를 그만두고 미술학원을 열었다.

세상이 조용해지자 연서의 화실에 어린 학생들이 몰렸다. 초등학생들과 중학생들이 한꺼번에 몰려 분반을 하자 나도 한 반을 맡아 일당을 챙겼다. 나는 아이들 앞에서 연서를 원장님이라고 꼬박꼬박 불렀다. 연서는 권위를 세워 사소한 일들을 해결했다. 얼굴에 주근깨와 여드름이 범벅된 오광식이 연서에게 목소리를 높였다.

"왜 나는 매일 밑그림만 그려요. 나도 색칠하면 안 되나요?"

"오광식, 너 색칠하고 싶어? 뭐 그리려고? 밑그림이 안 되면 색칠을 해도 소용없지. 조금 지나면 배울 거야. 기다려."

"다른 학원은 밑그림 그리면서 곧장 색칠도 하는데요?"

　연서의 눈이 날카로워졌다. 광식의 태도도 더는 물러서지 않겠다는 의지가 강했다. 연서는 목탄을 뺏고, 이젤을 치웠다. 단호했다.

"나가. 그 학원으로 가. 어서 나가."

　연서가 말을 마치고 돌아서자 오광식이 한 마디 덧붙였다.

"학원비 돌려주세요. 열흘밖에 안 다녔잖아요."

"학원비? 네 엄마보고 와서 받아 가라고 해."

　오광식은 씩씩거리며 문을 세게 여닫고 돌아갔다. 연서는 커피를 타서 마셨다. 두 시간쯤 지나 학생들이 모두 돌아간 후 광식 엄마가 학원으로 쪼르르 달려왔다. 퇴근한 후 곧장 달려온 모습이다.

"아휴, 원장님, 광식이가 속을 썩인다고요? 그 아이가 원래 샘이 많아서 그래요. 다니던 학원마다 다 쫓겨났어요. 제가 볼 때 그림에 소질도 있고, 관심도 많고, 무엇보다 재주가 있어 보이는데, 솔직히 말씀드리면 천재성이 보이거든요. 천재성이 있는 아이들은 다른 아이들과 배우는 진도가 같진 않잖아요? 원장님께서 더 잘 아시겠지만, 천재를 알아보시는 원장님이 제 마음에 꼭 들거든요. 이 일은 용서하시고 받아주세요. 학원비는요? 제가 두 배로 드리겠어요. 밑그림과 색칠까지 함께 하게 해 주세요. 광식인 내일 다시 보낼게요. 그럼 그렇게 믿고 가요. 원장님 고맙습니다."

광식 엄마는 자리에서 일어서며 봉투 하나를 내려놓고 뒷걸음치듯이 달아났다. 연서는 한참 동안 움직이지 않았다. 다음날부터 오광식은 밑그림과 색칠을 동시에 했다. 광식은 옆에서 밑그림을 열심히 그리는 아이들 틈을 돌아다니며 잔소릴 했다. 연서는 광식의 행동을 나무라지 않았다. 아이들은 광식의 참견을 모르는 척 듣지 않는다. 얼마 지나 아이들도 밑그림 위에 색칠을 더하게 되었다. 아이들은 밑그림에 그려놓은 명암을 밝혀 색을 입혔다. 광식은 제 마음대로 색을 칠했다. 아이들의 그림과 광식의 그림이 현저히 달라진 것은 한 학기가 끝날 때였다. 방학을 맞아 아이들의 그림이 학원 벽에 걸리기 시작했다. 토요일 오후 학부모들이 몰려왔다. 학부모들은 자기 아이들의 그림 앞에서 사진을 찍고 즐거워했다. 광식이 엄마는 생크림을 듬뿍 올린 케이크를 들고 와 학원 가운데 책상을 모아놓고 펼쳤다. 학부모들이 함께 생크림 케이크를 자르며 아이들의 성과를 자축했다. 광식 엄마가 서둘러 말을 꺼냈다.

"우리 광식이 그림만 유별나지요? 아마도 이제 조금씩 천재성이 드러나는가 봐요. 호호호."

학부모들은 아이들의 손을 잡고 학원을 떠났다. 학부모들은 광식이 천재가 아니라는 것을 모두 알고 있었다. 나는 연서가 하는 짓이 광식과 광식 엄마를 망신 주는 것에 지나지 않게 보여 연서에게 따졌다. 연서는 아무런 대꾸를 하지 않았다. 연서는 그날 이후 광식에게 나무를 그리라고 시켰다. 마음속을 드러내고 싶은 한 그루 나무. 광식은 정해진 시간 외에도 학원으로 달려와 나무를 그렸다. 광식의 나무는 점점 정교해지고 다양한 색을 지녔다. 놀랍게도 광식은 군말 없이 나무를 그렸다. 나무를 그리면서 광식의 장난기도 사라졌다. 겨울이 지나가자 광식의 나무는 생명력을 지니게 되었다. 꽃이 피었고, 새가 날아들었고, 열매가 맺혔다. 더 놀라운 것은 어느 날 갑자기 광식의 나무에 흰 줄이 주렁주렁 매달렸다.

"연서 씨, 광식에게 무슨 짓을 한 거요?"

나는 연서를 노려보았다. 연서는 미동도 하지 않았다. 더 화가 났다. 무언가 결심한 듯 연서가 입을 열었다.

"끝까지 듣고 따지려면 따지라고. 광식이 본 것은 공산성 당산나무야. 그 아이는 그 당산나무를 그리고 싶어 한 거고. 그건 우연이야. 공산성을 오르다가, 거기서 그 아이를 봤거든, 당산나무를 혼자 그리고 있더라고. 한두 번이 아니야. 토요일, 일요일, 공휴일 학교에 가지 않는 날이면 늘 그 자리에 앉아 당산나무를 그리더라고. 모르는 척하고 지나쳤지. 학원에서 그림을 그릴 때, 그 아이는 그 나무를 그려보고 싶었을 거야. 다른 그림을 그리라고 하니 해찰하는 거지. 어쩔 수 없었어. 그 나무를 그리는 것을 말리고 싶었거든. 광식 엄마도 모를 거야. 지난 번 아이가 학원을 나간 이후에 다시 학원으로 돌아왔을 때 나무를 그릴 수 있게 가르쳐주기로 했어. 광식의 눈이 반짝거리더라고. 그래서 그리게 한 거야."

"그래도 아이들 그림인데. 저런 그림을 그리게 해요?"

"저런 그림? 하긴 광식이 어리긴 하지. 그래도 제 마음대로 그리고 싶은 것을 그리는데 뭐가 문제야?"

"혹시 광식 엄마가 무당인가요?"

"호호호. 나도 처음엔 그런가 보다 했지. 아냐. 광식 엄만 보건진료소 소장이야."

"그럼 저 아이가 신기가 있는 거요?"

"그건 나도 모르지. 너무 앞서가진 마. 그냥 그림일 뿐이야."

광식이 학원을 나오지 않은 것은 학기 말 전시회에서 광식의 당산나무를 본 광식 엄마 얼굴이 허옇게 변해서 돌아간 이

후였다. 학기가 끝나기 전 전시회에 모인 학부모들은 자기 아이들의 그림보다 광식의 그림에 더 몰렸다. 전시회가 끝나고 광식의 당산나무를 가지고 싶다고 전화를 건 학부모들도 몇이나 있었다. 열흘이 지나 광식 엄마가 학원으로 전화했다. 너무도 차분한 목소리로 연서에게 정중히 항의했다. 연서는 광식 엄마의 전화를 받으며 몸을 부르르 떨었다.

"우리 광식에게 신의 기운이 있나요? 그래도 초등학생인 아이예요. 어떻게 그런 그림을 그리게 내버려 두셨죠? 원장님은 참 나쁜 사람입니다. 학원비를 돌려보냈을 때 이미 냉정한 사람이란 것은 알았죠. 제 말이 그렇게 민망했나요? 하지만 그런 방식으로 내게 복수할 줄을 몰랐어요. 꼭 사람을 죽여야만 복수는 아니죠. 지금 난 사경을 헤매고 있어요. 원장님 즐거우세요? 뭐라고 말씀하셔야지요."

연서는 한참 동안 대꾸하지 않았다. 광식 엄마는 전화를 끊지 않고 흐느꼈다. 연서는 광식이 홀로 공산성 진남루 앞 당산나무를 그리고 있었다는 말도 하지 않았다.

"그 당산나무 나도 알아요. 아이를 외가에 맡겼거든요. 저는 보건진료소를 비워서는 안 되니까요. 보건진료소장은 항상 진료소에서 실제 살아야 해요. 제 엄마는 그 당산나무를 모셨거든요. 당산나무를 모시러 갈 때마다 그 아이를 데리고 갔더군요. 그분이 삼 년째 요양병원에서 돌아오지 못해요. 치매거든요. 사실 치맨지 아닌지도 몰라요. 하지만 정신이 늘

오락가락해요. 광식이 그 나무를 그려 외할머니에게 가져다주곤 한답니다. 그림을 보면 외할머니가 환하게 미소를 짓는다고 하더군요. 저는 본 적이 없지만요. 아이고, 참, 내가 왜 이런 말까지 하는지. 참. 하여튼 원장님, 너무 서운합니다."

연서는 학교 수업이 끝나는 시간에 맞춰 광식을 만나러 갔다. 광식은 외가를 나와 보건진료소에서 살면서 통학했다. 학교 수업을 마치고 버스를 타고 면 소재지로 가면, 엄마가 데리러 온다고 했다. 보건진료소는 면 소재지에서 20리 정도 떨어져 있다. 연서는 교문 앞으로 나온 광식에게 외할머니가 있는 기독교 요양병원의 위치를 묻고 광식과 함께 면 소재지 인근 요양병원으로 갔다. 노인은 햇빛이 잘 드는 병실 끝에 누워 있었다. 보건진료소 소장님의 부탁으로 좋은 자리를 드렸다고 간호사가 말했다. 광식이 외할머니를 부르자 감고 있던 눈을 떴다. 광식 외할머니는 입술을 움직여 무슨 말을 하려고 했다. 연서는 그 말을 알아듣지 못하고 광식이 그린 당산나무를 가방에서 꺼내 보여주었다. 노인은 당산나무를 물끄러미 바라보고 다시 광식을 보고 더듬거리며 말을 이었다.

"되었어. 이제 으으흠, 당신님께서 오셨지이. 오셨어. 광식아, 니가 당신님을 모셨구나."

노인은 두 손을 모으고 절을 하는 듯 고개를 끄덕였다. 연서는 노인이 광식을 당산나무에 깃든 신령으로 보고 있다고 생각했다. 간호사는 웃으며 노인의 손을 잡았다.

"할머니, 이 아이는 할머니 남편이 아니고 손자예요. 손자요."

"그려여. 나도 알어. 알지. 당신인 걸 왜 몰라."

노인이 다시 눈을 감았다. 연서는 햇빛이 드는 창가에 광식이 그린 당산나무를 올려놓았다. 회색 테두리를 지닌 그림 속 당산나무는 은빛으로 반짝이기 시작했다. 간호사는 그림을 힐끗 쳐다보고는 불만스럽게 말을 덧붙였다.

"다른 사람들은 십자가나 예수님 사진을 가져다 놓거든요. 당산나무 그림이니 좀 그러네요. 나는 작은 불상만 봐도 이상하던데."

노인의 얼굴은 매우 편안했다. 광식은 제 그림을 할머니께 드린 것만으로도 흥분되어서 하지 않아도 될 말을 했다.

"할아버지가 산감이었대요. 선생님 산감아세요?"

"모르는데, 산감이 뭐야?"

"공산성을 관리하는 사람요. 사람들이 공산성 안의 나무를 잘라 집으로 가져다가 땔감으로 썼는데 그거 불법이래요. 그래서 공산성을 지킬 사람이 필요했다고 하더라고요."

"아, 공산성을 관리하는 사람?"

"그렇지요. 우리 할아버지이셨대요. 그런데 그곳에서 넘어져서 돌아가셨대요. 나는 할아버지를 본 적이 없어요."

연서는 광식 할아버지에 대하여 더 묻지 않았다.

연서는 광식이 학원에 나오지 않자 광식의 당산나무를 그렸다. 성벽으로 둘러싸인 진남루 앞에 선 당산나무. 연서는 다시 대학으로 복학을 한 후에도 오로지 당산나무만 그렸다. 연서 그림 속 당산나무들은 린도스 성의 올리브나무로 이어졌다.

레아 3

3

 물을 뿌리는 소리 때문에 깊은 잠에서 겨우 벗어났다. 간간이 창문에 부딪히는 물소리를 들으며 소낙비가 오나 하고 창문을 닫으려고 일어났다가 정원을 내려다보았다. 부겐빌레아 꽃들이 더욱 빨개진 몸으로 호텔 주인이 퍼붓는 물줄기를 고스란히 맞고 있다. 서둘러 연서가 보내준 엽서 사진을 들고 로비로 갔다. 자리를 지키던 비너스가 보이지 않는다. 정원에 물을 뿌리던 호텔 주인이 로비로 왔다. 평소 활짝 웃던 표정과 다르게 무뚝뚝하게 성의 없이 아는 척을 했다.
 "오늘 아침 식사는 준비되지 않아요. 저쪽 카페에 준비해 두었죠. 그리 가세요."
 말을 마친 주인은 되돌아 밖으로 나가려 한다. 자리에 앉으려다 말고 호텔 주인을 불렀다. 호텔 주인은 귀찮은 표정이다.
 "잠깐요. 이 사진을 좀 보세요. 혹시 이 사진 속의 여자를 기억하세요?"
 "그걸 어찌 아오? 난 모르죠. 혹시 헬레나라면 기억할지도……."

"헬레나요?"

"아직도 모르시오? 여기 로비를 담당하던 과부 말이오. 헬레나."

"아하, 비너스요?"

"비너스? 풋, 비너스가 아니고 헬레나 산타나브이너어스."

호텔 주인은 신경질을 부리듯 말을 뱉고는 정원으로 돌아갔다. 더 물어도 소용없을 것 같아서 비너스가 출근할 때까지 기다리기로 작정했다. 카페로 가서 아침을 주문했다. 젊은 웨이터가 웃으며 먼저 커피를 가져왔다. 짙은 커피 향기로 기분이 좋아졌다. 아침은 구운 빵과, 달걀 오믈렛, 채소 샐러드, 치즈 한 조각이다. 오믈렛 속에는 햄과 버섯 조각들이 들어있어 식감이 좋다. 젊은 웨이터는 영어를 알아듣지 못하고 엉뚱한 말을 하다가 느닷없이 헬레나 산타나라고 말하고 엉덩이를 앞뒤로 격렬하게 흔들며 웃는다. 웨이터의 몸동작이 의미하는 것이 무엇인지 알 수 없다. 달리 방법이 없다. 카잔카가 올 때까지 호텔 로비에서 비너스를 기다렸다. 그녀는 출근하지 않았다.

11시가 뇌사 카산카가 호텔 로비로 들어섰다. 카잔카에게 비너스가 왜 출근하지 않는지 알아봐 달라고 했다. 카잔카는 비너스 대신 로비 계산대에 서 있는 웨이터에게 가서 비너스가 출근하지 않는 이유를 물어보고는 싱글싱글 웃으며 따지

듯이 묻는다.

"코레아, 비너스에게 무슨 짓을 한 것은 아니지? 내가 관심을 가지지 말라고 했지? 호텔 주인이 잔뜩 화가 났어. 비너스는 출근하지 않을 거래. 사내와 함께 떠날 거라고 했다더군. 호텔 주인은 비너스가 코레아와 떠날 거라 생각했대. 이게 무슨 일이야? 물론 어제 그간 일한 급료를 모두 받아갔다는 거야. 그 사내가 코레아가 아니라서 얼마나 다행인지. 호텔 주인은 다시 돌아와도 받아주지 않겠대. 물론 비너스는 얼마 후 다시 오게 될 거라는 거야. 사내는 틀림없이 비너스를 버리고 떠날 거라고 하더라고."

"난 아무 짓도 하지 않았어. 호텔 주인이 날 의심한 거야? 이상한 사람들이군. 그런데 비너스가 출근하지 않는다고? 낭패네. 그럼 이 사진 속의 여자를 기억하는 사람이 없겠는데. 정말 우연을 기대해야 해? 어떻게 하지?"

사진을 들여다보며 난감한 표정을 짓자 카잔카는 자리에서 일어서며 어서 밖으로 나가자고 손짓을 한다. 밖으로 나오자 카잔카는 빠른 걸음으로 걸으며 징크가 되어 좋알댄다.

"기다릴 것 없다니까. 돌아오지 않을 것 같지만 비너스는 이곳으로 돌아온다니까. 비너스는 다섯 주를 일하고 두 주를 떠나지. 가진 돈이 떨어지면 돌아온다니까. 우울해하지 마. 로도스에는 예쁜 여자들이 많아. 내가 로도스에서 제일 예쁜 여자를 소개해줄게. 지금 그 여자에게로 가는 거야. 레아 데

메테르 우르아스. 우린 레아라고 불러. 너무 예뻐서 헤어지기 싫어하지."

비너스를 당장 만날 수 없다는 생각 때문에 기분이 상했다. 하지만 카잔카가 지껄이는 얘기를 들으며 비너스에게 연서를 확인할 수 있는 날을 뒤로 미루기로 했다.

"레아는 어떤 여자야?"

"걱정하지 말라니까, 코레아. 레아는 예쁘다니까. 로도스 최고 미녀지. 레아 여신과 다르지 않아. 헤라의 어머니 이름을 받았으니 눈빛이 너무 곱지. 틀림없이 코레아는 레아에게 빠질 거야. 너무 좋아하지는 마. 이 로도스에 레아를 좋아하는 젊은 사내들이 너무 많거든. 레아의 옆자리에 서로 앉으려고 해. 그녀의 냄새를 맡으려 코를 킁킁거린다니까. 산양의 향기를 지녔어."

카잔카의 말을 그대로는 믿지 않지만 궁금했다. 더구나 산양의 향기라는 말에 그만 코웃음을 쳤다. 카잔카는 정색을 하고 자신의 말을 당장 확인이라도 할 듯 걸음을 재촉했다. 카잔카는 포구로 가는 시장을 가로질러 분수대가 있는 광장으로 나왔다. 광장 옆 쥬얼리 상점으로 들어갔다. 레아의 쥬얼리. 카잔카는 문을 열고 들어가면서 문에 매달린 작은 종을 흔든다. 상점 안에서 턱수염이 짙은 사내가 나왔다. 언뜻 보면 나이가 많이 든 사람처럼 보인다. 카잔카는 그와 악수를 했다.

"레아를 만나러 왔어. 어제 약속했지. 오늘 함께 일을 하기로. 레아는 어디 있어?"

사내는 상점 안을 향해 레아를 불렀다. 잠시 후 레아가 상점으로 들어왔다. 갈색 머리를 길게 따서 늘어뜨리고 매듭으로 묶어 단단히 마무리한 모습은 신전에서 자주 본 여신들의 모습이다. 짧은 바지를 입지 않았다면 정말 여신으로 보아도 무방했다.

"레아, 인사해. 코레아, 내 친구야. 카잔카키스 호텔에 묵고 있어. 여자를 찾아왔대. 아니 따라왔대. 지금 그 여자를 찾고 싶어 해. 레아에게 그 사진을 보여줘."

레아는 사진을 보는 순간 고개를 갸우뚱한다.

"이 사진, 카잔카키스 호텔이네. 분명해."

"물론. 그건 나도 한눈에 알아봤지. 그 여자, 그 여자를 본 적이 있어?"

"물론 봤겠지. 이 빨간색 가방, 이거 내 거야. 아 맞다! 이 사진 내가 찍어준 거야. 내가 이 여자를 안내했지. 이 여잔 한국인이야. 이 여자 화가야. 아마 린도스로 갔을 거야. 거기서 그림을 그린다는 소문을 들었어. 틀림없다니까."

뛸 듯이 기뻐 환호성을 지를 뻔했다. 우연이 필연으로 바뀔 수 있다는 확신이 들었다. 레아를 만난 것은 운명이다. 그런데 연서는 그 빨간 가방이 자신의 것이라고 했다. 레아의 것이 아니다. 그 가방은 이스탄불 바자르에서 값을 반이나 깎아서 산 것이라고 했다. 레아에게 물었다.

"이 빨간 가방이 레아 것이 맞아요?"

"물론. 지금도 가지고 있지요. 안에 있어요."

"코레아, 그 가방 나도 본 적이 있어. 레아 것이야. 레아 가져올 수 있겠어?"

레아는 믿을 수 없다는 표정으로 안으로 들어가 그 빨간색 가방을 가지고 왔다. 틀림없다.

"그 가방을 잠시 빌려준 거요? 왜 그 여자가 들고 있지?"

"빌려준 것은 아닐 거에요. 내가 그 여자의 여행을 도왔죠. 아니, 함께 여행한 거죠. 그때 이 가방을 들고 사진을 찍었을 겁니다. 어쨌든 틀림없이 이 가방이죠."

알 수 없는 일이다. 연서가 거짓말하는 것을 들은 적이 없다.

"처음부터 레아 것이었소?"

"그게 왜 문제가 되죠? 처음부터 내 것은 없는 건데요? 그 여자가 내게 준 거죠. 아마 그 여자는 돈이 없었고, 내 수고료로 이 가방을 줬을지도, 아마 그럴 수도, 하지만 정확히 알 수는 없죠. 어쨌든 그 여자는 린도스로 갔죠."

중요한 단서는 가방이 아니라 연서가 린도스에 살고 있다는 것이다.

"카잔카, 우리 린도스로 가자. 지금. 그 여자를 만나야 해. 린도스로 가면 그 여자를 만날 수 있을까?"

"여자는 많다니까. 그러지 뭐. 레아도 같이 가야 해."

레아의 말을 믿고 의지하기로 했다. 레아가 린도스에서 연서를 만날 수 있도록 도와줄 길잡이가 될 것으로 확신했다. 마음은 바빴지만 우리는 천천히 걸어 섬을 도는 순환도로로 내려갔다. 카잔카는 포구로 가서 대기하고 있던 4인승 픽업트럭을 타고 돌아왔다. 카잔카는 린도스로 가는 택시비의 반값으로 흥정했다고 자랑했다.

"코레아 서두를 것은 없어. 서두른다고 달라질 것은 없으니까. 저기 포구 끝에 헬리오스가 동쪽에서 서쪽으로 전차를 몰고 달리곤 한다고. 그리곤 밤에 다시 돌아오지. 그건 하루도 어긋난 적이 없어. 용감한 헬리오스는 돌아오지 않은 적이 없지. 이 로도스에서는 누구라도 다시 돌아오는 거야. 전쟁이 나도 마찬가지야. 지금은 헬리오스 대신에 아르테미스의 사슴이 자리하지. 같은 거야. 아르테미스의 사슴은 정복당하지 않아. 오토스와 에피알테스 거인 형제가 아르테미스를 납치하려고 했거든. 아르테미스는 사슴으로 변해 숲으로 달아났어. 거인들이 사슴을 보고 힘차게 창을 날렸지. 사슴은 사라지고 형제들은 자신이 날린 창에 죽었어. 사슴은 포구로 돌아왔지. 로도스에 정복당하지 않는 이야기로 남았다니까. 기억하라고. 코레아, 숲속 어딘가에 있는 여자는 반드시 돌아올 거야."

카잔카는 픽업트럭이 포도들이 땅에 바짝 붙어 자라는 포도밭이 끝도 없이 펼쳐진 언덕 사이 해안도로를 달리는 동안 헬리오스와 아르테미스에 대한 이야길 모두 알려주려는 듯 종알거렸다. 카잔카의 이야기를 들으며 나는 기분이 좋아졌다. 누구나 돌아와 만날 수 있다는 확신은 기쁨의 근원이기 때문이다.

린도스는 로도스 섬의 동남쪽 끝에 있다. 린도스 마을로 들어서기까지 해안도로 근처에는 마을은 보이지 않는다. 다만 포도밭 한가운데 작은 농막들이 듬성듬성 있고, 포도밭에서 스프링클러만이 물을 뿜는다. 산비탈을 내려서고 굽은 언덕을 돌아들자 마을이 나타났다. 마을 끝 간이 포구에 흰색 요트들이 줄지어 정박해 있다.

"저 요트 주인은 대개 로도스 상가 주인들이야. 로도스 관청의 우두머리들도 있고, 로도스 호텔 사장들 요트도 많지. 내 친구도 요트를 가지고 있어. 코레아, 내가 언제 태워줄게. 약속한 거야. 그리스 사내들은 거짓을 말하지 않거든."

트럭이 속도를 줄이고 가파른 언덕을 내려가 마을로 들어섰다. 린도스 상가 밀집 지역 주차장에 트럭이 멈추자 레아는 상가 지역으로 들어갔다. 레아가 찾아간 곳은 작은 그림들을 파는 아트플라자다. 레아를 맞은 상점 주인은 레아를 덥석 안고 반가워한다.

"마리스, 이 여자 알죠? 지금 어디서 살아요?"
"이 여자? 여기 없는데. 아테네로 갔어. 하지만 돌아올 거야. 로도스 사람들은 그렇게 믿지. 언제 돌아올지는 모르지만 내가 그 여자의 그림을 가지고 있어. 팔지 말라고 했는데. 그림 사려고?"

나는 얼른 연서의 그림을 보여 달라고 했다. 마리스는 머뭇거리다가 연서의 그림을 보관한 방으로 우릴 안내했다. 그 그림, 당산나무. 엽서 속 당산나무의 제 모습을 지니고 있다. 나는 한참 동안 우두커니 서서 그 나무들을 보았다. 문득 기억 속에 고스란히 남아 있는 그 나무는 금줄을 두른 공산성 당산나무와 크게 다르지 않은 것을 알았다. 다만 금줄의 자리에 짙은 주황색 부겐빌레아 꽃들이 둘러 있을 뿐이다.

"린도스 성 아크로 광장을 지키는 올리브나무야."

마리스는 이 그림 속의 나무를 린도스 성 아크로 광장을 지키는 올리브나무라고 말한다.

"아니야, 저게 올리브나무라고? 무슨 소리! 당산나무지. 당산나무라고!"

갑자기 내뱉은 내 말을 알아듣지 못한 마리스는 놀란 눈으로 그림들을 제 자리로 돌려놓으려 했다.

"잠깐만요."

나는 올리브나무들을 다시 주의 깊게 살폈다. 큰 성벽을 배경으로 태양의 반대 방향으로 기울어진 나무는 세찬 에게해의 바람을 맞고 하나같이 은빛으로 빛나고 있었다.

"아테네에서 온 갤러리 주인이 이 그림을 모두 사려고 했어. 하지만 그 여자는 팔지 않았지. 한사코 거절했다고. 갤러리 주인이 값을 올려도 팔지 않았어. 그 그림의 주인은 따로 있다고 하더라고. 이미 그 주인에게 이 그림들 보냈다고 하면서. 참 이상한 일이야. 여기에 있는 그림들을 어떻게 보냈다는 것이야? 하여튼 그 그림을 진정으로 알아줄 사람이에게 해를 건너올 거라고 하면서 내게 보관을 부탁하더라니까. 대신 갤러리 주인은 그 여자가 그린 누드를 살 수 있었어. 나도 그 여자가 그린 누드를 한 점 가지고 있어. 이 그림들을 보관해주는 대가로 받은 거야."

마리스는 방 안으로 들어가 누드 그림 한 점을 가지고 나왔다. 마리스는 호쾌하게 웃었다.

"이 모델이 나야. 나."

마리스는 자신의 누드 그림을 보여주며 매우 자랑스러워했다. 나는 낯설지 않은 그림을 천천히 살폈다. 마리스의 누드는 극장 간판실에서 내가 그린 연서의 누드와 같은 자세다. 봉곳한 가슴과 겨드랑이에서 살짝 노출된 치모, 소복한 거웃, 도톰한 엉덩이까지 연서의 몸이다. 다만 머리를 차지하고 있는 여인은 마리스다. 마리스의 몸을 바라보며 싱긋 웃자 마리스의 얼굴이 붉어진다.

"이 그림을 그릴 때 내 몸은 날씬했지. 지금은 이렇지만."

마리스는 어깨를 으쓱한다. 카잔카는 아무 말도 하지 않고 뒤로 물러나 앉아 있다. 순간 나는 마리스가 무심코 꺼낸 말을 듣고 놀랐다.

"그 여자는 카잔카의 여동생이 사는 집에서 살고 있었어. 거기가 그 여자가 사는 집이야."

순간 너무도 놀라 당황했다. 카잔카는 나를 만난 후 연서를 모르는 척했기 때문이다. 애써 외면하고 있는 카잔카를 바라봤다.

"카잔카, 연서를 알고 있었어? 지금까지 모르는 척 했잖아?"

"사실 잘 몰라. 난 집에 들어가지 않거든. 나는 로도스에 있고, 린도스에는 오지 않거든. 나는 이 린도스가 싫어. 린도스가 정말 싫다고."

카잔카는 얼굴이 붉어지도록 짜증 내며 소리를 지르고 밖으로 나갔다. 카잔카를 따라갔다. 카잔카는 골목이 이어지는 미로를 따라 사라졌다. 카잔카를 따라잡을 수 없었다. 어쩔 수 없이 마리스의 아트플라자로 돌아왔다. 연서를 만날 수는 없지만 연서의 흔적과 움직임을 이젠 읽을 수 있다. 하지만 연서가 살고 있던 카잔카의 여동생집으로는 가지 않았다. 레아와 함께 아트플라자 앞에 있는 카페에서 카잔카를 기다렸다. 이미 점심 먹을 시간이 지났다. 레아는 속에 초콜릿을 넣고 둥그렇게 구운 쿠키와 산토리니 맥주를 주문했다. 나는 샌드위치를 추가하고 거품이 많은 로도스 생맥주를 원했다. 마주 앉은 레아는 초롱초롱한 눈으로 연서와의 관계를 자꾸 물었다.

"로맨틱해요. 환상적이고요. 두 사람 사랑해요?"

아직도 연서를 사랑하고 있는지 확신이 서지 않았다. 다만 연서를 만날 때까지 린도스에 머물기로 했다. 카잔카는 결국 나타나지 않았다. 레아와 로도스로 돌아왔다. 레아와 호텔 앞 카페에서 맥주를 마셨고, 레아의 쥬얼리 가게에서 자수정 알이 박힌 목걸이를 샀다. 호텔 앞에서 레아와 볼을 댄 후 헤어졌다. 레아가 돌아가면서 남긴 말이 가슴을 울렸다.

"당신이 에게해를 건너온 사람인가요?"

다음 날 아침에도 비너스는 자리에 없다. 가방을 챙겨 호텔 밖으로 나오자 카잔카가 기다리고 있다.

"코레아, 린도스로 갈 거지? 나는 벌써 알았지. 린도스에서 그 여자를 기다리겠지. 아마도 돌아올 거야. 사이렌이 코레아를 데려가지 않으면 만날 수 있겠지. 가자고."

"카잔카도 린도스에 갈 거야?"

"코레아가 가면 나도 가지. 우린 친구니까. 하지만 여신들은 인간들을 끝까지 사랑하진 않아. 가질 수 없다고 생각되면 망설이지 않고 버리거든. 코레아도 그 여자를 끝까지 믿으면 안 돼."

나이에 걸맞지 않은 카잔카의 잔소리를 들으며 큰길로 나가 린도스로 가는 버스에 올랐다. 카잔카는 자리에 앉자 곧장 코를 골며 깊은 잠에 빠졌다. 버스는 누운 듯이 땅에 자리 잡은 포도들과 먼지가 푸석거리는 마른 땅에 깊게 뿌리를 내린 올리브나무 숲을 지나 바다가 내려다보이는 언덕길을 달렸다. 눈앞에 펼쳐지는 장면이 이상스레 낯설지 않았다. 나는 린도스로 숙소를 옮기기로 작정했다.

주루 4

4

 전화에 매달린 상담원들은 자신에게 돌아올 배당을 계산하며 시간과 다툰다. 통화를 끝내기 무섭게 통화 대기 중인 붉은 신호가 깜박거린다. 저녁 시간대 판매방송을 진행하는 여배우는 간장 게장과 뻘건 양념으로 뒤범벅된 게를 들고 침을 튀기고 있다. 비록 영화에 출연할 기회는 줄었지만, 한때는 겹치기 출연으로 성가를 올리던 그녀다. 양념을 입술에 묻히지 않고 살을 저며 우물거리면서도 감탄사를 연발하는 솜씨가 숙달된 연기처럼 놀랍다. 그녀가 손가락으로 양념게장을 들어 올릴 때마다 통화 대기 붉은 신호가 한꺼번에 상담원들의 부스로 달려든다. 주문지수는 완판을 향해 급속하게 달린다. 주어진 50분이 마감을 향하자 여배우는 마침내 완판이 다가왔다고 감탄사를 날리며 주문이 늦는 분에겐 상품을 드릴 수 없어 죄송하다는 말을 연거푸 퍼부었다. 그때마다 주문지수는 다시 더 솟구친다. 놀라운 순발력이다. 여배우가 완판을 외쳤다. 여배우는 장담할 수 없지만 감사하는 마음으로 5% 할인가격으로 추가 특별주문을 마련하겠다고 장담한다.

어깨를 으쓱거리던 대리인이 못 이기는 척 특별 추가 주문을 승인하자 멈칫거리던 대기 통화가 급속하게 깜박거린다. 상담원들의 부스가 다시 신속하게 작동한다. 여배우의 얼굴이 환해졌다. 예고된 광고 시간이 되자 피식 웃으며 방송 중이던 부스를 나와 천천히 물을 마시고 담배를 피워 물었다. 판매방송 담당 피디가 활짝 웃으며 여배우에게 말을 건넸다.

"수고하셨어요. 오늘도 완판입니다. 완판. 이번 달 벌써 다섯 번째입니다. 고맙습니다."

여배우는 흘깃 피디를 보고는 이내 얼굴을 돌린다. 여배우가 뭉개진 화장으로 붉어진 얼굴을 분첩으로 두드린다.

"다른 방송에서 요청이 오더군요. 이 바닥은 의리를 지키지 않는 걸 알고 있죠? 전무님에게 말씀드리세요. 월말까지 결정하라고요. 그리고 아침 시간대에 녹화로 방송하겠다고 하셨지요? 다시 생각해야겠어요."

"예에? 지난번 미팅에서 이미 승인하신 것으로 아는데요?"

"언제요? 승인한 적은 없고, 생각해 보겠다고 했죠."

"당장 내일 방송 시간이 잡혔는 걸요?"

"전화하라 하세요. 그냥은 안 되죠. 방송은 알아서 하고."

여배우가 방송실 밖으로 나갈 때까지 모른 척했다. 여배우의 태도는 확연하게 달라졌다. 한물간 여배우지만 식품 가공물 판매장에 몰리는 가정주부들에게 여배우의 등장은 신선했다. 주문을 원하는 통화 속에서 주부들은 그녀의 말투를 흉내

내며 물품을 주문했다. 판매지수가 높아지자 여배우가 챙겨가는 수입도 오르기 시작했다. 여배우에게 지급할 출연료가 점점 부담으로 다가와 대역을 고민하기 시작한 터다. 손익계산이 앞선 전무는 단호하다.

"무조건 여배우를 설득하라고, 그게 우선이야. 출연료는 없어, 녹화라고."

여배우는 고집스럽고 집요했다. 방송 시간 2시간 전까지 녹화 방송을 허락하지 않았다. 다른 상품으로 대체할 수밖에 없다. 주부들이 아침 식사와 가족들의 출근을 끝내고 진행 과정과 결말이 같은 드라마 앞으로 앉을 시간대다. 아침 시간대 드라마는 미장원 대화에서 꼭 필요했다. 어차피 드라마 시간대의 홈쇼핑은 실적이 오를 수 없다. 모험을 거는 신상품이 차지할 시간대였다.

"과장님, 제가 대신해 볼까요?"

"장난치는 거요?"

"아니어요. 제가 상담원도 해 보고 보조 엠디도 해 봤거든요. 그리고 그 판매 원고 모조리 외우고 있어요. 그 판매는 제가 기획했고, 대본도 제가 썼거든요."

"그게 사실이오?"

주루였다. 판매 상담원으로 최고의 실적을 올려 승급한 후 상담 부스의 매니저로 판매 전략회의에 참석하고 있던 주루는 여배우의 녹화방송 대신에 생방송으로 자신이 판매 메인을 맡겠다고 나섰다. 달리 방법이 없다. 주루는 보조 방송 부스로 들어섰다. 자료 배경 화면은 주루가 기획 단계에서 제시했으나 여배우의 반대로 보류된 어부들의 모습으로 설정되고 여배우의 자리에 주루가 섰다.

대기 중인 생산 업체는 준비 방송에 주루가 요구한 싱싱한 게를 방송 부스로 올렸다. 게의 집게발이 어떤 것도 자를 듯이 활짝 펼치고 있다. 주루는 싱싱한 게를 덥석 들고 게의 특성을 설명한 후 반으로 자른 뒤 준비된 양념을 섞어 버무린다. 방송 시간대에 직접 양념게장을 만드는 방식은 전에 시도하지 않은 방식이다. 더구나 중국산을 쓰는 양념게장에 살아 있는 게가 등장할 수는 없다. 게다가 배경 화면으로 깔린 어부들은 서해 꽃게잡이 현장을 보여준다. 음식을 준비하는 식자재의 신선함이 돋보이고, 버무려지는 색상도 선명하여 먹고 싶은 욕망을 충분히 자극했다. 별 기대감이 없던 부스 매니저들의 얼굴에 생기가 돌기 시작했다.

실제 판매방송으로 이어졌다. 주루는 젊은 주부의 얼굴로 변신하며 화면 속에서 더 빛을 발했다. 방송은 성공이다. 본 방송이 나가기 시작하자 의외로 멈칫거리던 통화 대기 신호가 상담원 부스마다 튀기 시작한다. 방송 모니터링 화면에 메인 엠디가 누군지 묻는 말도 들어오기 시작한다. 상품을 납품하는 수산물 판매회사의 반응도 매우 호감으로 바뀌었다. 방송이 시작되고 십여 분이 지나자 여배우로부터 전화가 왔다.

"지금 뭐하는 거죠? 쟤는 누구죠? 어디서 시답잖게 치고 들어오는 거야? 내 방송인 걸 모르는 거야?"

여배우가 전화를 끊고 나자 전무의 호출이 내려왔다.

"이거 대형 사고야. 방송이 뭔지 모르나? 당장 수습해."

"전무님, 그게 아니고 지금 상담원 부스마다 난리입니다. 좀 더 지켜보시죠."

주루의 엠디 진입으로 아침 드라마 방송 시간대의 홈쇼핑 판매지수로는 최고의 성과를 올리고 있었다. 간간이 감탄사로 말하는 주루의 중국어 '하오데하오데好的好的'는 주문자들 사이에서 유행어로 번질 조짐이 보였다. 주문자들이 남기는 글에 '하오데하오데'가 반복하여 오르고 있었다. 간간이 자막으로 중국산이란 문자를 넣어 허위 방송이란 책임에서 벗어나려 조치했다. 주문이 폭주했다.

아침 방송 이후 주루를 발굴한 공으로 판매라인 관리팀은 일제히 한 등급씩 승급할 수 있는 특혜가 부여되었고, 독립된 부서가 되어 나는 부장이 되었다. 축하를 위해 마련한 자리 이후 주루와 수시로 따로 만났다.

토요일 오후 몰리던 홈쇼핑의 주문 부스 상담자들이 퇴근을 서둘렀다. 마땅히 오갈 데 없던 나는 회사 정문 카페에서 차를 마시며 시간을 보내고 있었다. 최고의 매출을 올린 주루가 들어왔다.

"부장님, 자리에 앉아도 돼요?"

주루는 '하오데' 상품 개발 후 늘 당당했다.

"퇴근 전 여길 들르시기에 들어왔어요. 별일 없으시면 저녁식사 모시려고요."

우린 회사 근처를 벗어나 아파트 인근 갈비 석쇠 구이를 먹으러 갔다. 한우가 아니라 가격부담이 덜했다. 저녁 식사를 마치고 인근 호프집으로 맥주를 마시러 갔고, 조금 이른 시간에 자리를 파했다. 사는 곳이 인근이라 천천히 걷다가 집에서 한잔 더 하기로 했다. 포도주와 치즈 조각을 테이블 위에 놓았다.

"집 구경해도 되어요?"

"집 구경요? 뭐 볼 것이 있어야죠. 이 거실과 저 방이 전부요."

거실에 방치된 캔버스들과 방 안에 쌓아둔 그림들은 생각에도 없고 그저 아침에 슬그머니 빠져나와 헝클어진 침대와 마구 걸어둔 옷들만 불편했으나 이미 술에 취한 까닭으로 부신경했다.

"그림들이 많아요. 도구들도 갖춰있고, 화가세요?"

"화가는? 대학에서 미술과 다녔는데, 헛공부했고, 그냥 삽니다. 술이나 한잔하세요."

"저 그림 한 점 가져도 돼요?"

주루가 선택한 그림은 연수의 그림을 흉내 낸 공산성 당산나무 미완성 작품이다.

"미완성으로 남겨둔 건데, 버릴 수 없어 가지고 있는 거죠. 누굴 줄 수 있는 작품이 아니거든요. 안 됩니다."

"제 눈에는 뭔가 느낌이 있어 보여요."

"그래도 안 됩니다."

"죄송해요. 제가 그림 볼 줄을 몰라서 무리한 부탁을 드렸네요."

주루는 빠르게 잔을 비우고 더 늦기 전에 가봐야겠다며 서둘러 돌아갔다.

일과를 마치고 주루와 술을 마시거나 식사를 하는 일이 잦아졌다. 홈쇼핑 매니저로 승급한 주루는 근무시간이 일정하지 않았다. 자신이 기획한 제품이 배정된 시간에는 늘 매장에 나와 있어야 했다. 잠깐 틈나는 시간에 밖으로 나가서 때를 놓친 식사나 차를 마셨다. 그때마다 주루는 그림에 대한 이야길 듣고 싶어 했지만 주루에게 해 줄 말이 별로 없었다. 겨우 호서극장 간판실에서 영화 간판을 그렸다는 이야기가 고작이었다. 주루의 이야기는 늘 장황하지만 새롭고 흥미로웠다.

그날도 야간 근무를 마치고 주루와 회사 근처 해장국집에서 아침을 먹었다. 주루는 뜨거운 선짓국을 후후 불어 입에 넣고 우물거렸다. 매우 서두르는 모습이 역력했다.

"천천히 드세요. 체하겠어요."

주루는 물을 마시며 미소를 지었다.

"아이가 있어서요. 주빈이지요. 한국인이고요. 한국인 남편과는 이혼했어요. 얼마 안 되었지요. 중국인 남편은 한국으로 오려고 준비 중이어요. 지금 서둘러 가면 주빈에게 아침을 먹이고 학교에 보낼 수 있어요."

주루는 불안한지 몹시 서둘렀다. 서두르는 주루를 차에 싣고 주루가 사는 아파트로 갔다. 주루가 잠깐 기다리라는 말을 하고 아파트로 바쁘게 들어갔다. 십여 분이 지난 후 주루가 아이와 함께 나왔다. 아이는 주루에게 손을 흔들고 어린이집으로 갔다.

"잠깐이라도 안으로 들어오세요."

주루의 아파트 안으로 들어갔다. 너무도 놀라운 일이다. 주루는 욕망을 감추지 않고 무척 서둘렀다. 순간 주루의 행동을 제지하고 돌아가야 한다는 생각으로 마음이 흔들렸다. 주루는 격렬하게 욕구를 채우려 했고 온몸이 뜨거웠다. 주루의 늪에 빠져들기까지 오래 걸리지 않았다. 그날 이후, 자주 만날 수 있는 시간을 더 얻기 위해 주루의 집 근처로 숙소를 옮겼다. 주루의 집에 들렀다가 출근하거나 함께 퇴근하곤 했다. 그림을 포기하고 서울로 올라와 특별하게 어떤 일에 빠져들지 못했던 혼란스러움을 견딜 수 있게 한 것은 주루의 몸이다. 그보다 주루의 이야기에 더 빠져들었다.

"어림없는 짓이야. 말이 되는가? 다시 사당에서 제사를 지내게 될 거야. 그때 사람들이 내게 제기를 달라고 하면 어쩌겠니? 나는 제기를 만들어야 해. 그것이 내가 할 일이지."

주루의 조부 주동朱鋼은 아들 주강朱鋼과 함께 대대로 청동 주물 가문을 잇는 장인이었다. 문화대혁명이 일어나자 사당은 철폐되기 시작했고, 마침내 공자 사당도 문을 닫아야 했다. 만들어 가지고 있는 제품마저 몰수당하거나 금속 덩어리로 만들어 공산당에 공납해야 했다. 하지만 주동은 청동 제기 제작을 멈추지 않았고 제품들을 함에 담아 공장 인근 밭에 파묻었다. 당국은 주동의 주물공장에서도 기계 부품을 만들라는 지시가 내렸으나 작업량으로 배당된 기계 부품들은 불량이 많았다. 당은 주동의 자기비판을 결정했고, 공장에는 감시요원을 배정했다. 감시자로 공장에 배정된 감독관은 노동계급 장광張崖이었다. 실제 장광은 노동계급이 아니고 골동품과 모조품을 거래하는 장사치다.

장광은 주동이 제기 주물을 만드는 것을 돕지 않고 방관했다. 주동이 청동 제기들을 만드는 것을 알고 있으면서도 방관하는 장광의 속셈은 따로 있었다. 주동이 만든 제기 중 일부를 몰래 들고 나가 당 간부들에게 팔았다. 당 간부들은 이참에 골동품들을 집안에 챙기고자 했다. 골동품은 언제든 돈이 되는 것을 알고 있기 때문이다. 주동의 청동제기는 명성이 있었고 거래는 순조로웠다. 당 간부들 사이에서 장광의 청동 주물 거래는 공공연한 비밀이었다. 당 간부들을 감시하던 공안들이 장광의 행적을 추적했다. 오래지 않아 주물 제품 거래를 위해 주물 제품을 가지고 당 간부를 찾아간 장광이 공안에게 발각되었다. 책임에서 벗어나기 위해 당 간부는 장광이 제기를 만드는 주동을 고발하러 찾아온 것으로 보고서를 작성했다. 장광이 주동을 고발한 셈이다. 주동은 과거 사당에 올릴 주물 제품을 만든 봉건적인 자신의 행동을 스스로 비판받고 농사를 돕는 일꾼으로 징발되어 고향을 떠났다.

주물공장은 주강이 맡았으나 실제 책임자는 장광이 되었다. 주동이 집을 비우자 당장 식량을 구할 수가 없었다. 장광은 식량을 구하러 도시를 벗어나 외진 농가를 찾아가야 했다. 농민들은 장광이 들고 오는 청동 제기들을 귀하게 여겨 양곡을 내줬다. 농민들은 은사로 문양을 새겨 넣은 주물을 좋아했고, 양곡을 아끼지 않고 내줬다. 주강은 은사로 문양을 넣은 주물제작에 집중했다. 주강의 주물은 예로부터 내려오는 골동품과 다를 게 없었다. 장광도 주강에게 주물에 은사를 넣는 기술을 배웠다.

두 해가 지나자 제기들을 모두 공물로 빼앗긴 사람들은 감시가 소홀해진 틈을 타서 제기를 구하려고 했다. 찾아온 손님들이 곡식을 들고 와 청동 주물품들과 바꿨다. 주강은 식량 걱정을 덜었다. 강제노역 기간이 끝난 주동이 돌아왔다.

"난 자네가 나를 고발했다고 생각하지 않네. 나를 도우려 한 일이었으니까."

장광은 무릎을 꿇고 용서를 빌었다.

"어쩔 수 없었습니다. 식량을 구해야 했으니까요."

"용서라니. 어쨌든 자네가 있어 청동 주물을 지킬 수 있었네. 고맙게 생각하네."

세상은 청년들이 으뜸인 사회로 급속하게 변했다. 주동은 공동농업 단지에서 젊은 감독관들의 교육을 잊지 않았다. 장광의 눈에 어긋나면 그나마 명목을 지키던 청동 주물공장은 당장 해체될 수 있다는 것을 실감했다.

노동과 생산이 중심인 세상은 오래가지 않았다. 배고픈 도시 노동자들은 살길을 찾아 거리로 나왔고, 거리가 시장이 되자 다시 돈이 돌았다. 장사치가 된 도시 노동자들의 연립주택에도 조상을 모실 사당을 마련했고 사당에 올린 제기가 필요했다. 법을 지키는 것보다 조상을 모신 사당이 더 중요했다.

도시의 거리는 장사치들과 제품을 생산하는 기술자들이 몰려들었다. 자본을 든 일본인들이 몰려오고 규모가 작은 금속제품 가공 공장들이 생겼다. 장광은 주동의 청동주물품을 거래하는 매장을 열고 모조 골동품을 섞어 팔았다. 골동품에 눈독을 들인 일본인들이 달려들었다. 매우 조심스럽게 접근하던 일본인들은 다른 골동품들과는 확연히 구별되는 주동의 청동 제품들을 신뢰하고 거래를 확대했다. 매장을 관리하는 장광은 주동의 청동주물에 화학약품을 처리하여 제작 시기를 위장한 골동품을 관광객들에게 고가로 팔았다.

공안의 감시가 장광에게 집중될 때는 이미 일본 시장에도 장광의 가짜 골동품이 돌기 시작한 뒤였다. 공안의 목적은 분명했다. 골동품의 진위는 애당초 따질 생각이 없었다. 다만 불법을 내세워 자신들의 몫을 챙기려 했을 뿐이다. 장광은 공안들과 이익을 정확히 나눴다. 장광의 사업은 공안의 힘이 배후가 되자 더 활기를 띠었다.

"진품입니까?"

"난들 압니까? 험난한 시기를 지나온 청동 기물입죠. 진품이란 확인증이라도 있으면 이 값에 이런 물건을 살 수 있겠소? 다만 한 가지 지금 어디에도 이 중국에서 청동 기물들을 만드는 곳이 있으면 찾아보시오. 만드는 곳이 없단 말입니다. 그러니 진품이지요."

"나는 진품을 원하오."

"그럼 박물관에 가보시오. 아마 이 물건처럼 생긴 것은 거기도 없을 거요."

  장광을 찾아온 일본인 골동품상들은 그냥 돌아갈 수 없었다. 처음부터 값을 깎기 위한 속셈일 뿐이다. 장광은 일본 골동품상과의 큰 거래를 위해 진품으로 위장한 청동 기물들을 가공하여 값을 내리고 대량거래를 성사시켰.

  일본 시장에서 위조 골동품 문제가 보도되었다. 중국산 제품들에 대한 신뢰가 바닥을 치기 시작했다. 일본인 골동품 상인들과 함께 공안이 들이닥쳤다. 공안은 장광에게 뇌물을 받던 인물이었으나 청동 주물공장을 압수하고 공장을 부수려 했다. 이를 막으려 저항하던 주동과 주강이 타오르는 화덕에서 쏟아진 석탄 불더미에 깔렸다. 장광은 이를 갈고 공안에게 복수를 다짐했다. 우선 공장에 불이 발생한 틈을 노려 달아났다. 그동안 장광에게 적지 않은 뇌물을 받아온 공안은 주동과 주강이 죽게 되자 일을 대충 마무리했다. 일본인 골동품상들은 용의주도했다. 사건을 마무리하는 대로 자신이 건넨 대금은 일부 돌려받았으나 물건은 돌려주지 않았다. 남은 대금은 공안 몫이었다. 장광은 돈을 더 요구하는 공안에게 줄 돈이 없어 결국 빚을 내고 자금난에 시달리다가 공장을 통째로 내줘야 했다. 빚을 감당할 수 없는 장광은 아들 장충과 주동의 손녀 주루를 데리고 청동주물과 곡식을 바꾸던 농촌마을로 달아나 다시 청동주물공장을 시작했다. 의지할 곳이 없는 어린 주루는 장광이 시키는 대로 장충과 결혼했다.

주루는 물러설 곳이 없었다. 주루의 꿈은 주동의 청동 주물공장을 다시 세우는 것이다. 돈이 되는 일은 무엇이든 했다. 한국인과의 국제결혼을 위해 장충과 위장이혼도 했다. 장충은 자신을 한국으로 부르겠다고 약속하는 주루의 뜻을 따르기로 했다. 국제결혼으로 만난 한국인 남편의 도움으로 일을 시작하고 아이도 낳았다. 자동차 정비공인 한국인 남편은 주루를 신뢰했다. 쇳물을 다루는 일을 보고 자란 주루는 남편의 일도 어렵지 않게 도울 수 있었다. 일에 성실한 남편의 정비 공장은 번성했다.

  어느 날 혼인 신고를 하지 않고 동거하던 사이였던 여자가 남편의 아내라고 찾아왔다. 남편의 눈빛이 이미 여자에게 쏠렸다. 어쩔 수 없이 주루는 순순히 물러났다. 합의 이혼하자 남편은 주루에게 작은 평수의 아파트 세를 얻을 수 있는 돈을 줬다. 주루는 딸과 함께 집을 나와 독립했다. 주루가 홈쇼핑 중국인 상담자로 발탁되어 온 것은 독립한 후 일 년이 지난 뒤였다.

  주루의 판매 부스에 중국인 노동자들이 물건을 주문하는 수가 늘었다. 전화 상담원 중 중국어에 능통한 대졸 신입을 배치해도 중국인들의 유별난 사투리에 속수무책이다. 전화상담원 주루는 상담에 응한 중국인들의 속성을 알고 판매를 성공시켰다. 홈쇼핑의 성과는 판매지수를 근거로 판단한다. 주루가 홈쇼핑 기획부서에서 일하게 된 것도 그런 까닭이다. 돈을 벌기 위해 몰려든 중국인들이 대거 늘어나기 시작했다. 집단생활을 하며 하루 12시간 이상 노동 시간에 내몰린 그들은 마트를 갈 수 없어 부득이 홈쇼핑에서 물건을 구입했다. 주루는 한국어를 아는 중국인들을 전화 상담원으로 배치하자는 기획안을 판매 개선안으로 제출했다. 주루가 중국인 전화 상담원들을 배치하자 중국인 노동자들의 구매지수가 급속하게 증가했다. 매출이 늘자 급여도 늘고 생활이 안정되었다. 전화 상담원 주루의 탁월한 판단과 감각적인 판매 전술에 힘입어 부서는 홈쇼핑의 강자가 되었다. 주루는 중국에서 합의 이혼했던 남편을 데려와 주물공장에서 일하도록 했다. 한국의 주물공장 주인은 장충의 솜씨를 인정하고 일당을 올려줬다. 주루는 장충과 함께 중국으로 돌아가 청동 주물공장을 운영할 생각이었다. 장충도 억척스럽게 돈을 모았다.

  연서가 내 아파트로 찾아온 것은 주루와의 관계를 눈치 챈 뒤다. 작품을 위해 그림 재료를 사러 서울에 온 연서는 연락도 없이 회사 앞에서 나의 퇴근을 기다리고 있었다. 사무실 현관을 나선 내가 주루와 함께 차 타는 것을 보자 서둘러 택시를 잡고 내 차를 따랐다. 택시 기사는 흥미롭게 차를 추격했을 것이다. 우리는 일상처럼 아파트로 들어갔다. 30분쯤 후 주루가 커피와 토스트를 준비하고 있을 때 아파트 초인종이 울렸다. 출입문을 열자 아파트 안으로 들어선 이는 연서였다. 연서는 놀라 방안으로 뛰어 들어온 주루를 따라 방으로 들어왔다. 연서는 내가 침대에 누워 있는 모습을 보고는 놀라 한참 서 있다가 밖으로 나갔다. 당황했지만 연서를 잡지 않았다. 주루도 놀라 집으로 돌아갔다. 아무 연락이 없던 연서가 한 달쯤 지나서 다시 아파트로 찾아왔다.

"그 중국년 몸이 더 탄탄해? 내 몸이 이미 늘어졌다는 거야? 하긴 우리 나이 차이를 생각하면 내가 미안하지. 하지만 난 투기하고 싶어. 왜 하필 중국년이야?"

연서에게 무슨 말이라도 해야 했다.

"한국 국적을 가졌어. 아이가 하나 있어. 계집아이야."

"국적이 있으면 다 한국인이야? 계집아이도 네 아이야?"

"그건 아냐. 원래 데리고 있더라고."

"그런데 왜? 더군다나 애까지 딸린, 그랬구나. 젊은 것이 좋았던 거지?"

연서는 집을 떠나지 않았다. 연서는 출퇴근 시간에 항상 차를 대기시켰다. 그냥 혼자 걸어가겠다고 해도 소용없었다. 까탈스런 연서의 태도를 이해할 수 없었다. 주루는 멀찍이서 이런 모습을 말없이 지켜봤다. 연서는 주루가 서 있는 곳으로 일부러 차를 몰고 가 유리창을 내렸다. 주루는 고개를 숙이거나 뒤로 돌아섰다. 연서는 한 달 동안이나 그렇게 했다.

"그 중국년이 생각나? 그년의 늘씬한 몸이 떠올라?"

연서는 몸을 탐하면서도 계속 물었다.

"그년은 어떻게 하니? 나도 그렇게 해 줄게. 원하는 것을 말해."

연서가 아무 때나 옷을 훌러덩 벗고 집안을 휘젓는 모습이 너무 싫었다.

"옷 좀 입고 다녀."

"왜? 그년도 벗고 다녔을 거 아냐? 이제 벗은 몸이 보기 싫어? 난 보여주고 싶은데. 이게 내 몸이야. 실컷 보라고."

갑자기 짐승으로 취급받는 듯 비참해졌다.

"그만해. 여긴 네 집이 아니야. 이제, 그만 네 집으로 가. 제발."

연서는 한참 동안 넋을 잃은 듯 바라보다가 주섬주섬 가방을 쌌다.

"사랑이 아니었구나. 사랑인 줄 알았지."

연서의 말이 가슴에 비수로 꽂혔다. 늘 연서를 사랑했고 사랑하고 있었다. 하지만 그 말을 밖으로 뱉지 못했다. 제발 가라고 했을 뿐이다. 그 일로 연서가 떠났다. 연서가 떠난 후 주루와 만나는 일도 접었다. 모든 것이 싫어졌다. 회사에 연가를 내고 사나흘씩 시간을 보내기도 했다.

두 해가 지났다. 아무런 소식도 없던 연서가 그림 한 점을 보내왔다. 낡은 성벽 앞에 비스듬히 사는 나무. 그 나무는 찬란한 빛을 받고 은빛으로 빛나고 있다. 가만히 들여다보면 잎 하나 하나가 조금씩 다른 빛을 내지만 한꺼번에 보면 은빛이다.

「당산나무야. 신들의 세상에서는 나무들이 은빛을 발하지. 이제 겨우 그 은빛을 찾았거든. 지중해로 갈 거야.」

그때 나는 연서를 보내지 말아야 한다고 생각했다. 하지만 몸이 움직이지 않았다. 연서는 지중해 인근에서 자릴 잡았다. 연서가 보낸 몇 장의 엽서 그림에는 보스포로스 해협과 거리에서 환하게 손을 벌리고 웃는 연서가 있다. 연서 뒤에 있는 터키 사내는 연서의 사내인지 지나가는 사내인지 애매하다. 그 사진 한 장으로도 견딜 수 없는 질투를 느꼈다. 그날 주루의 몸을 격렬하게 탐했다. 주루는 콧김을 풍기는 신음으로 몸을 받았지만, 그 신음은 겨우 견디는 고통이었다. 몸을 추스르며 주루는 욕실로 갔다. 바닥에 주루의 생리혈이 듬성듬성 떨어져 있었다.

홈쇼핑 업체가 늘어나면서 후발업체들로부터 영입 제의를 받았다. 준비된 상품의 완판을 거듭하면서 우리 영업팀이 홈쇼핑 업계의 최강자로 군림하고 있을 때다. 후발업체로 팀 전체를 옮기는 것은 어려운 결정이다. 대기업의 상호를 유지한 후발업체는 주루가 제시한 홈쇼핑 에이전시 체제를 인정하는 조건을 받아들였다. 에이전시는 판매에 책임을 지고 이윤을 배분받는 방식이다. 주루는 전속모델과 홈쇼핑 안내자들을 상품마다 과감하게 교체하여 소비자들의 관심을 끌었다. 그뿐이 아니다. 전화 상담원들도 능숙한 경력자들로 대체하여 판매에 가속도를 높였다. 반품 제로는 꿈이었지만 실현 가능성이 보였다. 주루는 전화 상담원들의 교육과 관리를 맡으며 성과관리직으로 전환되었다. 주루의 성과급이 빠른 속도로 올랐다. 모든 전화 상담원들의 여신이 되어 타 업계의 강사로 초빙되곤 했다. 판매에 따른 성과급으로 주루는 제일 먼저 아파트를 옮겼다. 강이 내려다보이는 고급 아파트를 마련하고 주루는 미모를 갖춘 세련된 사업가로 변모했다.

　주루는 안산 주물공장에서 일하는 중국인 남편 장충이 새로 마련한 아파트로 찾아오지 못하게 했다. 장충은 서울 근교에서 주루를 기다리다가 한두 시간 주루를 만난 후 곧장 공장으로 돌아갔다. 장충은 불만을 말하지 않았다. 주루가 보여주는 통장에는 장충의 돈이 기대한 것보다 빠른 속도로 많이 쌓이고 있었다. 주루는 한 달에 한 번 장충과 만나는 시간조차 불편하게 여겼다. 주루는 장충과 서울역이나 고속버스 주차장 인근의 커피숍에서 잠깐 만나고 헤어졌다. 장충은 주루가 가지고 있던 통장의 도장을 자기가 가지고 있겠다고 제안했다. 주루는 웃으며 통장과 도장을 내주었다. 장충은 그런 주루가 고마웠지만, 점차 주루를 데리고 중국으로 돌아갈 수 없다는 것도 알았다.
　장충은 주물공장에서 일하며 만난 중국인 과부 여강과 살림을 차리기로 했다. 장충은 청동 주물공장을 잊고 여강과 한국에 머물고 싶었다. 장충의 귀국을 먼저 꺼낸 것은 주루다. 장충의 3년 체류 기간이 끝나가고 있었다.

장충이 중국으로 돌아갔다. 주루는 순순히 자신의 말을 따르는 장충이 고마웠다. 장충과 살면서 주루의 말을 순순히 듣는 것은 처음이었다. 주루는 달러로 바꾼 돈을 장충에게 주고, 나머지 돈은 중국에서 장충이 만든 통장에 입금했다. 장충이 일하던 주물공장 사장은 직접 중국까지 가서 장충이 주물공장을 세우는 것을 도왔다. 장인의 손으로 주물을 만들던 주동의 공장과 달리 쇳물을 만들고 성형에 붓는 방식도 모두 기계의 힘을 빌리는 방식이다. 장충은 욕심 부리지 않고 공장을 가동했다. 판매처가 확보될 때마다 생산을 늘렸다. 장충의 주물공장을 돌아본 주루는 장충의 주물공장 인근 비어 있던 허름한 4층 건물을 헐값으로 사들여 내부를 개조하여 식당과 여관을 만들고 여강에게 운영을 맡겼다.

 주루는 장충에게 현지 여행사를 만들도록 한 뒤에 홈쇼핑에 저가 중국 여행 상품을 올렸다. 장충은 여강이 관리하는 여괸 긴물을 주깅호델로 이름 짓고 주루의 홈쇼핑에서 밀어내는 저가 여행객을 받도록 했다. 한국에서 온 여행객들은 장충의 여행사가 운영하는 관광버스를 타고 여행했고, 여강의 식당에서 먹고 주강호텔에서 잠을 잤다. 여강은 한국인들의 입맛에 맞는 음식을 만들어 좋은 이미지를 갖게 했다. 방은 깨끗하게 유지했고, 한국 TV 프로그램은 유료로 방영했다.

 주루는 사업가의 모습으로 변모했다. 틈틈이 헬스장에 나갔고, 마사지숍에 등록해 피부의 탄력을 높였다. 밥 대신에 빵을 먹던 주루는 빵 대신에 야채와 과일을 먹었다. 주루의 몸에서는 신선한 섬유질의 향기가 풍겼다. 주루는 가슴 안에 실리콘을 넣어 유방을 부풀렸다. 가는 쌍꺼풀 수술로 눈을 크게 키웠고, 코를 높였다. 주루는 자신의 아파트에서 내가 함께 머물기를 바랐다. 주루의 집에서 머무는 시간이 늘었다. 주루는 집에서 속이 훤히 비치는 란제리만 걸치고 있었다. 주루의 몸이 신화 속의 여신처럼 변했다. 그런 시간이 지나는 동안 점점 주루는 장충의 골동품 판매 사업에 대해 관심을 둘 수 없었고 그 운영에 대해 이의를 제기할 수 없었다.

장충은 저가 중국 여행 상품을 구매한 관광객을 상대로 주물공장에서 만드는 복제 청동 불상이나 청동 향로를 현지 골동품으로 위장해 헐값으로 팔았다. 으레 저가 여행 상품에 포함된 현지 관광 상품 구매 정도로 생각한 관광객들은 시세보다 훨씬 싼 골동품이란 말에 현혹되어 구매했지만 장충은 여러 배의 이익을 남겼다. 장충의 청동 기물들을 진품이라 여기고 물건을 구매한 관광객들이 국내로 돌아와 시장에 나도는 제품과 다르지 않은 것을 알고 가짜라고 신고하여 사기 사건으로 번졌다. 관광객들이 홈쇼핑 회사로 몰려와 손해배상을 요구했다.

홈쇼핑 회사는 관광 상품을 기획한 담당 부서장인 내게 책임을 묻고 발을 뺐다. 관례대로 모든 책임을 관광객을 송출한 관광사로 넘겼다. 홈쇼핑에는 해외여행 전문 관광사의 이름을 걸었지만, 실제 여행을 담당한 하청 업체 사장이 주루라는 사실이 밝혀졌다. 나는 당황했으나 달리 방법이 없었다. 주루는 항의하는 관광객에게 제품을 반환받고 구매한 가격을 보상하여 문제를 해결했다. 오히려 일부 여행자들의 구매행위 손실도 보상하는 제품이라고 선전하여 신뢰도를 높였다. 회사는 무사했고 주루는 다시 영업에서 성과를 올리기 시작했다. 실속 있는 판매를 알고 있는 주루는 저가 관광상품을 뒤집을 또 다른 계획을 추진하고 있었다. 주루는 중국인 에이전시들로 구성된 판매회사를 만들었다. 주루의 에이전시들은 한국에 일하러 온 중국인들을 상대로 홈쇼핑 상해보험을 올리고 호황을 누리기 시작했다.

"사표를 냈어요? 당신이 책임질 일도 아니잖아요? 내게 물어보고 결정해야 했어요. 당신은 그게 문제에요."

사표를 제출하고 집으로 돌아오자 주루가 따지듯이 물었다.

"네가 상관할 일이 아니잖아?"

주루의 눈꼬리가 뒤틀렸다.

"상관할 일이 아니라고요?"

주루는 금방 울상으로 변했다.

"나도 참고 있어요."

주루의 말을 더 듣고 싶지 않았다. 탁자에 내려놓은 주루의 손가방을 주루의 손에 들려주고 아파트 문을 열고 기다렸다. 주루가 떠난 후 아파트 출입문 비밀번호를 바꿨다. 며칠 동안 집에 머물고 있으나 초인종 소리에도 반응하지 않았다. 전화도 꺼놓았다.

한 주일이 지난 후 공주로 갔다. 문을 닫은 극장 앞 중국집에서 짬뽕을 시켜놓고 소주를 마셨다. 옆자리에서 음식을 먹는 사람들도 낯익은 사람은 없다. 극장 뒤 여관에 방을 정하고 학교를 돌아보고 돌아와 잤다. 다음날 연서가 운영하던 학원을 찾아갔다. 학원은 사라지고 내과와 외과를 함께 보는 병원이 들어서 있다. 병원 아래 해물탕집에서 점심을 먹으며 반주로 소주를 마셨다. 밖으로 나와 서울로 돌아가려고 여관에 맡겨둔 짐을 찾으러 갔다. 여관으로 들어가는 길가에 있는 화방 출입구에 걸린 포스터를 보았다.

고마 동문전. 고옴 갤러리. 나는 화방으로 들어가 고옴 갤러리의 위치를 물었다. 갤러리는 멀지 않은 곳에 있다. 관공서들이 밀집된 지역으로 들어서는 건물 2, 3층을 모두 쓰는 갤러리 3층에 연서의 그림 두 점이 있다. 신목. 하나는 길게 늘어선 공산성 성벽을 배경으로 햇살에 은빛으로 빛나는 나무. 다른 하나는 어두워진 낯선 성벽의 음영에 조명등의 불빛을 받고 은빛을 떨치는 나무. 20호짜리 그림 두 점이었다. 서명 아래 적은 날짜를 보았다. 2년 전에 그려진 신작. 그 그림들은 연서가 보내준 '신목' 연작 엽서 중 일부였다.

 서둘러 서울로 돌아왔다. 부동산 중개소에 아파트를 내놓고 가지고 있었던 가구들과 가전제품들을 처분했다. 부동산 중개인은 아파트를 팔고 작은 오피스텔을 구해 주었다. 나는 남은 물건들, 그림 도구, 미완성이거나 완성된 그림들을 오피스텔로 모두 옮겼다. 회사를 나온 지 여섯 달이 훌쩍 지났다.

 내가 회사를 떠났어도 주루가 이끄는 홈쇼핑의 판매지수는 꾸준히 성장했고, 배당되는 돈도 그에 걸맞게 늘었다. 중국 현지 법인도 매출이 급격히 늘었다. 모든 것이 순탄했다. 다만 주루는 나의 태도를 이해할 수 없었다. 화도 나고 못마땅했지만 인내심으로 나의 태도 변화를 기다렸다. 또한 서너 차례 내 아파트로 찾아왔다. 나는 문을 열지 않았고 얼마 후에는 나른 곳으로 이사했다. 수민자지센터를 찾아갔어도 주루는 업무 담당자에게서 전출입과 관련한 어떤 정보를 얻을 수 없었다. 나를 만날 수가 없게 된 주루는 변호사에게 도움을 청하기로 작정했다.

 법무법인 승리. 주루는 월요일 오후 홈쇼핑 사무실에서 내려다보이는 승리의 문을 열고 들어갔다. 칸막이로 나뉜 공간 속에서 세련된 모습의 변호사들이 분주하고, 주루에게 시선을 주는 이는 없다. 순간 주루는 어떻게 해야 할지 망설였다.

"어느 변호사님을 찾아오셨지요?"

안내 데스크에 자리 잡은 여직원이 벌떡 자리에서 일어나 주루에게 물었다. 주루는 여직원의 동작이 탄력적이고 우아해 보여 선뜻 말하기 어려워 천천히 침을 삼켰다.

"제게 먼저 말씀하세요. 어떤 어려운 일도 쉽게 해결하신답니다."

여직원이 옅은 미소를 지었다.

"혼인과 관련된 일인데요, 전문 변호사님을 만나고 싶어요."

"그래요? 잠깐 이곳으로 오세요."

주루는 여직원이 권하는 자리에 앉았다. 여직원은 재빠르지만 자연스럽게 투명한 주전자에 들어있는 녹차를 작은 투명 잔에 따르고 눈썰미 있게 받침을 받쳐 주었다. 주루는 녹차를 한 모금 마셨다. 마시기 적당한 온도다.

"상담료는 30만 원이어요. 사건을 의뢰하시면 상담료는 면제되고 대행 수수료가 50만 원입니다. 사건의 액수와 범위, 상담 시간에 따라 수임료가 달라지고요. 어떤 상담을 원하세요?"

주루는 나머지 녹차를 한꺼번에 마셨다. 목이 탔다.

"혹시 냉수는 없어요? 목이 타서요."

"아, 드릴게요."

여직원은 냉장고 생수병에서 물을 따르고 받침을 챙기는

것을 잊지 않는다.

"말씀하세요. 제게 말씀하시는 것은 상담료에 해당하지 않아요. 제가 내방자의 말씀을 듣고 변호사를 선임하고 변호사님과 상담을 시작하면서 상담료가 계산됩니다. 편하게 말씀하셔요. 혼인 관련이라고 하셨지요. 이혼인가요? 아니면 혼인 실패, 말하자면 혼인빙자 뭐 이런 거. 일종의 사기 사건이지요. 이혼은 민사소송이고 혼인빙자 사기는 형사사건으로 처리합니다."

"이혼은 아니고요."

"민사는 아니군요. 돈을 많이 뜯겼나요?"

"아니요. 그랬으면 경찰서로 갔지요. 남자가 느닷없이 사라졌어요."

"예? 사라져요? 사람 찾는 일은 변호사 사무실에서 하지 않아요. 흥신소 같은 곳에서."

"그게 아니고요. 기가 막혀서. 침."

"천천히 말씀하세요."

여직원은 직관적으로 복잡한 관계가 얽힌 것으로 판단한다. 대부분 이런 경우 말이 길다. 적절하게 자르고 요점을 정리하는 기술이 필요하다.

"우린 같은 회사에 다녔어요. 같이 살진 않았고 사실관계는 유지했죠."

"잠깐 사실관계요. 성적 관계를 말씀하시는 거죠?"

"그렇죠."

"관계의 횟수를 물어봐도 될까요? 대답하지 않으셔도 되지만 사실관계를 정확히 알기 위해서 묻는 말입니다. 부끄러워 마시고요."

"부끄럽다뇨? 부끄러우면 제가 여길 오겠어요? 거의 매일이죠. 우린 아직 젊으니까요. 아직 30대거든요. 나이로는 내가 두 살 많지요. 그 남자는 미혼이고 나는 이혼 전력이 있고 싱글이고요, 한국인이고, 물론 아이가 하나 있지요. 그건 그 남자도 알아요."

"그러네요. 혼인에 문제가 될 것이 없군요. 두 분이 합의하면 혼인이 성립되지요. 그런데 뭐가 문제지요?"

"그게 참, 그 남자가 갑자기 사표를 내고 사라졌다니까요?"

"왜요?"

"그건 나도 모르지요. 얘기를 안 해봤으니까요."

"그게 다예요?"

"예."

"사라진 지 얼마나 되었어요?"

"열 달이 넘었나? 아니다. 이제 열한 달째군요."

"돌아오겠죠. 남자들은 가끔 그렇게 방황하다가 돌아오곤 하는 걸 자주 봤어요. 연락은 되세요?"

"신호는 가는데, 받질 않아요. 뚜뚜뚜 하다가 끊어져요. 문자를 보냈어도 응답이 없고요."

"수신자를 차단해 놓은 모양인데요. 저로서는 잘 모르겠고, 변호사님하고 상담하시겠어요? 전문가이시니까요."

"그러죠. 어차피 꺼낸 얘기니까요."

주루는 혼인 관련 민·형사사건을 전문으로 다루는 변호사 방으로 안내되었다. 상담료는 선불이다.

"앉으세요. 황우현 변호삽니다. 대충 얘기는 들었습니다만 남자가 아무 이유도 없이 사라졌다고 하셨네요. 성적 관계는 정상적으로 유지되었고요."

"네."

"정확하게 말씀해 주세요. 성적 관계가 일방적이었어요? 가령, 하기 싫은 성관계를 억지로 강요했다거나 돈을 받기로 했다거나, 뭐 그런 거?"

"그런 건 아니고요. 우리 집으로 오거나 제가 그 사람 집으로 가거나 그랬죠. 우린 서로 사랑했다니까요?"

"그린데 사라졌다고요? 아무 이유도 없이?"

"그렇죠. 그 이유는 저도 모르고요."

"그럼 지금 뭘 원하세요? 원하시는 걸 죽 말해보세요."

"몇 가지 있어요. 우선 이 남자 어디에 있는지 알고 싶고요. 나를 왜 떠났는지 일고 싶고, 물론 제가 싫이시 띠났다면 굳이 잡고 싶지는 않지만, 그동안의 관계에 대한 위로금이랄지 위자료는 받고 싶어요."

"그 정도는 어렵지 않지요. 제게 의뢰를 하시면 저절로 해결될 문제입니다. 대신 확실히 해 두실 것이 있어요. 혹시 그 남자가 의뢰인을 신뢰하지 못할 어떤 일이 있었나요? 가령 의뢰인이 다른 남자를 만났다거나 전남편과 성적 관계를 맺었거나 뭐 이런 거?"

주루는 길게 말하고 싶지 않다. 한국인 전남편과의 성적 관계는 없다. 물론 중국인 남편과의 성관계는 자주는 아니지만 있었다. 그걸 모르지 않을 터다. 하지만 변호사에게 그 얘길 하고 싶지 않다. 다만 아이가 들어섰다가 자연 유산된 것을 말할지 망설였다. 주루는 어차피 상담료를 냈기에 말을 꺼냈다.

"그 남자와 사이에 아이가 생겼지요. 유산했어요."

"유산했다고요? 병원에 가서요? 아니면 자연적으로요? 남자도 알고 있었나요?"

"내가 말을 안 했으니 그건 모르죠. 하지만 병원기록이 있으니 위자료의 범위에 넣고 싶군요."

"아, 그건 어려운 일이 아닙니다. 자. 상담은 모두 끝났고요. 이제 의뢰 여부를 묻겠습니다. 제게 의뢰해 주시면 만족할 만한 성과를 드리지요. 어떻게 하실래요? 우선 의뢰인의 대행수수료로 50만 원은 내시고 나머지 위자료나 이런 수입과 관련한 수수료는 다시 우리 팀에서 정산을 요청할 겁니다. 그렇게 아시고요. 의뢰하시면 잘 처리하겠습니다."

주루는 변호사 방을 나와 20만 원을 더 내고 사건을 위임했다.

주루의 움직임은 즉각 내게 영향을 끼쳤다. 주루로부터 사건 의뢰를 받은 승리의 황우현 변호사 사무장은 경찰청 외사부 유형길 과장을 움직였다. 아테네 한국영사관 최영기 영사가 경찰청 외사부 유형길에게서 전화를 받은 것은 아마 내가 린도스로 가기 전이다. 최영기는 기분이 영 좋질 않았다. 대학 동창이라는 놈이 외교관 신분인 자신에게 겨우 사기꾼 정도로 지목받은 놈의 근황이나 파악해달라는 요청을 하자 짜증이 났다. 최영기는 동창의 요청을 적당히 거절할 참이었다.

"야, 그놈, 통장이나 뭐 이런 거 지급정지나 다른 무엇으로 묶은 거라도 있냐? 그런 거라도 있어야 움직이지. 우리도 외교부 공무원이야. 사적인 일은 사절인 거 모르냐?"

"야, 그거 다 해 놓을게. 황 변호사 그 새끼가 맡은 일인데 전화질이 심해서 견디기 어렵다. 그래도 너 한국에 들어오면 우현이 그 자식이 다 챙겨주잖니? 어떻게 해 봐."

"황 변호사의 일이야? 어쩐지 네가 나실 놈이 아닌네 어쩐 일이지 했다. 알았어. 너 분명 일단 통장 묶어라. 지금 당장 묶어. 오후에 움직일 테니."

로도소를 떠나 린노스로 가면서 삭은 호벨에서 너칠 묵있다. 카잔카가 찾아와 오래 머물기 위해 적당한 집이 있으니 가보자고 해서 따라갔다. 집주인은 작은 테라스가 있는 이 층 방 두 칸과 욕실을 내주는 조건으로 두 달 임대료 1,200유로를 원했다. 비싼 값이 아니다. 구두 계약을 하고 로도소 익스프레스 은행으로 돈을 찾으러 왔으나 은행은 돈을 지급할 수가 없다고 한다. 그리스의 국가 부도 사태의 여파라고 생각하면서 지난주에도 1,000유로를 찾았는데 갑자기 지급 중지하는 까닭이 무엇이냐고 물었다. 은행직원이 싱글싱글 웃으며 물었다.

"한국인이시죠? 뭔가 잘못되었는지, 한국의 은행에서 지급정지 계좌로 묶었네요."

"지급정지라고요?"

"그렇습니다. 이런 경우 대개 어떤 사건과 연관이 있지요."

"사건이라고요? 내가요?"

있을 수 없는 일이다.

"그 문제를 먼저 해결해야 합니다."

익스프레스 은행 직원의 표정은 단호하다. 그의 턱밑에 매달린 넥타이의 사각 무늬조차 답답해 보였다. 다른 방법은 없다. 은행을 나와 영사관에 전화했다. 영사관 직원은 최영기 영사 담당이라고 전화를 돌렸다. 한참 시간이 지나 전화를 받은 최영기는 사기 범죄에 연루된 것으로 알고 있다고 말하고, 한국에서 이 문제가 해결되는 대로 다시 연락하겠다고 하며 사는 곳과 전화번호를 물었다. 머무는 호텔을 알려주고 혹시 착오는 아니냐고 묻자 최영기는 한국으로 돌아가 해결하라는 말만 여러 차례 한다.

"외국으로 도망 온 범죄자들까지 우리가 보호할 의무는 없습니다. 다만 아직은 대한민국 국민이니까 그에 걸맞게 대우하는 것입니다. 조국의 국격을 생각하시고 빨리 문제를 해결하시죠."

그는 국격을 거론하며 빚을 지고 도망 온 사기꾼으로 여겼다. 부득이 계약을 이행할 수 없었다. 카잔카는 해결이 될 때까지 여동생이 사는 집에 머물고, 방세는 연 600유로를 매달 50유로씩 분할하라고 제안했다.

"코레아, 합리적인 제안이야. 고마워할 건 아냐. 서로 이익이 되니까."

어쩔 수 없이 카잔카의 집으로 옮겼다.

카잔카의 집으로 옮긴 후 안정이 되자 영사관으로 전화를 걸어 예금이 지급 정지된 사유를 물었다. 영사관 젊은 한국인 직원은 혼인을 빙자한 간음과 중국 관광객들에게 시납한 사기 사건의 배상금 일부를 분담하라는 송사가 진행되고 있으니 한국으로 돌아가서 해결하는 것이 우선이라고 했다. 주루가 관련된 일이나 설마 주루가 소송을 걸리라고는 생각하지 않고 있어 놀랐다.

"소송을 건 당사자는 누굽니까?"
"법무법인 승리가 대행하는군요?"
"소송당사자는요?"

"제가 그것까지 말씀드릴 수는 없고요, 참고로 더 말씀드리면 민·형사사건이 모두 걸려 있으니 빨리 결정해야 합니다."

"민·형사라고요?"

"그렇습니다. 만약 죄를 짓고 도피할 목적으로 이곳으로 오셨다면 아마 인터폴에 수배 의뢰했을 겁니다. 아직 인터폴에 의뢰한 것은 아니고, 예금 통장만 묶은 모양이니 빨리 해결하시는 것이 좋겠지요. 지금 머무는 곳을 여기에 기록해 두었으니 제가 수시로 전화로 문제를 확인할 겁니다."

젊은 직원은 단호하게 내가 죄를 짓고 도피한 것으로 의심했다. 직원의 권유대로 연서를 찾는 일을 포기하고 우선 한국으로 돌아가 일을 해결해야 하는지 고민했다. 하지만 당장은 이곳에 머물기로 했다. 다행히 지난주 찾은 돈 천 유로를 가지고 있다. 최소한 한국으로 돌아갈 항공료는 남겨두어야 했다.

마리스 5

3

 은행거래가 중지되자 돈이 궁했다. 당장 돈을 벌 수 있는 일을 찾아야 했다. 두 달 동안 터키에서 거리 그림을 그려 팔았던 경험을 살려서 그림을 그려 팔기로 했다. 올리브나무와 여인. 연서의 그림을 모작한 것처럼 보인다. 연서의 자리에 다른 여인을 넣기로 한다. 카잔카키스 호텔의 헬레나 산타나 브이너어스, 비너스를 주 모델로 삼기로 한다. 그녀는 나를 양이라고 불렀다. 올리브나무 앞에 누드로 선 그녀 옆에 반대 방향을 바라보는 양을 그려 넣기로 한다. 그림을 그리면서 비너스 대신 폴리니우스 사바니니 헬레스를 그리는 것이 좋았다고 후회한다. 사바니니에 대한 감정이 점점 부풀어 오르는 것을 느낀다. 하지만 사바니니보다는 비너스의 몸이 육감적이다. 올리브나무의 여인은 신화 속의 여인이어야 한다. 비너스가 신화 속의 여인으로 그리기 여유롭다.

 한 주일 내내 늦은 저녁과 새벽 시간, 나는 비너스와 올리브나무에서 얻을 영감을 위해 린도스 성에 올랐다. 올리브나무는 성을 오를 때마다 느낌이 다르다. 슬프기도 하고, 적막

하고 쓸쓸하다. 늘 고독하다. 그림은 색을 더할 때마다 다르게 보인다. 어쩌면 완성할 수 없는 그림이 될 것이다. 어쩔 수 없이 돈을 위해 그림 한 점을 마무리하기로 한다.

린도스 성벽으로 오르는 골목, 마리스의 아트플라자로 그림을 들고 갔다.

"이 그림, 팔 수 있을까요?"

나는 마리스에게 그림을 보여주었다. 한국에서 극장 간판 그림을 그렸고, 터키에서 거리 그림을 그려 팔았다는 말을 굳이 할 필요는 없었다. 마리스는 화가인 줄 알았다면서 활짝 웃으며 천천히 세밀하게 그림을 살펴본다. 마리스는 내 표정에는 관심이 없는 듯 고개를 끄덕이며 미소를 짓는다.

"왜요? 팔리지 않을 것 같나요?"

마리스의 표정을 보고 안심했지만, 묻는 말에 대꾸할 수 없었다.

"아뇨. 팔아드려야 하지요. 얼마에 팔려고요?"

"알아서 팔아주세요."

"반씩 나눕니다. 마리스가 반, 당신이 반."

마리스는 활짝 웃으며 커피를 권했다.

이틀 후 그림을 판 마리스는 50유로를 내놓았다. 자신감이 생겼다. 정밀하게 스케치를 하고 거친 질감을 살려 올리브나무를 배경으로 넣고 가슴과 거웃을 지나칠 정도로 강조한 누드 소품을 그렸다. 마리스는 그 그림들을 흥미롭게 봤다.

"이 소품들은 금방 팔릴 거야. 확신하죠. 나를 믿어요. 코레아."

닷새 후 마리스는 내게 120유로를 건넸다. 그날 마리스는 내게 점심으로 치킨 스테이크 한 조각을 곁들인 맥주 한 잔과 독한 전통술 라키 한 잔을 샀다. 하루 5유로 이상을 쓰지 않기로 작정하고 항상 마른 빵을 오래 씹거나 우유를 찍은 스넥 조각들로 식사를 대신했다. 마리스가 산 점심은 매우 훌륭했다. 마리스는 치킨 한 조각을 떼어 입에 넣고 우물우물 건성으로 씹고 맥주를 마셨다. 내가 미안한 마음으로 맥주 한 잔을 놓고 찔끔거리고 있는 동안 마리스는 맥주 네 잔과 독한 전통술을 두 잔이나 마시고 화장실을 드나들었다.

"코레아, 그리스인들은 누드를 중시해. 누드를 가장 기본적이면서도 가장 아름다운 그림으로 본다고. 어떤 미술관이나 박물관에도 누드 그림과 조각품들이 많이 있지? 바로 그거야. 우리는 누드를 좋아해. 귀족들은 누구나 자신의 누드를 남기지. 귀족들은 누드 그림을 고액을 주고 주문하고 저택에 걸어놓는다니까. 물론 누구나 누드를 좋아하는 것은 아니야. 하지만 귀부인들이라면 적어도 자신의 누드 한 점과 가장 멋지게 차려입은 모습을 그린 그림을 가진 것을 명예로 여긴단 말이지. 그래서 하는 말인데 주문을 받아야 해. 실물이 없는 누드는 죽은 그림이거든. 신을 그린다면 모를까."

몹시 당황했다. 주문자들이 원하는 누드를 그릴 수 있을지 자신도 없고, 10여 년 전에 겨우 극장 간판 그림을 그린 이후 그림을 제대로 그린 적이 없던 것을 생각하면 정신이 아찔했다. 마리스의 말에 확신을 갖지 못하여 승낙하지 않고 돌아왔다. 전전긍긍했다. 하지만 그림을 그려야 했다.

돈이 궁했다. 누드를 주문받을 때, 사례비는 적은 돈이 아니다. 주문자의 집으로 초대되어 머물며 그림을 그리고 사례비를 받는 것이 의례적이다. 그런 일을 겁내면서 그림을 그리겠다고 할 수는 없다. 내가 아무런 말도 하지 않고 망설이자 마리스가 제안했다.

"코레아, 나를 먼저 그려. 결심이 서면 그림을 그리러 오라고."

마리스는 집요하고 씩씩하다. 마리스는 자신의 누드를 가게에 걸고 주문을 받겠다고 했다. 결심이 서면 자신의 가게로 찾아오라는 말을 남기고 마리스는 자신의 가게로 돌아갔다. 나는 남은 맥주를 마시고 집으로 돌아왔다.

카잔카가 로도스에서 일찍 돌아와 집에 머물고 있었다. 내가 숙소로 들어서자 카잔카가 내 방으로 따라 들어왔다. 그날은 방세를 내는 날이었다. 카잔카에게 그림으로 번 50유로를 집세로 건넸다. 카잔카는 밝고 명랑한 징크로 돌아왔다.

"코레아, 내가 해줄 말이 있어서 기다렸지. 내 여동생 클로니스 아르테미아 루나가 집을 비울 때, 저 욕실을 써도 돼. 이

방의 욕실은 마구간 같아서 내가 좀 미안했거든. 비너스가 돌아왔어. 내가 말했잖아. 비너스는 한 달을 못 견디고 돌아온다고. 호텔 주인이 비너스를 채용하지 않겠다고 했지만 소용없어. 비너스는 그날부터 다시 일을 시작했으니까. 지금 호텔에 손님이 많아. 호텔 주인도 비너스가 필요해. 나는 오늘 손님이 없어 종일 헛걸음을 했어."

카잔카의 말을 듣고 여윳돈이라도 있었으면 당장이라도 비너스를 찾아갔을 것이다. 비너스의 누드를 그리거나 그녀의 가랑이 사이에 몸을 밀착시키고 싶은 충동을 겨우 참았다. 놀라운 일이다. 당장은 비너스를 안는 데 쓸 돈이 없다. 누드를 한 점 그려준다면 가능할까 고민했다. 카잔카는 목표한 집세를 받자 그냥 돌아가기 민망했는지 걸터앉은 방문 앞에 작은 의자를 끌어당겨 앉는다.

"코레아, 내가 하나 더 알려줄게. 내 여동생은 오후에 집을 비운다니까. 오후 다섯 시까지 성의 아크로폴리스 광장으로 가야 해. 그러니 네 시에는 집에서 나가지. 물론 관광객들이 다섯 시에는 성을 내려오기 시작하니까 그때가 내 여동생 루나가 일을 시작하는 시간이야. 루나가 하는 일이 어렵진 않아. 너무도 쉬운 일이지. 관광객들이 버리고 간 오물을 줍고 성벽 앞의 올리브나무에 물을 주는 거야. 물을 너무 많이 주지도 않아. 그저 더위에 지친 나무가 목을 축일 정도면 된다고. 이 일이 얼마나 중요한 일인지 코레아는 모를 거야. 린도스 성을 오르는 사람들은 으레 그 나무를 사진 찍고 기억에 남겨두려고 한다니까. 항상 그 모양을 유지해야 해. 가끔 내 여동생 루나는 올리브나무 잎들을 닦아주기도 해. 빛을 받아 반짝거리도록. 그곳은 먼지가 항상 많은 곳이라서 그때는 나무를 올라가는데, 관리인이 보면 당장 해고하려고 할 거라고. 관리인은 사다리를 놓고 그 일을 하길 원하거든. 그건 불가능해. 사다릴 메고 올라갈 수 없어. 루나는 나무를 순식간에 올라가. 그땐 내가 같이 가서 도와주거나 관리인이 오는 것을 미리 알려주기도 해. 물론 관리인도 내 여동생 루나 덕분에 항상 올리브나무가 빛을 발한다는 것을 알고 있지. 주의할 점이 있지. 오물들을 샅샅이 찾아내서 주워도 안 돼. 낮에 일하는 노인들의 일거리를 남겨두어야 하지. 노인들은 잠이 없어 일찍 일어나 성을 오른다니까. 관리인들이 산을 오르기 전에 노인들은 오물들을 깨끗이 치워놓거든."

카잔카의 말을 들으며 언서가 그녀서 맡겨둔 올리브나무들이 빛을 발하는 것이 모두 아르테미아 루나 때문에 그런 것이라고 생각했다. 카잔카의 여동생이 사는 이 집으로 들어오는 골목 입구에 있는 올리브나무의 잎도 닦으면 빛을 발할까 궁금했다. 카산카가 십을 나섰나.

"코레아, 지금 루나는 집에 없어."

카잔카가 떠나자 나는 루나의 방을 지나 거실 끝에 있는 욕실로 갔다. 욕실에는 생각보다 큰 대리석 욕조와 금장으로 도금된 샤워 꼭지가 달려 있고, 오렌지 향이 풍기는 샴푸가 있다. 남의 샴푸를 쓰는 것이 조금은 미안했지만 오랜만에 상쾌하게 목욕했다. 거울에 비친 모습은 수염이 자라 놀랄 만큼 다른 모습으로 변해 있다. 화구를 챙겨 마리스의 가게로 갔다. 가게로 들어서자 마리스는 환하게 웃으며 손뼉을 친다.

"코레아, 난 당신이 올 줄 알았지. 난 벌써 준비를 다 끝냈다니까. 샤워도 하고 머리도 감고. 내 몸에서 잘 익은 레몬향이 풍기지, 느껴져? 그림 그리기 전에 반드시 계약해야 해. 거래니까. 그리스인들은 거래에서 한 약속을 꼭 지키지. 터키놈들과는 다르니까. 그놈들은 사기꾼이거나 도둑질에 익숙해. 남의 것을 무조건 빼앗으려 한다니까. 로도스를 늘 탐내지. 자, 이걸 보라고, 정식 계약서는 아니지만 아까 가게로 돌아와 내가 꼼꼼히 생각해서 만들었어. 한번 읽어봐."

마리스가 써놓은 계약서를 읽을 수 없다. 그리스말로 썼기 때문이다. 읽을 수가 없다고 하자 마리스는 영어로 계약서 안에 덧붙여 써넣는다. 그녀가 쓴 영어는 철자법이 엉망이다. 20호 그림은 150유로, 30호 그림은 300유로, 50호 그림은 600유로를 받는다는 내용이다. 단 마리스 누드는 50% 깎아줘야 했다. 나는 마리스가 제시한 계약에 대해 아무런 이의를 제기하지 않았다. 마리스는 내가 서명을 하자 가게 문을 닫고 집 안으로 들어갔다. 아직 저녁 햇살이 유리창을 통해 강렬하게 비치는 거실에는 정원에서 가져온 시클라멘들이 붉거나 노랗거나 원색의 모습을 뽐내며 깊은 숲속의 요정을 맞이하려 그득 자리하고 있었다.

"어느 크기를 원하지?"

"난 크면 좋지. 하지만 처음이니까 30호짜리면 좋겠어."

가지고 간 캔버스 천을 가위로 잘라 넓은 판에 고정했다. 화구를 준비하는 동안 마리스는 포도주 한 병과 잔 두 개를 가져왔다. 마리스가 자리를 잡고 앉아 있을 의자 앞 탁자에 포도주와 잔을 올려놓았다. 잔에 술을 채우고 한 모금 마신 후 작업을 시작했다. 마리스는 옷을 벗고 엉거주춤 의자에 앉았다. 연서가 앉았던 자세를 유지하도록 몸의 균형을 잡았다. 마리스는 겨드랑이 체모와 거웃이 모두 드러나자 본능적으로 가랑이를 자꾸 오므렸다. 가랑이 사이에 주황색 바탕의 당초무늬가 들어간 긴 천을 올리려 하자 마리스는 손을 저어 거절했다. 가린 것이 없는 누드. 빠르게 목탄으로 밑그림을 그렸다. 대학 졸업 이후 극장 간판 그림이 전부였지만 다행스럽게 마리스는 극장에서 그리던 정윤희나 장미희의 미모에는 견줄 수 없는 여자다. 과감하게 페인트 작업을 하듯 바탕을 칠하고 몸에 물감을 입혔다. 가슴의 굴곡이 선명하고 젖꼭지가 덜 익은 체리처럼 부드럽다. 어깨선 위로 흐르는 갈색의 머리칼은 두꺼운 곡선을 반복하여 단정하고, 귀밑에 도톰하게 붉어진 근육이 긴 목과 어울려 보기 좋다. 밤이 깊다. 잠깐 쉬는 동안 마리스는 집안의 조명등을 가져와 거실을 환하게 밝히고 포도주를 마셨다. 마리스는 얇은 망사 옷을 걸치고 활보하고, 활보하는 동안 몸의 움직임을 세밀하게 볼 수 있었다. 짙은 어둠이 지나고 뿌연 새벽안개 사이로 갯내 가득한 바람이 불자 레몬향이 온통 방안에 그득했다. 겨우 마리스의 발끝으로 빛이 스밀 즈음 비로소 붓을 내려놓았다. 캔버스 천에 담긴 마리스는 연서였다. 남은 포도주를 마시고 캔버스 끝에 산이라 서명했다. 마리스도 잔을 비웠다. 누드 뒤에 성벽 대신에 시클라멘 붉은 꽃잎들이 어둠 속에 피고 있었다.

  화구를 챙겨 마리스의 집을 나와 바닷바람에 실린 햇살을 안고 집으로 돌아왔다. 온몸이 아프고 참기 힘든 기침으로 숨을 제대로 쉬지 못하고 침대 아래 바닥을 굴렀다. 이틀 동안 자리에 누워 일어나지 못했다. 미열과 고열이 오르락내리락 했다. 미열에는 몸도 마음도 아팠고, 고열에서는 기억을 잃었다. 헐거운 껍데기만 남아 바다에서 부는 바람에 실려 올리브나무 숲을 헤매다가 산기슭의 짙고 뜨거운 바람에 밀려 푸른 바다 위를 날았다. 흔들리고 밀려났다가 제 자리로 돌아오기를 수없이 반복했다. 땅과 바다가 만나는 곳에서 연서가 손짓했다. 연서는 비너스가 되었고, 사바니니가 되었고 레아와 마리스가 되었다. 사흘째 에게해를 넘어오는 바람이 달궈지기 시작한 대지의 더위를 밀어내기 시작하자 겨우 밖으로 나가 물을 마셨다. 린도스 전통시장 골목을 지나 린도스 카페로 들어갔다.

"맥주 한 잔 주세요."

린도스 카페 주인은 아직 문을 열지 않았다고 고개를 저었다. 그 옆집들도 모두 거절했다. 나는 결국 마리스의 아트플라자 문을 두드렸다. 마리스가 나왔다. 나는 마리스의 아트플라자 안으로 들어서며 다시 정신을 잃었다. 마리스는 나를 거실로 옮겼을 것이다. 달콤한 오렌지즙이 목을 타고 내려갔다. 코끝에 부딪는 향기는 레몬 향이었다. 겨우 눈을 떴다. 거실에 연서가 웃고 있다.

"연서 왔구나. 언제 왔어?"

연서가 내 얼굴을 만지기 시작하자 다시 정신을 잃었다.

나는 흔들리는 당산나무 앞에 선다. 어린 광식이 당산나무 앞에서 춤을 춘다. 그 곁에서 연서도 춤을 춘다. 나는 눈에 힘을 주고 당산나무 앞으로 다가선다. 눈에 보이는 나무는 당산나무가 아니다. 당산나무는 허리에 두른 금줄을 풀어 성큼 성벽 앞으로 다가가 올리브나무에 묶는다. 햇살에 은빛으로 빛나는 올리브나무. 그 올리브나무는 금줄을 허리춤에 매고 뜨거운 햇살과 달궈진 바람을 맞으며 온몸을 흔들어 빛을 발하고 있다. 올리브나무는 연서로 변하더니 비너스가 되고 마리스가 된다.

정신을 겨우 차린 것은 햇살이 린도스 성벽을 달구고 에게해의 바람과 맞서고 있을 때였다.

"연서가 누구지?"

마리스의 질문에 나는 아무 대답도 하지 않았다.

"에게해를 건너온 사람들이 으레 앓는 열병이지."

마리스가 혼잣말로 하는 소릴 들으며 나는 다시 깊은 잠속으로 빠져들었다.

기대한 것만큼 누드 그림을 원하는 사람이 많지 않다. 첫 주에는 신청자가 없고, 둘째 주가 되자 한 노인이 제안했고, 다음 주에는 그 노인의 친구가 제안했고, 그 다음 주에도 노인의 다른 친구가 제안하여 노인들의 누드를 그렸다. 누드 주문이 없을 때는 카잔카의 여동생 아르테미아 루나를 따라서 매일 성을 올랐다. 관리자는 처음에는 왜 올라가느냐고 막았지만 루나의 도움으로 지나쳤고, 다음부터는 묻지 않았다. 루나가 일하는 동안 캔버스를 펴고 성벽 앞에 선 올리브나무를 그렸다. 올리브나무는 때때로 제 몸을 바꾼다. 변하는 모습을 따라 그린 올리브나무는 매일 다른 그림이 되었다. 휴가철이 시작되고 관광객이 밀려들자 작은 달력 크기의 올리브나무를 그려놓은 그림이 부족했다. 마리스는 그림값을 올렸다. 그림값을 두 배로 올려도 그림은 팔렸다. 나는 집세를 내고도 돈이 충분히 남아 좋은 음식을 먹을 수 있고, 맥주를 마시고 싶을 만큼 마셨다.

아레아스 6

6

블루스타 페리호 승무원들은 30분 전부터 짐을 챙기고 줄을 선 관광객들에게 제자리로 돌아가라고 외쳤다. 관광객들은 들은 척도 않고 출입구로 몰려 큰 소리로 떠든다. 페리호는 로도스로 들어오는 만드라키 포구의 사슴 그림자에서 대기 중이다. 로도스 섬의 미디벌 페스티벌을 즐기러 온 사람들은 벌써 장미 향기에 취해 온통 헬리오스의 위대한 여정을 알고 있다는 듯이 시의 운율에 맞춰 읊었다. 젊은 청년이 성 요한 기사단의 성체에서 열릴 무도 행렬에 입을 중세의 기사 의상을 꺼내 자랑하자 미처 의상을 준비하지 못한 자신을 탓하는 이도 있다.

"걱정하지 않아도 된다니까, 의상이 문제가 아니라 돈이 문제지. 이미 의상은 다 준비되어 있어요."

경험자는 호기를 부린다.

"이 배는 왜 포구로 들어가지 않는 거요?"

얼굴이 긴 외국인이 흰 제복의 어깨 위와 소매에 검은 줄 네 개를 부착한 승무원에게 묻는다. 어깨를 으쓱하고 답을 피한다. 경험자가 나서서 다시 아는 척한다.

"틀림없어요. 늘 이 때는 이런 일이 벌어지지요."

사람들이 경험자에게 시선을 돌린다.

"늘 있는 일이라니까요. 터키 놈들 때문이오. 또 그놈들이 오스만 해군 복장을 했을 거요. 해군 복장을 하고는 이 만드라키 포구로 들어설 수가 없단 말이죠. 너덜거리는 포로 복장이라면 모를까."

자부심 넘치는 로도스 사람들이 와아 하고 웃는다. 성 요한 기사단은 14C 초부터 이백 년이 넘게 오스만 트루크 해군과 맞서 로도스 섬을 지키고 기사들의 나라를 이루었다.

성 요한 기사단의 축제가 시작된 날, 나는 린도스 성벽을 오르는 관광객들이 지나는 길목, 마리스의 아트 플라스 앞에 자릴 잡고 성벽을 배경으로 온몸으로 떨고 있는 올리브나무를 그리고 있있다. 지나는 어자들이 '올리브나무가 붉은빛이야? 붉은 올리브는 없지.' 자기들끼리 작은 소리로 묻고 답한다. 나는 붉은 올리브나무를 보았다. 붉은빛만이 아니라 시퍼렇거나 잿빛이거나 흰 테두리를 두른 연두빛도 있었다. 마리스는 웃으니 관광객들에서 떠빌린다. '코레아는 최고의 화갑니다.' 벌써 두어 점을 판 마리스는 자신감이 넘쳤다.

그때 전화벨이 울렸지만 그림을 주문하는 관광객 둘과 서투른 대화 때문에 전화를 받을 수 없었다.

"여보세요? 전화가 왔지만 받을 수 없었지요."

"아, 그러세요? 잘하셨네요. 지금 다시 통화하려고 했는데요. 저는 아테네 한국영사관의 최영기 영삽니다. 재외 국민들을 돌보는 일이 제 일입니다."

"아, 그러세요? 근데 제게 무슨 볼일이?"

"아, 별일은 아닙니다. 약간의 문제가 있어서요. 지금 어떻게 살고 있어요? 혹시 거래 중지는 풀렸나요? 여길 떠난 기록이 없더군요. 그리스에서 체류할 수 있는 기간이 얼마 남지 않았을 텐데요? 걱정되어 전화를 드렸습니다. 자국민을 보호하는 것이 우리의 임무니까요."

"잠깐요? 지금 거래 중지라고 하셨지요? 전 지금 그 문제로 고통 받고 있거든요. 제게 무슨 문제가 있나요?"

"모르셔요? 지금 소송이 진행 중이라서요. 더 자세한 정보는 드릴 수 없고요. 일단 한국으로 가셔서 문제를 해결하시는 것이 마땅하다 조언을 드립니다."

"한국으로 돌아가라고요?"

"그렇지요. 돌아가셔서 은행 문제도 해결하시고, 한국 경찰이 인터폴에 협조를 의뢰한 것은 아니나 송사에 관련 있으니 그것도 해결하시고요. 한국에 다녀오시면 체류 기간 문제도 저절로."

"체류 기간요?"

"합법적인 체류 기간이 얼마 남지 않아서요."

"그건 제가 알아서 할 일이고요."

불쾌했다. 아무 문제없이 조국을 떠나 오로지 연서를 만나겠다는 생각으로 로도스로 왔다. 우연을 가장한 필연을 믿었기 때문이다. 순간 영사에게 연서가 있는 곳이나 연락처를 알 수 있는지 묻고 싶었다.

"저기, 영사님, 그 문제는 제가 알아서 처리할 일이고요. 한 가지 부탁이 있거든요. 혹시 저도 한국인 한 사람을 찾으려 하는데 연락처나 머무는 곳을 알 수 있을까요?"

"이곳에 체류하는 한국인에 대해서는 모든 정보를 가지고 있죠. 다만 알려드릴 수는 없어요. 개인정보는 보호받아야 마땅하니까요. 한국 경찰의 요청이 있으면 확인해드리죠. 한국 경찰에 우선 요청하시죠."

"이곳에서 한국 경찰에 요청할 수 없잖습니까?"

"물론 그렇죠. 그러니 한국에 다녀오시는 게 좋겠다는 겁니다."

뻔한 말에 화가 나서 영사의 전화를 끊었다. 영사는 매우 고압적이고 행정적이다. 불쾌하지만 체류 만기일이 다가오고 있다. 화구를 챙겨 집으로 돌아왔다.

카산카가 집세를 받으러 왔다.

"코레아, 아주 여기에 눌러살 거야? 나야 집세를 받으니까 좋지만. 사실 나는 코레아가 그냥 여기 있었으면 좋겠어."

"체류 만기가 가까이 다가오니 어딘가 다녀와야지. 약간 문제가 있어. 은행 계좌 거래 중지가 된 것 때문에 혹시 돌아오지 못할까 걱정도 되고."

카잔카는 눈을 빠르게 깜박인다.

"그건 걱정할 일이 아닌데. 마리스에게 부탁하면 돼. 그런 일은 마리스를 통하면 해결되지. 안 되는 일은 없어."

의외였다. 나는 카잔카의 말을 믿었다.

다음날 마리스의 가게로 가자 마리스는 활짝 웃으며 껴안는다. 그녀는 그림을 파는 수입이 늘어나면서 늘 그런 식으로 환대했고, 자주 저녁 식사에 초대했다. 그녀의 저녁 식사는 딱딱한 빵과 채소, 치즈, 스테이크 한쪽이었지만 포도주를 곁들이고 꽃으로 장식하여 나름 근사했다.

"아참, 카잔카가 그러던데 체류 만기가 되었다고? 그건 걱정할 일이 아니야. 해결할 수 있지. 마침 삼촌이 린도스에 오거든, 지금쯤 도착했을 거야."

마리스는 가게를 열어두고 로도스 출입국 관리관인 삼촌 아레아스에게 달려갔다. 마리스는 문제가 생기면 아레아스에게 달려갔고 아레아스는 마리스의 부탁을 거절하지 않았다. 나는 아트플라자 길목 원형 분수거리에서 마리스를 기다렸고 오전이 지나기 전 마리스는 돌아왔다.

"걱정할 일이 아니라니까, 다 해결했어. 터키를 다녀오라던데? 카페리로 한 시간 반이면 되니 한 이틀 놀다오라는데. 코레아, 나하고 함께 가야해."

관광객이 몰리는 시기인데도 마리스는 웃으며 에게해 건너 마르마리스를 다녀오자고 제안한다.

"나 혼자 다녀오죠. 관광객들이 몰려오는데, 가게를 닫는다고요?"

"그야 그렇죠. 나도 그게 좀 그렇긴 하지만 코레아 혼자 가면 문제가 생겨도 삼촌이 나서서 해결하려고 하질 않겠지. 삼촌은 내가 같이 있어야 해결을 한다니까. 가게는 걱정 말고 그림이나 그려줘요. 호호호."

여권 만기일에 맞추어 마리스와 터키로 떠났다. 한 시간이 채 걸리기도 전에 터키 크루즈는 눈이 시리도록 푸른 에게해를 가로질러 마르마리스 포구로 들어섰다. 크루즈에서 내린 승객들이 서둘러 세관으로 몰렸다. 세관원들은 늘 느긋했다. 서두르지 않는 세관원들은 아주 형식적으로 검색했으나 그리스인들에게는 까딜을 부렸다. 세관원은 터키로 돌아온 나에 대해서는 어떤 문제를 제기하지 않아 출입국 경계를 나와 마리스가 나올 때까지 한참을 기다렸다.

"돼지 새끼들, 뭐라도 챙기려는 도둑놈들이야. 숙녀의 가방을 이렇게 헤집다니."

마리스는 세관원이 헝클어트린 가방을 어깨에 둘러메고 툴툴거리며 겨우 터키 땅으로 들어섰다. 우리는 포구에서 라펠라 호텔로 가는 택시를 탔다. 차창으로 스치는 터키의 풍경이

로도스와 다를 것이 없었다. 시내로 들어서자 얼굴을 내민 히잡 차림이거나 니캅을 더해 눈만 겨우 볼 수 있게 옷을 입은 여성들 때문에 로도스 거리와는 달랐다. 택시는 시내를 빠져나와 바닷가 도로를 달려 호텔에 도착했다. 택시 기사는 마리스가 준 팁까지 받고 웃으며 사라졌다. 마리스는 방을 배정받고 4층 객실로 올라갔다.

창의 커튼을 걷자 에게해가 한꺼번에 달려든다.

"오호, 바다 풍경이 린도스보다는 못하지만 여기도 멋지네. 수영해야지. 어서 가요."

마리스는 수영복 위에 비치가운을 걸치고 방을 나섰다. 호텔과 이어진 라펠라 전용 비치로 마리스가 걷기 시작하자 나는 그 뒤를 따랐다. 마리스는 로도스 출신답게 바다를 두려워하지 않는다. 마리스는 두어 번 자맥질 후에 깊은 물로 유영한다. 푸르고 맑은 물속으로 햇살이 쏟아지는 가닥 하나하나까지 구별할 수 있다. 반짝이는 빛줄기 사이로 현란한 색깔의 작은 물고기들이 떼로 몰려다닌다. 마리스는 아름다운 인어처럼 물고기들을 따라 자유롭게 움직인다. 그녀를 따라 물속으로 들어갔으나 그녀를 따라잡을 수 없다. 금방 지친 나는 해변으로 나와 일광욕 의자에 앉아 그녀를 바라보았다. 그녀의 자맥질은 멈추지 않는다. 바닷바람을 맞으며 나는 다시 한국으로 돌아가야 할지 아니면 가난한 그리스인처럼 살아야 할지 오랫동안 고민에 빠졌다. 마리스가 해변으로 돌아왔다.

"왜 수영을 안 하지?"

"피곤해서 잠깐 쉬려고요. 생각할 것도 있고."

"너무 깊게 생각하면 몸이 상하는데."

마리스는 바에서 맥주를 들고 의자로 돌아왔다. 에페소 맥주, 터키에 머물 때 늘 마시던 맥주다. 겨우 그리스를 벗어나 터키에 와 있다는 것을 실감한다. 바다에 들어갔던 사람들이 하나둘 해변으로 나와 일몰을 보기 위해 자리를 잡는다. 일몰까지는 아직 여유가 있다. 마리스는 맥주를 비우고 자리에서 벌떡 일어서 방으로 간다. 그녀를 따라갔다. 마리스는 욕실로 들어가 샤워를 하며 나를 불렀다.

"코레아, 같이 샤워해. 허니문이고 사랑하는 사람이니까."

마리스는 비누 거품을 내고 욕조로 들어간다. 마리스의 말은 너무도 달콤하다. 욕조에 누운 마리스는 누드 속의 그녀와는 다르다. 마리스의 곁으로 다가가자 마리스의 가는 혀가 물고기처럼 유영한다. 마리스는 붉어신 가슴을 출렁이니 몸을 겹치고 천천히 여유롭게 몸을 움직인다. 비누 거품이 넘쳐도 아무렇지도 않게 몸을 받아들인다. 바다는 파도가 잔잔하고, 바람도 멎는다. 마리스의 숨소리는 잔물결처럼 부드럽고 찰랑거리는 물결에 맡긴 몸이 섬섬 가벼운 성린을 일으키면서 깊은 물속으로 빨려든다. 후욱 거친 숨이 풍선처럼 부푼 거품을 터트리더니 멈출 수 없는 바람이 되어 호텔과 해변을 감싸고 있는 소나무 숲을 가로지른다. 몸을 감싼 비누 거품이 바다로 쓸려나간다. 한꺼번에 파도가 일어섰다가 부서지자 마리스는 비로소 깊은 숨을 몰아쉰다.

"너무 부풀었지?"

아무 대답도 하지 않았다.

"어두워지면 케밥을 먹으러 이크멜러 거리로 가요."

마리스의 말에 고개를 끄덕였다. 유리창에 붉은빛이 밀려 들어 왔다. 마리스는 몸을 일으켜 욕조에서 나가 창문에 선다. 마리스의 몸에 붙은 거품들이 흘러내렸다. 그녀의 몸이 다시 붉게 부푼다. 욕조에 몸을 담근 채 마리스를 보았다. 살아 있는 생명이 붉은 햇빛 속으로 힘차게 날아오르려 했다.

"마리스 두 팔을 벌려요. 날개처럼."

마리스는 태양을 향해 두 팔을 펼쳤다. 그녀의 두 팔을 감쌌다. 붉은 햇살이 깊은 바다 속으로 들어서며 세상을 온통 태울 듯 널름거린다.

이틀 후 마르마리스 포구에서 카페리로 타고 다시 로도스로 돌아왔다. 마리스의 전화를 받은 아레아스가 포구로 나와 우리를 맞았다. 걱정했던 재입국 심사는 아무 문제도 없었고 체류 일정도 늘어났다. 린도스로 돌아오자마자 아테네 영사관 최영기 영사에게서 전화가 왔다.

"그리스로 다시 돌아왔군요? 터키로 가서 겨우 삼일? 왜 한국으로 가지 않았죠?"

"꼭 한국으로 돌아가야 하나요?"

"당신은 사기죄로 추정되는 피의자란 말이죠? 아니라고 할 겁니까?"

"내가 사기를 치다니요? 그게 무슨 말이죠."

"정말 몰라서 물어요? 홈쇼핑에서 관광객을 중국으로 보내고 그 관광객들에게 진품 골동품이라 속이고 비싼 가격에 판 청동 기물들이 모두 가짜잖소? 당신이 책임자고?"

"그건 말입니다. 그런 일이 있었던 것을 부정하진 않겠소. 다만 관광객들이 산 물건에 왜 관광회사가 책임을 져야 한단 말이오? 좋습니다. 관광객을 모집한 관광회사가 관광객을 미처 보호하지 못했다면, 그 문제는 관광회사에서 해결할 일이지, 왜 홈쇼핑에서 책임져야 한다는 말이죠? 홈쇼핑은 그냥 시장일 뿐이오. 시장이 무엇을 책임진다는 말이죠? 책임지지 않죠. 장사꾼들의 몫이란 말입니다. 뭘 제대로 아셔야죠."

"이보슈, 영사인 내게 훈계하는 것이오? 그건 법정에서나 할 법한 말이오. 상대방 회사에서 당신을 상대로 고소했단 말이오. 책임이 없으면 왜 사직서를 냈소?"

"그건 책임감일 뿐이오."

"책임감이라고요? 앞으로 당신과는 전화할 일이 없겠군요. 하여튼 한국에 돌아가 문제를 해결하고 오세요. 나는 당신이 린도스에 있다고 한국 경찰에 알렸소. 물론 여권의 효력을 중지할 수도 있소. 경고했소."

통화하던 최영기는 버럭 소릴 지르고 전화를 끊는다. 황당하다. 도대체 무슨 일이 있었기에 이런 일이 벌어진 것인지 궁금하다. 하지만 더는 관심을 두지 않기로 했다. 아직 밀려드는 관광객들이 린도스 성벽의 올리브나무에 대해 관심이 있고, 그림도 꾸준히 팔렸다. 내가 마리스의 아트플라자로 가지 않으면 마리스가 카잔카의 여동생 루나의 집으로 찾아와 그림을 가져갔다. 그림은 생계수단이다. 마리스는 루나가 집을 비울 때를 알고 있고, 그때마다 욕구를 채우려 했고, 욕구를 채워야 돌아가지만, 때론 꿈틀거리는 욕구도 채워질 수 없다는 것을 알고 있었을 것이나 마리스는 포기하지 않았다.

여름이 길어지자 나는 집을 비우고 루나와 함께 린도스 성으로 올라가 어둠이 내릴 때 내려왔다. 루나는 빨리 내려가자고 재촉했지만 나는 어둠 속에서 빛을 발하는 올리브나무를 보고 싶다고 핑계를 댔다. 루나는 혼자 폴짝폴짝 뛰며 성을 내려갔다.

"길을 잃어도 몰라. 린도스 성은 10시에 불을 끄지."

하늘을 올려다보았다. 만월이다. 관리인도 내려가고 출입구를 막은 가로막대는 얼마든지 쉽게 빠져나갈 수 있다. 완전히 어둠이 내리길 기다렸다. 린도스 성을 밝히는 조명등이 꺼지자 성벽에 올리브나무의 그림자가 짙게 드리워졌다. 컴컴한 하늘에 무수한 별들이 한꺼번에 쏟아질 듯 찬란하다. 바다는 종일 반짝이던 몸을 감추고 겨우 바람으로 자신의 존재를 드러낸다. 바다를 볼 수 있는 성벽을 돌아 아테네 신전을 지나 올리브나무가 있는 자리로 돌아왔다. 올리브나무의 그림자가 꿈틀거리며 움직인다. 그림자가 움직이는 것이 아니라 올리브나무가 움직이거나 올리브나무가 뱉는 말이 성벽에 부딪혀 되돌아오곤 했을 것이다. 선명하게 올리브나무의 숨소리를 들었다. 바다 끝에 자리한 성벽 위에서 에게해를 건너온 바람에 실렸거나 아니면 에게해를 향해 곤두박질하는 끊이지 않는 대지의 흐름일 것이다. 올리브나무가 깊게 숨을 들이쉬고 내뱉으며 웅얼거렸다. 그날 나는 올리브나무가 들려주는 이야기를 오롯이 들었다.

「내 자리는 여기가 아니야. 원래는 저 아래 성문 밖에 있었는데, 군사들이 몰려와 불을 질러 내 몸이 타버렸지. 그때 난, 몸이 타는 것보다 내가 지켜온 이 성이 불에 타는 것이 안타까워 스스로 목숨을 끊어버리고 싶은 심정이었어. 이 성을 지키던 군사들이 방심하여 경계를 소홀히 한 것이 너무 미웠지만 이미 늦었지 뭐야. 경계병들은 이 성벽을 믿고 아무리 용감한 군사들도 이곳을 올라올 수 없을 것이라고 방심했겠지. 하지만 적들은 바다를 건너온 용사들이야. 에게해를 지키는 포세이돈의 저주도 견딘 자들이거든. 적들은 포세이돈의 저주를 견딘 자가 율리시스만이 아니라는 것을 보여주고 싶었을지도 몰라. 장군의 지시에 따라 바다를 건넌 자들은 배를 버렸다고. 보라고. 바로 저곳이야. 저 아래 웅덩이처럼 깊숙한 포구는 원래 아테네 여신이 앉았던 엉덩이 자국이야. 아테네 여신은 싸움을 즐겼거든. 누구든 싸움에서 이기는 자만이 자신의 영광을 드러낼 수 있으리라 여긴다니까. 바다를 건너온 자들이 이 성에 오를 수 있게 한 거야. 아테네 여신은 린도스 성 경계병들을 믿었고, 처절한 싸움을 기다리고 있었을 거야. 날이 어두워지기 시작하자 바다를 건너온 지휘관은 아테네 여신의 엉덩이 아래에 자신들이 타고 온 배를 모두 좌초시켰어. 말하기 좋아하고 잘난 척하는 자들은 아테네 여신이 만들어 둔 암초에 걸려 좌초했다고 소문을 냈지만, 사실은 그게 아니야. 정복자들의 장군이 스스로 배 밑바닥에 구멍을 뚫어 배가 가라앉게 만든 거지. 군사들은 이제 돌아갈 곳이 없었어. 아테네 여신은 너무 좋아했다고. 그 군사들의 용맹에 반한 거야. 물론 그랬지. 아테네 여신은 늘 그리스 군사들의 손을 들어주었지. 이번에는 어느 편도 들어주지 않기로 했어. 다만 아테네 여신은 싸우기 위해 배에서 내린 군사들에게 말했어. 이 싸움에서 이긴 자들에게 레몬 향기로 단장하고 달콤한 오렌지즙으로 정갈하게 목욕한 처녀들을 안겨 주겠다고 약속을 한 거야. 포도주를 한 잔씩 마신 군사들이 린도스 성벽을 기어오르기 시작했어. 난공불락의 요새. 린도스 성에 있던 군사들은 경계를 소홀히 하고 술에 취해 잠을 자고 있었지. 때마침 날이 어두웠고 하늘은 온통 구름으로 성을 덮었으며 별빛조차 그 구름을 뚫고 나와 세상을 밝힐 수 없었다고. 지독한 어둠이 별빛마저 가로막았지. 성을 공격하는 것은 불가능해 보였어. 그때 지휘관은 들고 있던 횃불로 성문에 있던 나, 바로 나야. 이 몸, 올리브나무에 불을 붙였어. 뜨거운 태양에 바짝 마른 내 몸은 횃불을 받고 세상을 밝혔어. 린도스 성을 점령하려는 적군을 도운 거지. 정복자들이 올리브나무가 밝히는 불길이 꺼지기 전에 성벽을 기어올랐어. 으흐흠, 성을 지키던 군사들은 모두 죽임을 당했지. 약속대로 아테네 여신은 이 성을 점령한 정복군에게 어린 처녀를 하나씩 안겨주었어. 정복자들은 아테네 여신을 찬양했어. 그리고 성문 밖에 있던, 타고 남은 올리브나무를 이 성벽 가장 높은 곳, 아크로폴리스 광장에 심었지. 이곳은 너무 척박하여 나처럼 생명력이 질긴 올리브나무도 살 수가 없었다고. 뿌릴 내릴 곳이 없었어. 군사들은 젊은 처녀들에게 기름진 흙을 치마에 담아 올라오게 했고, 순번을 성해 일 넌 열두 딜 동안 내 밑목을 달콤한 물로 적시게 했어. 아테네 여신은 내게 약속했어. 내가 죽지 않고 살아난다면 내가 간절히 원하는 것은 들어주기로. 나는 살아남았지. 훗날 사람들은 나에게 와서 소원을 빌지. 물론 나는 그 모든 소원을 아테네 여신께 들어달라고 부탁힐 수는 없어. 하지만 이 성에서 죽은 군사들의 여인들이 외치는 소원은 들어주기로 했어.」

그날 올리브나무는 내게 신목이 되었다. 올리브나무가 린도스 성벽 앞에서 고통을 참으며 내뿜은 그 이야길 누구도 귀담아듣지 않았다. 하지만 나는 내가 그리는 그림에 올리브나무가 들려준 이야길 담으려 했다. 성벽의 그늘이나 올리브나무의 그림자, 성벽과 푸른 하늘, 쪽빛 바다에는 아테네 여신과 병사들의 이야기를 담으려 했다. 다시 쌓은 돌과 올리브나무의 반짝이는 잎으로 화면을 채우기도 했다. 올리브나무 앞에 서거나 앉은 여인은 때론 이야기 속의 여인들이기도 했는데, 문득 그 여인이 연서처럼 보일 때도 있었다. 마리스는 항상 그림 속의 여인이 자신이라며 즐거워했다. 그림을 본 사람들은 그 그림이 말하는 어떤 이야기에 끌려 외면하기 어렵다고 했다. 그림은 잘 팔렸다. 마리스의 린도스 아트플라자는 명소가 되었다. 그곳에는 '린도스 성의 올리브나무' 제목을 지닌 그림이 있었다. 그것도 운이 좋은 사람들, 물론 그들은 올리브나무의 이야길 들을 수 있는 귀를 가진 사람들로, 그들만이 그 그림을 가질 수 있었다.

야니스 7

7

 중세로 시간을 되돌리는 미디벌페스티벌이 한 달이 지나 끝났어도 로도스를 찾는 관광객은 줄지 않았다. 곧 이어 여름휴가가 이어지자 만드라키 포구는 외국인들로 북적였다. 작열하는 햇빛으로 달궈진 에게해의 더운 바람이 아침부터 로도스의 성벽으로 이르는 길로 몰아쳤다. 관광객들은 무화과나무 숲을 몸을 비집고 들어와 그늘에 자리를 잡거나 성벽 그림자에 기대고 더위를 식혔다. 카잔카는 뜨거운 햇살 속으로 멈추지 않는 걸음을 옮겼다. 카잔카를 기다리는 손님은 어디에도 없었다. 먼저 다가가 다정하게 인사를 하고 여행객의 가방을 끌었다. 곱게 빗은 머리카락 사이로 땀이 흘렀다. 관광객은 어린 소년에게 연민의 감정을 몇 푼의 돈으로 대신했다. 카잔카는 열흘 넘게 린도스의 루나를 찾아오지 않았다. 루나도 익숙한 듯 어제와 오늘이 다르지 않은 일상을 계속했다.

 늦은 아침으로 부드럽게 구운 빵에 치즈와 체리 쨈을 듬뿍 발라 달콤한 맛을 즐기고, 천천히 커피를 마신 후 여유롭게 화구들을 챙겼다. 이미 밑그림을 그린 그림들 몇 개를 묶어 골목으로 나갔다. 관광객들이 몰리는 시간까지는 두 시간이 남았다. 햇살이 거리를 달구기 전 올리브나무 그늘은 오히려 서늘하게 느껴질 정도로 상쾌했다. 여유를 차버린 것은 마리스다.

"어젯밤 두 번이나 갔는데 도대체 만날 수가 없었지 뭐야. 성에서 밤을 새운 거야?"

마리스는 마시던 우유를 탁자 위에 내려놓고 입을 닦으며 투덜댄다. 가벼운 볼 키스라도 받아야 입을 다물 터이지만 모른 척했다. 나는 주섬주섬 화구들을 늘어놓고 이젤을 세운다. 마리스가 짜증이 난 듯 다시 묻는다.

"신의 계시라도 들으러 간 거냐고?"

그랬다. 물론 신은 현명하게도 나의 간절한 소원에 대해서 일제 입을 다물었다. 애당초 그 간절한 바람은 실현될 수 없는 욕망일 뿐이다. 차라리 카잔카에게 그 소원을 말하는 편이 훨씬 빠르게 답을 구할 수 있는 것은 아닌가 했다. 하지만 카산카는 린노스로 오시 않았나. 가산카가 오시 않는 린노스는 신의 전령이던 징크스뿐만 아니라 붉은 눈의 검은 독수리도 날지 않았다. 종일 바다를 가르고 날아와 가쁜 숨을 몰아쉬는 괭이갈매기들이 성벽과 이어진 흰 바위에 그득 앉아 있을 뿐이나. 나는 날빛 속을 싸고드는 괭이갈매기들의 차가운 눈빛을 살피며 신의 아름다운 소리를 밤새 기다렸을 뿐이다.

주루는 사무장의 연락을 받고 서둘러 변호사 사무실로 갔다. 여직원은 사무실 문을 들어서는 주루를 보자 자리에서 일어나 사무장의 위치를 알려줬다. 사무장은 매우 원칙적인 척하지만 이미 그의 얼굴은 온통 편법으로라도 무슨 일이든 할 수 있다는 표정이다.

"저희가 다 알아냈지요. 의뢰인이 말한 그 부장이란 사람, 질이 좋지 않더군요. 국가보안법 위반 전과도 있고, 그 전과 경력 때문에 군대도 못 갔죠. 이 나라에서는 말입니다. 군대에서 받아주지 않는 사람은 신뢰할 수 없어요. 믿으면 안 된다는 말이죠. 그걸 모르셨으니 이런 꼴을 당하시는 겁니다. 주루 씨처럼 외국인으로 들어와 한국인이 되어 정말 훌륭한 시민으로 사는 사람들을 등치는 이런 사람들은 마땅히 집어넣어야 해요."

주루는 사무장의 말이 불편했다. 하지만 사무장은 의뢰인을 위해 최선을 다해 노력하고 있는 모습을 보여주고 싶었다.

"그 사람, 지금 그리스에 가 있어요."

"예에? 그리스요? 거기가 어디죠?"

"농담이시죠? 그리스를 모르세요? 그리스는 지중해에 있지요. 요즘 그리스는 국가가 부도났어요. 그래서 나라가 엉망이라고 하더군요. 온통 범죄자가 들끓겠지요. 얼마 전까지 중국도 그랬다니까요. 한국에서 범죄를 저지르고 중국으로 달아나곤 했지요. 의외로 범죄자들이 모여 있는 곳이 범죄자들에게 숨을 곳으로 적당하니까요."

"중국이 그랬어요?"

"아, 아닙니다. 오해는 마시고요. 절대 중국을 얕보는 것은 아닙니다. 과거, 한때 그랬을 거란 얘기죠. 지금이야 다르지요. 강대국이잖습니까? 초일류가 된 것을 모르는 사람이 없지요. 그렇지요. 이리 앉으시죠. 허허."

사무장은 주루의 표정이 달라지는 것을 본 순간 주루가 중국인이었다는 사실을 기억했다. 의뢰인의 기분을 상하게 할 필요는 없다. 사무장은 자신이 거짓으로 대하고 있는 것을 드러내기라도 하듯이 피식피식 웃고 있었다. 사실 주루가 의뢰한 일을 조사하니 사건도 되지 않을 일이다. 얽을 수 있는 사건으로 만들어 의뢰인의 요구를 충족시키면 그만인 일이다. 엄밀하게 따지면 주루라고 해서 특별히 위자료를 청구할 일도 아니다. 현명한 변호사는 이미 이 일에서 손을 떼고 사무장에게 일임했다. 사건의 결과야 어찌 되었든 사무장은 수수료만 챙기면 될 일이다.

"으흠, 본론으로 들어와서, 이 사람을 인터폴에 수배 의뢰하는 것은 좀 더 사건을 지켜봐야 하고요. 사실 이렇게 되면 일이 복잡해져요. 돈도 많이 들고, 경찰이나 검찰이 움직여야 하는데, 말이 쉽지, 가능성도 검토해야 한답니다. 우선 가능한 대로 그 사람의 통장에서 돈이 나가는 것을 막았어요. 의뢰인께서도 짐작하시겠지만, 외국으로 달아난 놈을 잡아들이는 방법은 돈줄을 막는 게 최고의 묘수지요. 그런데 통장을 막으려면 합리적이고 합당한 사유가 있어야 한단 말입니다. 그런데 이 사건은 그게 좀 빈약해요. 부득이 저희와 거래하는 선이 닿아 있는 경찰과 검찰을 동원했지요. 약간의 돈이 들었습니다. 이 돈은 제가 의뢰인에게 별도로 청구합니다. 사실 의뢰인이 받을 위자료에 비하면 새발의 피라 할 수 있고요. 제가 은행 통장을 보니까 적지 않은 돈이 있더라고요. 집을 판 돈도 있고, 회사 퇴직금도 있고요, 그런데 말입니다. 어떻게 회사에서 정상적으로 퇴직금을 받았죠? 사실 이건 우리에게 불리한 사유가 될 것입니다만, 하여튼 퇴직금 외에도 그동안 모아놓은 돈이 적진 않더라고요. 돈을 잘 벌고 잘 쓰던 사람이 지금 매우 힘들 겁니다. 물론 당분간 쓸 수 있는 현금을 지니고 있겠죠. 그 현금은 얼마 못 가 바닥이 날 겁니다. 더구나 그리스 경제는 이미 파탄이 났거든요. 버티는 것이 용하지요. 그리스 은행은 누구에게도 한 주일에 천 유로 이상을 내주질 않거든요. 그건 외국인도 마찬가집니다."

사무장은 거침없이 길게 말을 늘어놓다가 티백으로 우려낸 녹차를 한 모금 마셨다. 다시 사무장의 말이 이어졌다. 주루는 정신이 혼미해졌다. 얼굴이 달아오르고 등에 불길이 지나는 듯 뜨거워졌다. 주루는 어서 자리에서 일어서고 싶을 뿐이다.

"혼인 서약이 있었거나 사실혼 관계에서의 그 기여도를 따져 재산 분배는 비율로 나눕니다만, 이 경우는 50을 주장하긴 무립니다. 물론 우리 변호사님은 그간의 권위를 빌어 50

을 이룰 겁니다. 만약 50이 성립되면 작은 아파트 한 채는 얻을 수 있겠군요. 그런 경우 성공사례를 하셔야 합니다. 대개 사건의 정도에 따라 다른데, 20에서 40까지 받습니다. 우리는 의뢰인들을 향해 정직과 공정성을 추구합니다. 20으로 하겠습니다. 대신 그 진행 과정에 들어가는 비용은 별도로 내셔야 다음 단계의 일이 진행됩니다."

"지금 다시 돈을 내야 한다는 말인가요?"

주루는 돈 문제가 나오자 혼미했던 정신을 바로잡았다.

"물론 그렇게 하셔야지요."

"얼마를 더 내야 하지요?"

"많진 않습니다. 통장 거래를 막는 비용이 적지 않았지요. 이른바 떡값 관행인데 공무원을 움직여서 일하는 겁니다. 약간의 뒷돈이 넘어갑니다. 경찰에 150, 검찰에 150, 은행에 100, 총 400이군요. 이 일을 수행하는데 소요된 시간이 이틀이었고, 시간 당 20이 정수입니다. 오후와 오선 8시간이니 160이 되겠고, 모두 560만원입니다. 그건 오늘 결재를 하셔야 다음 단계의 일이 진행됩니다."

"지난 번에 50이면 일이 진행된다고 했잖아요?"

"그랬지요. 그건 법원에 소송을 신행하는 서류 세출에 필수적으로 들어가는 비용입니다. 우리가 받는 것이 아니지요. 우리는 이 소송을 준비하며 소요된 시간 비용만 받는 거지요. 이를테면 인건비죠. 큰 사건은 1시간에 30만 원을 받지요. 하지만 이건 소소한 사건이고 복잡하지 않은 사건이니 20만 원으로 계산한 겁니다."

"저는 이렇게 돈이 많이 드는 줄은 몰랐어요. 이럴 줄 알았으면 시작하지 말 걸 그랬나봐요. 돈도 없는데."

주루는 눈물이라도 흘릴 기세다. 한 푼이라도 깎으려는 의도지만 실제 그렇게 돈이 들어가는 줄 알았으면 소송을 하지 않았을 것이다.

"그럼 지금이라도 소송을 중지하시겠어요? 우리말에 송사 끝에 거덜난다는 말도 있어요. 만약 재판에 지면 상대방의 소송비용도 의뢰인이 부담해야 합니다. 그러니까 반드시 이겨야지요. 질 거 같으면 시작도 말아야지요. 우리 법인 이름이 승리인 까닭도 다 그런 이유입니다."

주루는 진퇴양난이다. 사무장의 태도로 미루어 앞으로도 돈은 계속 들어갈 추세다. 주루는 사무장에게서 내가 그리스에 있다는 정보를 얻은 것으로도 족했다. 직접 나를 찾아와 담판을 짓는 편이 낫겠다고 생각했다.

"여기서 그만둬도 어차피 그 비용은 내야 하지요?"

"물론입니다. 소요된 시간 수수료 160은 카드 결제가 가능합니다만 나머지 400은 예고해드린 대로 현금으로 계산하셔야 합니다."

"저기요, 한 가지 더 그 사람 그리스 어디에 있어요?"

"아, 그거요? 그건 지금은 알 수가 없고, 정확한 위치를 알아내려면 영사관 직원을 움직이면 가능합니다. 약간의 경비가 들 것인데 알아봐 드릴까요? 위치 추적도 가능하니까요."

"얼마나 걸릴까요?"

"그거 어렵지 않습니다. 돈이 문제긴 하죠. 돈이 해결되면 내일이면 알 수 있습니다. 여긴 낮이지만 거긴 밤이니까요. 시차가 있고, 사람이 움직여야 하는 일입니다."

주루는 자신이 그리스를 다녀오리라 결정했다. 일이 잘못되어도 그리스가 어디에 있는 나라인지도 몰랐던 터라 관광 삼아서라도 다녀오면 그만이다.

"돈이 얼마나 들까요?"

"의뢰인이시니 최소 경비로 200이면 되겠습니다. 영사관 직원 100, 저희 수고료 50, 통신사 50, 아마 전화번호까지 알아낼 수 있을 겁니다. 거주지는 물론이고요. 물론 번지까지는 곤란합니다. 대개 호텔에서 머물고 있으나 자주 옮기거든요. 그렇다 해도 최신 정보를 제공힐 깃입니다."

주루는 사무장에게 백만 원짜리 수표 8장을 넘겼다.

"거스름돈 드리겠습니다. 잠깐만요."

"사무장님, 됐어요. 거스름돈은 수고한 사무장님 택시비로 쓰시고요. 내일 정확히 사는 곳과 전화번호, 그리고 뭐하며 사는지도 알려주세요. 그리고 소송은 중지할 것이고요. 다만 은행거래는 제가 다시 연락드릴 터이니 풀어주지 마세요. 가능할까요?"

"그게 뭐 어려운 일이라고요. 내일 이 시간에 오셔도 되고 전화하셔도 되겠습니다. 은행거래는 꼭꼭 막아놓겠습니다. 대신 소송 철회서에 서명해 주시지요. 모든 것은 서류로 정리해야 하니까요. 모든 것이 세금으로 추징되거든요."

주루는 사무장이 내놓은 서류에 서명하고 서둘러 변호사 사무실을 나왔다. 850만 원이 눈앞에서 순식간에 사라졌다. 하지만 주루는 그 돈이 아깝지 않다. 중국에서 한국으로 넘어와 고생한 것에 비하면 아무것도 아니다. 소송비용으로 날린 돈이 과거에는 큰돈으로 한 푼도 안 쓰고 몇 달을 일해야 겨우 만질 수 있는 돈이지만 지금은 홈쇼핑에서 한번 완판이면 들어오는 돈이다.

"그리스로 가는 것을 도와주실 수 있어요?"

"그건 어렵지 않습니다. 머무는 곳을 알아낸 후 다시 연락드리지요."

"고맙습니다. 사무장님만 믿겠습니다."

주루는 회사로 가지 않고 마사지숍으로 갔다. 몸이라도 풀어야 기분이 나아질 것 같았다.

아테네 공항. 알아들을 수 없는 말소리는 모두 소음이다. 에어컨 바람조차 이미 뜨거워져서 실내는 온통 텁텁한 기운이 넘쳤다. 주루는 큰 가방을 끌고 겨우 세관을 빠져나와 공항 라운지로 향했다. 라운지로 가는 통로라고 예외가 아니어서 숨이 막힐 듯 무덥다. 등에 흐르는 땀으로 이미 속옷은 젖어 얇은 겉옷이 달라붙어 몸을 움직일 때마다 짜증이 난다. 공항 밖으로 나가면 더할 것이란 생각으로 두려웠다. 공항 입국장을 나서는데 뜻밖에 주루라는 한국어로 쓴 종이를 들고 서 있는 젊은 그리스 여인을 보았다. 주루는 그녀에게 다가갔다.

"주루입니다."

자신이 주루라고 밝히자 여인은 서툰 한국어로 인사를 했다.

"영사관에서 일하는 에노스입니다. 영사님이 주루님을 모셔오라 했어요."

에노스는 주루를 데리고 공항 출입문을 나서 주차장으로 걸어갔다. 에노스는 주루의 가방을 붉은색 밴 트렁크에 넣고 타라고 눈짓을 했다. 에노스는 밴을 몰고 공항을 벗어나 좁은 아테네 시내 도로로 들어섰다. 좁은 골목길을 빠져나가려는 차들이 밀려 혼잡스러웠다.

"이 시간은 조금 막힙니다. 러시아워에는 그냥 서 있어야 합니다."

주루는 미소로 짓고 아테네 거리를 두루 실폈다. 아테네 중심 도로조차 온통 골목길로 보였다.

"길이 원래 이렇게 좁은가요?"

"좁아 보여요? 수천 년 동안 사용한 길입니다."

에노스는 미소를 지으며 앞차가 움직이길 기다렸다. 차들은 움직이지 않았다.

"여기서 영사관까지는 걸어서 가는 것이 더 빠릅니다. 부득이 길을 모르시니 그냥 기다리시죠. 저 건물들이나 보세요. 아마 수백 년은 저기에 있던 거니까요."

주루는 에노스의 말에 큰 관심이 없었다. 그저 어서 좁은 이 차에서 내렸으면 하는 마음뿐이다. 삼십 분이 더 지난 후, 에노스는 겨우 그랜드 호텔 앞에 차를 세웠다.

"영사관이 아니네요?"

"영사관은 인근에 있지요. 거긴 더 복잡합니다. 로비 카페에 계시면 영사님이 오실 겁니다."

에노스는 주루를 내려놓고 서둘러 호텔 앞을 벗어났다. 주루는 그랜드 호텔 안으로 들어갔다. 붉은색 상의를 입은 벨보이가 뛰어와 주루의 가방을 들고 로비로 들어갔다. 주루가 벨보이에게 카페라고 말하자 벨보이는 로비 카페로 가방을 옮겨준다. 주루가 카페의 자리를 차지하자 흰 드레스를 입은 눈이 깊은 아가씨가 다가와 주문을 받았다. 주루는 시원한 오렌지 주스를 주문하고 앉아 벽에 붙은 그림들을 보았다. 카페는 의외로 한산하고, 드나드는 이도 없다. 이십여 분이 지나자 젊은 한국인이 카페 안으로 들어와 살피다가 주루에게로 왔다.

"주루 씨인가요?"

"예, 그래요? 혹시 영사님이신가요?"

"예, 영사관 최영깁니다."

의자에 털썩 걸터앉는 최영기의 모습이 편치 않다.

"황 변호사 사무장이 전화를 했더군요. 주루 씨가 묵을 호텔과 로도스로 가는 비행기를 좀 알아봐 달라고요. 사실 그런 일은 영사관에서 하는 일이 아니죠. 황 변과는 사적으로 매우 친한 동창생입니다. 황 변 부탁이니 들어준 셈이죠. 서울에 가면 저도 도움을 받으니까요. 이곳에 숙소를 예약해 놓았습니다. 우선 이틀을 머무는 것으로 예약했으니 시내 구경을 하시고요. 이 호텔 주변에는 갤러리들이 많아요. 갤러리 거리니까 귀부인들이 산책 즐기시기에 좋은 곳입니다. 여유 있는 시간을 보내시고요. 로도스는 모레 오전 비행기를 예약했어요. 이 비행기 예매권은 잘 챙기시고요. 모레 아침에 아까 그 직원이 차를 가지고 올 겁니다. 9시까지 로비로 내려오시면 직원이 공항까지 모실 겁니다."

"그래요? 고맙습니다. 바쁜 시간 내주셔서. 들어간 경비는 모두 얼마를 드려야 하지요?"

"경비요? 아, 사무장이 모두 보냈더군요. 그냥 사용하시면 되고요. 로도스 공항에 내리시면 가이드가 나와 있을 겁니다."

"영사님, 너무 친절하세요. 돌아가서 변호사님께 감사 말씀을 드리겠습니다."

주루는 변호사 사무장이 현지 영사의 도움을 받으면 별 어려움 없이 일을 해결할 수 있을 것이라는 말을 듣고 돈을 건넸던 기억을 떠올렸다. 돈이 아니면 자신 같은 중국계 한국인이 어떻게 영사의 도움을 받을 수 있을까 생각하며 미소를 지었다.

"홈쇼핑의 거목이라 들었어요. 저도 영광입니다. 미인이시군요. 서울에 가면 한번 뵙죠. 지금은 좀 바빠서 제가 시간을 내기가 어렵고요. 그런데요. 한 가지. 의심스럽더군요. 그 사람 말입니다. 진짜 사기꾼인가요? 외국에서 머무는 사기사건 피의자들이 종종 있는데 이 사람의 경우는 좀 다르더군요. 로도스에서 그림을 그려서 팔고 살더군요. 그래서?"

"글쎄요. 보기에 따라 다르겠지요. 법원에서 결정해 주시겠죠. 하지만 제가 전액 출자한 중국 내 관광회사가 큰 손해를 입었으니까요."

"그래요? 그런 일이 있었군요. 자 그럼, 일 보시고요. 귀국할 때까지 일은 로도스의 가이드가 알아서 도와줄 겁니다. 편히 쉬세요."

영사는 호텔 프런트 직원에게 방 열쇠를 받아 주루에게 넘기고 호텔 밖으로 나갔다. 주루가 카페에서 가방을 끌고 나오자 벨보이가 달려와 가방을 끌고 엘리베이터 안으로 들어간다. 엘리베이터가 11층에서 멈춘다. 주루는 엘리베이터 안에 붙어 있는 마사지 광고문을 보았다. 벨보이는 주루에게 열쇠를 받아 방문을 열고 안으로 들어가 가방을 놓고 문 앞에 서 있다. 주루가 1유로를 건네자 미소를 짓고 밖으로 나갔다. 주루는 창문의 커튼을 열었다. 호텔 앞 도로 건너 낮은 빌딩과 건물들이 가득 들어선 곳을 지나자 언덕 위에 높이 선 유적이 보였다. 주루는 그리스 안내 책자에서 본 고대 그리스 유적 중의 하나일 것이라고 생각했다. 가방을 열고 넣어둔 옷들을 꺼내 옷장에 넣고 욕조에 물을 받았다. 좁은 공간의 비행기에서 하루 반이나 시달린 탓에 온몸이 불편했다. 주루는 엘리베이터에서 본 마사지 광고를 떠올렸으나 말이 통하지 않을 것 같은 생각이 들자 모든 것이 귀찮아졌다. 주루는 옷을 벗고 욕조 안으로 들어가 눈을 감고 누웠다. 따뜻한 물에 몸을 담그자 긴장됐던 마음이 풀어지고 편안해진다.

  아직 후끈거리는 열기가 가시지 않은 오후 4시 주루는 호텔 밖으로 나왔다. 호텔 지배인이 알려순 호르온 레스토랑을 향해 천천히 걸었다. 호르온 레스토랑으로 가는 거리에는 아트 갤러리들이 이어져 있다. 주루는 두 번째 아트 갤러리로 들어갔다. 거리에서 들여다볼 수 있는 진열장 이젤 위에 올려놓은 누드 그림이 눈에 띄었기 때문이다. 의자에 앉아 있던 갤러리 주인이 자리에서 일어나 주루를 맞는다. 큰 키와 늘씬한 몸, 어깨끈이 가는 긴 드레스를 입은 주인은 갤러리 그림 속 여신처럼 보였다. 주루는 눈인사 후 작품들을 둘러봤다.

주로 누드를 그린 작품들이다. 다양한 몸짓으로 표현된 누드들은 거침이 없고, 숨김이 없다. 오히려 긴 천을 몸에 두른 누드가 불편할 정도다.

"누드 특별전이어요."

동양 사람인 걸 눈치챈 주인은 가벼운 미소를 지으며 말한다. 주루는 고개를 끄덕이며 눈인사를 하고, 한 작품에 시선을 고정한다. 그림 중에 우연히 한국어로 된 작가 서명을 보았기 때문이다. 한. 한글로 쓴 이름이 정겹게 느껴져 한참이나 보았다. 그림 속의 여자가 그리스인인지 한국인인지 구분이 되지 않지만, 몸의 흐름이 부드러웠고 가슴의 굴곡과 엉덩이 선도 가늘고 작다. 거웃조차 숱이 적고 폭도 좁다. 주루는 순간 거울에 비친 자신의 몸을 바라보았다. 겉옷을 벗으면 그림 속의 누드와 다를 것이 없다. 주루가 찾는 남자가 로도스에서 그림을 그려 팔고 있다는 영사의 말이 떠올랐다. 믿을 수 없다. 주루는 고개를 저었다. 그림에 서명한 한이 아니다. 자신이 찾는 남자는 아파트에 화구들을 갖춰놨지만 그림 한 점 완성하지 못하고, 홈쇼핑에서 영업을 전담하던 사내다. 예술가의 모습이라곤 조금도 볼 수 없다. 주루는 혼자 미소를 지었다.

"부인, 그 그림은 이미 팔렸습니다. 다른 그림을 보시지요?"

주루는 흠칫 놀랐다. 갤러리 주인이 여전히 주루의 뒤에서 미소를 짓고 있었다.

"화가가 한국인인가요?"

"한국인이세요? 한국인 화가 작품이 몇 편 있답니다. 저쪽에 있어요. 누드는 아니고요. 지난주까지 특별전을 했던 것인데, 많이 팔고 몇 점 남았지요. 보실래요?"

주루는 누드가 아니라는 말을 듣자 갑자기 흥미가 없어졌다. 주인이 앞장서서 움직이자 그녀를 따라 갤러리 안에 마련된 작은 방으로 들어갔다. 주루는 주인이 안내하는 그림 앞에 섰다. 익히 본 당산나무다. 거대한 고목은 새끼를 꼬아 만든 줄을 두르고 있고, 바람에 흔들리자 줄에 매달린 흰 천에 쓰인 주문들이 마구 나부끼고 있다. 나뭇잎은 팽나무도 회화나무도 아니었다. 당산나무는 거대한 줄기와 무성한 잎을 하늘 높이 뻗치고 무성해야 한다. 주문을 매단 그 당산나무는 가는 줄기와 듬성듬성 달린 잎들이 은빛으로 반짝이고 있다. 칭칭 감아놓은 줄에 걸린 주문들이 흩날리고 은빛으로 빈쩍이는 잎들이 절묘한 조화를 이루어 신당에서 쩔렁거리는 방울처럼 소란스럽다.

"소란스럽군요."

"예에? 뭐라고 하셨지요?"

갤러리 주인은 주루의 말을 듣고 놀란 표정을 지었다.

"분명 시끄럽다고 했죠?"

주루는 무안해져 얼굴이 붉어졌다.

"한국어를 아세요? 시끄럽다고 하지 않았어요. 소란스럽다고 했지요."

"그러니까요. 맞아요. 쑤가 그렇게 말했어요. 분명 소란하다라고요. 나는 시끄럽다고 기억했지요. 잊어버렸거든요."

"이 그림을 그린 화가가 쑤예요?"

"예. 쑤는 아테네에서 그림을 그리죠. 전에는 누드를 그렸는데, 지금은 나무를 그려요. 소리나무sound tree, 신목godtree라고 제목을 붙이죠. 가만 그 그림들을 보고 있으면 소리를 들을 수 있을 거라 하더군요. 이 그림을 보고 소란하다고 하셨지요? 이제 겨우 그림이 주인을 만났군요."

주루는 갤러리 주인의 상술이 뛰어나다고 생각한다. 주루는 그림값을 물어보고 싶은 마음을 억누르고 갤러리를 벗어나고 싶어 주인이 제 마음껏 내뱉는 소리를 뒤로 하고 얼른 거리로 나왔다. 갑자기 머리가 빠개질 것처럼 아팠다. 도로 옆에 심어진 올리브나무들이 모두 갤러리에서 보았던 소란한 나무들처럼 보이고, 그 나무들이 주루에게 한꺼번에 무어라고 외치는 것 같았다. 주루는 두 손으로 머리를 눌렀다. 통증이 가시지 않는다. 주루는 귀를 막았지만 소용이 없다. 가로수들은 주루가 귀를 막자 더 크게 아우성을 지른다. 주루는 길거리에 한참 쪼그려 앉아 있다가 길 건너에 약국 간판을 보고 일어섰다. 약국으로 들어섰다.

"머리가 아파요."

"병원을 다녀왔나요?"

"그게 아니고, 저 나무들이 갑자기 소리를 지르기 시작했어요."

늙은 약사는 안경을 치켜 쓰고 주루를 한참 바라보았다. 주루는 약국 의자에 앉아 눈을 감았다. 늙은 약사는 작은 알약 하나를 주었다.

"입에 넣고 천천히 녹여 드세요."

주루는 알약을 받아서 입에 넣고 밖으로 나와 호텔을 향해 걸었다. 세상은 다시 조용해졌다. 주루는 주변의 올리브나무들을 보았다. 바람에 올리브나무 잔가지가 흔들렸다. 언덕 위 거대한 흰 석주들이 올리브나무 사이에서 조금씩 붉게 물들고 있다. 허기를 느낀 주루는 호텔을 등지고 걷다가 갤러리들을 지나 호르온 레스토랑 문을 열고 들어갔다. 레스토랑 안 서너 테이블에서 음식을 먹는 이들의 목소리가 작게 소곤대고 있지만 점점 높아질 것으로 생각했다. 주루는 얼른 스테이크와 맥주를 시켰다. 주문을 받은 금발의 아가씨는 맥주를 먼저 가져와 테이블에 놓는다. 주루는 맥주를 마시며 갤러리에서 그림을 보고 느꼈던 소란스러움과 올리브나무들의 아우성을 생각했지만 좀처럼 그 상황을 이해할 수 없다. 잠시 후 가져온 두툼한 스테이크는 막 구운 것처럼 육즙이 촉촉했다. 붉은 살을 파고 든 칼끝에 붉은 육즙이 배어 나온다. 주루는 와인을 추가했다. 금발의 아가씨는 미소를 흘리며 병뚜껑을 열고 와인을 따랐다. 주루는 와인을 음미했다.

  점심 대용으로 프랑스식의 딱딱한 빵과 우유 한 잔을 마시고 있을 때 불편한 말투의 영사로부터 전화를 받았다.
  "……영사인 내가 이런 전화나 하는 것은 참으로 드문 경웁니다. 하지만 당신을 찾아 한 여인이 한국에서 와서 아테네에서 머물다가 로도스로 떠났습니다. 당신을 찾아갔겠지요. 영사가 이런 일에 개입해서는 안 됩니다. 만약에 이 일이 당신들 둘 사이의 아주 개인적인 일이라면 말입니다. 그러나 대한민국 경찰이 말하는 사기 사건이라면 그건 다른 상황이지요. 영사로서 권합니다. 두 사람이 원만히 합의하세요. 금전 문제는 법정에서도 합의가 우선이니까요. 이 나라에서 조국에 누가 되는 일이 일어나질 않길 바라는 마음입니다."
  "누가 나를 찾아왔다고요? 그 사람이 누구예요?"
  "이름을 말해주기는 곤란합니다. 하지만 그 여자는 우리 영사관의 도움을 받아 당신이 이곳에서 하는 일과 머무는 곳까지 모두 알고 있지요. 곧 만날 것입니다. 하여튼, 잘 해결하세요. 그 사람은 가이드를 동행할 거고요, 가이드는 우리 영사관에서 소개했지만, 우리 직원은 아닙니다. 참고로요."
  당장이라도 영사관을 찾아가 항의하고 싶다. 영사는 가끔 전화를 걸어 마치 경찰이 어떤 정보를 캐묻듯이 범죄인 취급을 하고 있다. 화가 나서 어찌할 줄 모르고 방을 나와 정원에서 서성댔다. 카잔카의 여동생 루나는 집에 없다. 아직 린도스의 성으로 갈 시간은 아니다. 먹던 딱딱한 빵에게 화풀이를 하듯이 남은 빵을 집어 던졌다. 그때 다시 전화벨이 울린다.

"여보세요?"

"아, 여보세요? 미스터 코레아씨, 카잔카가 당신이 코레아씨라고 알려줬어요. 집에 계시죠? 나는 카잔카 친구 얀느로크스 니코르 야니스지요. 카잔카는 얀느라고 불러요."

"그런데요?"

"당신을 만나고 싶어요. 집으로 갈까요? 카페에서 볼까요?"

"무슨 일이죠?"

"당신네 영사관에서 한 사람을 당신에게 안내하라고 했어요. 우리는 관청의 협조나 지시는 무조건 따르거든요."

카잔카의 친구 얀느가 영사가 말하는 가이드라는 것을 알았다. 피할 수 있는 일이 아니다. 너구나 그가 카산카를 알고 있다면 피한다고 피해질 일도 아니다. 불편하지만 그를 마리스의 아트플라자 앞에 있는 린도스캐슬 카페로 오라고 했다. 얀느는 그곳을 잘 알고 있으니 한 시간 후에 카페에 도착하겠나고 약속했다. 갑삭스네 벌어시는 이 낯선 상황에 마리스가 날 지켜주길 바라는 마음으로 도움을 청하려 했다. 마리스의 가게로 서둘러 갔다. 마리스는 내가 어제까지 그린 린도스 성의 올리브나무들을 가게의 중앙 갤러리에 걸고 있었다.

"어서 와, 코레아. 이 그림들 너무 좋아요. 커피 마실래요?"
"그게 중요한 일이 아니야. 잠깐 나를 도와줘요."

마리스가 궁금한 표정으로 옆에 앉았다. 나는 마리스의 손을 잡았다.

"한국에서 경찰이 올지 몰라. 카잔카 친구 얀느가 함께 온다는군. 영사에게서도 전화를 받았으니 꼭 오겠지. 경찰이 와서 날 잡아갈지도 몰라. 솔직히 난 무슨 일이 벌어지고 있는지 모르거든. 경찰이 수갑을 채우진 않겠지만 내가 달아나려 한다면 그 경찰을 막아줘. 할 수 있지?"

마리스가 어떤 일이라도 할 수 있을 것으로 생각했다. 마리스는 걱정하지 말라는 표정으로 양팔을 벌려 끌어당기는 흉내를 내며 웃었다. 활짝 웃는 마리스를 보자 기분이 잠시 좋아졌다. 마리스와 함께 해서 안 되는 일이 없었기 때문이다.

얀느는 검은 수염으로 턱을 완전히 덮은 곱슬머리로 키가 크고 덩치가 큰 사내다. 어찌 보면 신의 사악한 심부름을 도맡는 전사의 모습이다. 그가 린도스캐슬 카페 안으로 들어오자 작은 카페 안이 한 사람만으로도 꽉 찬 느낌이다.

"코레아 씨입니까? 카잔카가 말하길 신사분이라고 하더군요. 만나서 반갑소."
"도대체 무슨 일이요? 내가 코레아요. 무슨 용건이요?"
"내가 자세히 알 필요는 없지요. 무슨 용건인지. 당신네 나라에서 온 사람이 당신을 만나고 싶어 합니다. 영사관에서는 그 사람과 당신을 꼭 만나게 하라는 말을 덧붙이더군요. 나는 당신들이 만나길 바랍니다. 당신이 그 사람을 만난다고 하면 나는 시간과 장소를 약속하는 것 외에는 관여할 일은 없습니다."

"내가 만나야 하는 사람이 누군지도 모르고 왜 만나야 하죠?"

"그건 나도 모르지요. 맥주 한 잔 주세요."

얀느는 카페 주인에게 큰 소리로 맥주를 주문했다. 카페 주인은 얀느에게 거품이 넘치는 생맥주를 가져왔다.

"당신이 약속하면 나는 돌아가서 기다리겠소. 하지만 약속을 하지 않으면 오늘 당신을 데려갑니다."

얀느의 말은 권위적이고 위협적이다. 얀느의 목소리가 높아지자 카페 주인은 슬그머니 밖으로 나가 마리스를 데려왔다. 마리스가 카페 안으로 들어오자 얀느는 자리에서 벌떡 일어나 마리스를 끌어안았다.

"이곳에 오지 않으려 했어. 마리스, 당신을 보는 일이 너무 마음이 아프니까. 잘 지냈지?"

마리스는 얀느가 두 팔을 스스로 풀 때까지 기다렸다.

"내가 얀느 당신일 줄 알았지. 내가 당신을 도와준 것을 잊지 않았겠지?"

"물론이야. 마리스, 당신의 도움을 잊으면 나는 발정 난 수

사슴일 뿐이야. 함부로 날뛰는."

얀느가 마리스의 볼에 입을 맞추고 팔을 풀자 마리스는 피식 웃었다.

"얀느, 무슨 일이야? 내가 이곳에 나타나지 말라고 했지? 벌써 잊은 거야?"

"아니. 마리스, 난 그 말을 지키려 해. 다만 전할 말이 있어 온 거야. 나도 오고 싶지 않았다고. 어쩔 수 없는 일이야."

마리스가 나타나자 위축된 얀느의 모습을 보자 안심했다.

"코레아는 내 동업자야. 그림을 그려서 내게 넘긴다고."

"화가라고? 사기꾼이라고 하던데. 영사관 사람들이 내게 말했어. 이 사람을 만나러 한 사람이 와 있지."

순간 정말 화가 났다. 자리에서 벌떡 일어서며 얀느를 노려봤다.

"누가 나를 사기꾼이라고 한다는 거요? 누구요? 당신이 그 사실을 알아?"

마리스가 진정시키려는 듯이 팔을 끌어당겼다.

"얀느, 코레아는 정직해. 내가 보증해. 코레아를 만나려면 여기로 오면 되지, 왜 코레아를 데려가려고 해?"

"그 미인이 말하길 조용히 해결하고 싶다고 했어. 은밀하게."

마리스는 얀느의 말을 듣자 큰 눈을 동그랗게 뜨고 물었다.

"미인? 그럼 여자야? 경찰이 아니고?"

"경찰? 그건 나도 몰라. 하지만 엄청나게 미인이지. 그런 미인은 로도스에는 사바니니 헬레나밖에 없어."

순간 얀느가 마리스와 어떤 관계가 있다는 것보다 사바니니를 알고 있는 것이 더욱 흥미롭다. 또한 나를 찾아온 여자가 누군지 궁금하다. 젊은 영사의 말대로 은행거래가 중지된 것으로 미루어 틀림없는 경찰 업무를 하는 이라고 생각했던 터다.

"내일 로도스로 가겠소."

얀느는 환하게 웃었다. 그는 악수를 청했다. 내가 손을 내밀자 힘껏 손을 잡아당겨 몸을 밀착시키고 양 볼에 얼굴을 댔다.

"당신이 약속했소. 오후 2시, 로도스 파라다이스블루호텔 카페요. 내가 다시 이곳으로 오지 않길 바라오. 마리스에게 린도스로 오지 않겠다고 약속했거든요."

얀느가 카페를 나갔다. 마리스는 무엇인가를 말하고 싶은 것을 참는 표정으로 얀느를 따라 나간다. 카페의 여주인은 자기 자리로 돌아갔다. 나는 빈 카페에 우두커니 앉아 남은 맥주를 홀짝거리며 마셨다. 가게로 돌아갔던 마리스가 다시 카페 안으로 들어왔다.

"코레아, 분명 당신 사기꾼이 아니죠? 범죄자일 리가 없어. 범죄자라 해도 상관은 없는 일이지만. 흐음. 코레아 내일 블루호텔에 같이 가요?"

"아니오. 나 혼자 가겠소. 무슨 일인지 나도 궁금하오. 내 은행거래와 관련 있다고 하니."

나의 단호한 말투에 우두커니 서 있던 마리스는 더는 말하지 않고 아트플라자로 돌아갔다. 남은 맥주를 마저 마시고 집으로 돌아왔다. 루나가 린도스 성으로 가기 위해서 집을 나갔다.

"성에 안 갈 거야?"

"응, 그냥 집에 있을 거야."

방 앞의 작은 의자에 앉아 활짝 핀 부겐빌레아 무성한 가지들과 가지 끝에서 날 선 칼날을 세운 가시와 가시를 숨기고 있는 붉은 꽃들을 보았다. 마리스가 불쑥 들어섰다.

"아무래도 안 되겠어. 코레아, 내일 가지 말아. 당신이 돌아올 것 같지 않아. 우리 그리스 여자들은 기다리는데 익숙하지만, 너무 고통스럽다는 것도 알지. 얀느는 저질이거든. 얀느를 힘으로 이길 자는 이 로도스에 없어. 얀느는 자기가 아가멤논의 장수 아킬레우스인 줄 알거든."

마리스의 말에 아무 대꾸도 하지 않고 부겐빌레아 꽃들을 바라보았다.

"부겐빌레아는 가시를 숨기고 있어. 코레아, 얀느가 누군지 정말 궁금하지 않아?"

얀느와 마리스의 사이가 궁금한 것은 사실이다. 하지만 관여할 일이 아니었다.

"얀느는 내 남자였어. 그를 사랑했지만, 그가 바다로 나갈 때 잡지 않았어. 그리스 여자들은 사내들이 바다로 나가는 것을 막지 않지. 그는 지중해와 에게해의 선원이 되어 수년간 떠돌았다고. 그가 바다를 떠돌 때, 나는 얀느의 모친과 어린 동생들을 돌봤다고. 그의 모친과 포도밭을 가꾸고, 올리브 오일도 짜서 시장에 내다 팔았지. 어쩔 수 없었어. 얀느의 집은 가난했고, 나는 얀느를 사랑했으니까. 하지만 그가 린도스로 돌아왔을 때, 그는 터키 여자를 데리고 왔어. 그건 있을 수 없는 일이야. 터키 여자라니. 차라리 창녀를 데려오는 게 낫지. 창녀를 데려왔다면 하룻밤 정도는 창녀에게 얀느를 양보할 수 있다고. 물론 그 상황이 실제 벌어졌다면 어찌했을지는 또 모르지. 그 여자는 온몸을 칭칭 싸매고 다녔어. 니캅이라고 하던데 덥지도 않은지, 얼굴에 흐르는 땀을 가리고, 아마 온몸에 찌든 시궁창 냄새를 숨기려는 까닭이겠지. 그 터키년의 사타구니는 참을 수 없을 만큼 썩은 피가 고였을 것이야. 그 지독한 냄새를 속이려고 짙은 향수를 뿌리고 다녔으니까. 그년이 스쳐 지나가기만 해도 거리 전체가 온통 그 냄새가 진동했어. 린도스 사람 모두가 아는 일이야. 얀느, 그 작자는 시궁창 같은 무슬림이 된 거야. 오 주여, 저를 지켜주소서! 린노스를 배신하는 그런 놈을 좋아했다니. 그 분노를 참는다면 린도스의 여자가 아니지. 나는 린도스의 청년들에게 도움을 청했어. 청년들이 약속했지. 내 몸에 안 넘어갈 사내들은 없었으니까. 내 몸을 가진 청년들이 얀느를 바다로 던졌어. 린도스를 떠나라고 했지. 얀느는 린도스를 떠날 마음이 없었다고. 잘도 기어오르더군. 얀느는 뱃사람이었으니까. 나는 그 냄새 나는 터키년도 끌고 와 바다에 던졌어. 그 허우적거리는 꼴이라니! 우리는 마음껏 웃고 비웃었지. 얀느가 바다로 들어가 그 여자를 겨우 건져냈어. 배를 눌러 물을 토하고, 겨우 목숨을 건졌지. 얀느는 내게 약속을 했어. 린도스로 돌아오지 않겠다고. 어쩌면 코레아, 당신이 이곳에 오기 전까지 나는 얀느를 기다리고 있었는지 몰라. 이곳 사내들에게 그 후 내 몸을 내주지 않았으니까."

붉은 눈물을 뚝뚝 떨구는 마리스를 물끄러미 바라보았다.

"남자들은 떠날 때가 되면 떠나지. 코레아 당신도 마찬가지지. 그리스 여인들은 사내들을 늘 떠나보낸다고."

부겐빌레아 붉은 꽃이 에게해를 넘어온 바람에 흔들릴 때 나는 마리스를 끌어안았다. 햇살은 이미 붉은 빛을 린도스 성벽까지 높이 끌어올렸다. 뜨거웠던 골목길도 시원한 바람이 고샅마다 흐르고 달궈진 성벽을 식히러 오르기 시작했다. 마리스는 마음속에 담아 두었던 슬픔을 모두 풀었다. 그건 올리브 향기였다.

연서 2 8

8

"그만해. 여긴 내 집이야. 이제, 그만 네 집으로 가. 제발."
내가 소리치자 연서는 순간 정신이 혼란스러워졌다.
"뭐라고? 여기가 내 집이 아니라고? 내 집인 줄 알았는데."
연수는 머리를 감싸고 주저앉았다. 사랑을 확인하고 싶던 환상은 이미 깨졌다. 나는 그때 주루에 집착하고 있었다. 사랑이니 필연이니 하는 말은 오로지 가식이었을 뿐이다. 나는 주루를 만나서 격렬하게 성욕을 채우고 밥을 먹었다. 연서는 그런 내가 낯설다고 했다.
"그러지마. 너는 그런 사람이 아니야. 저 중국 여자가 너를 늪에 가두고 있어. 그걸 모르겠니?"
연서는 확신하고 있었다.
"지금 우연일 뿐이야. 필연을 가장한 우연이라고. 정말 미치겠어. 네가 그 여자를 사랑한다고? 그건 아니야. 아니라고."
"그만 가. 이러지마. 그만 우릴 괴롭혀."
오히려 연서가 그저 필연을 가장한 우연이었을 뿐이다. 내 집에서 더 머물러서는 안 된다는 말에 연서는 가방을 챙겨 들고 아파트를 나갔다. 나는 연서를 따라가지 않았다. 느닷없는 이별로 당황하던 내가 정신을 차리고 연서를 찾아 아파트 단지를 가로질러 달렸다. 아파트 단지 입구에 택시들이 길게 늘어서 있었다. 택시들이 늘어선 줄 끝에서 발을 멈췄다. 어디에도 연서의 모습은 없었다. 먹구름들이 하늘을 그득 덮었다. 길을 따라 걸었다. 그 길이 어디에서 끝나는지 알 수 없지만, 그 끝으로 가야 했다. 그 끝에 연서가 기다리고 있을 것 같았다.

후둑후둑 비가 내리기 시작했다. 비를 맞는 일은 우울한 마음을 달래는 최고의 방법이다. 연서는 비를 맞으며 자신의 우울이 몸에서 모락모락 피어오르는 온기가 되어 몸에서 빠져나가고 있다고 생각했다. 비는 그치지 않는다. 연서는 도로를 가로질러 불어난 흙탕물 천변을 따라 걷다가 세차게 퍼붓는 비를 감당할 수 없어 길가 허름한 술집으로 들어갔다. 눈썹을 짙게 그린 여자가 흘낏 쳐다보고는 아무 말도 하지 않고 소주를 따라 마시고 있다.

"주인 없어요?"

연서가 작은 방을 향해 물있다. 혼자 소주를 마시던 여자가 고개를 돌린다.

"왜 없어? 내가 주인이야."

"손님이 들었으면 아는 척이라도 해야지요?"

"미친년, 네 꼴을 보고나 말해. 삼 년 전에 물에 빠져 죽어 물귀신이 된 년이 이제 겨우 물 밖으로 나온 것 같구먼. 뭐가 필요해?"

"소주나 한 병 주세요."

"그럴 줄 알았지. 어쩜 그리 똑같아. 어떻게 한결같니? 그때도 그 모양이더니. 꿈자리가 사납더라니. 제기랄. 가게 문을 연 내가 죄지."

여자는 연서 말에 대꾸도 없이 혼자 중얼거린다. 연서는 그 말이 자신이 들으라고 하는 말인지 혼잣말인지 알 수가 없다. 고개를 숙이자 치마로 물이 주르르 흐른다.

"빗물이나 닦아. 여기 마른 수건이야. 이거 새 것이야. 깨끗이 빨아서 말린 거라고."

연서는 일어나 여자가 건네준 수건으로 비에 젖은 머리카락을 닦았다. 머리를 수그려 머리카락을 털자 축축했던 기분이 조금 맑아졌다.

"무슨 일이야. 대낮부터 소주 타령이야?"

"아줌마는 왜 혼자 소주요?"

"이년아, 아까 얘기할 때 뭐 들었누? 삼 년 전 이날 미친년 하나가 죽었다니까? 아까 말한 거 못 들었어?"

"나 들으라고 한 말이요?"

"그럼, 여기에 네년 말고 또 누가 있누? 네년 뒤에 귀신이 하나 붙어 서 있구먼."

"그런데 귀신이건 말건 왜 말끝마다 이년 저년이요?"

"지랄하네. 시비 거는 것까지 똑같아. 아 이년아, 너 이름이 연서지?"

연서는 순간 여인의 눈에서 퍼런 기운이 사방으로 퍼지는 것을 보았다. 여인은 재빨리 고개를 돌려 창 밖을 내다보았지만, 연서는 온몸에 짜르르 소름이 돋고 전율했다.

"예? 연서요? 그걸 어찌 아셨죠?"

"그년 이름이 연서였으니까 혹시 해서 물어본 거야. 운 좋게 맞추었을 뿐이야. 이리 와. 소주나 마셔. 나하고 같이 마시면 돈은 안 받아."

갑자기 풀이 죽은 여자는 앞에 놓았던 잔을 들어 연서에게 주고 소주를 따랐다. 연서는 술이 차자 홀짝 한입에 마셨다.

"술 천천히 먹어. 계집년이 그렇게 술 처먹다간 몸이 온전치 못하지. 간이 부서지는 것은 그만두고 세상 개자식들이 다 오죽잖은 물건들을 들이덴다니까. 질 새겨둬. 한잔 더해."

여자는 다시 잔을 채웠다.

"야, 오늘 가게 문 닫자. 그리고 네년 오늘 여기서 자고 가라. 나가서 그년처럼 물에 빠져 죽지 말고. 뭐해? 어서 마시고, 기게 문 닫자니까! 안에서 잠그면 돼."

연서는 홀짝 소주를 마시고 일어나 가게 문을 모두 잠갔다.

"너, 가방 안에 옷이 들었으면 저 방에서 갈아입고 나와. 감기 들겠다. 어휴, 꼴이라니. 속옷도 젖었구나. 없어? 없으면 그 방 서랍장 맨 아래 열어봐 거기 어떤 년이 입던 옷이 있을 거야."

연서는 가방을 들고 방으로 들어갔다. 속옷까지 몽땅 젖었다. 속옷은 여분이 있어 챙겨 입었다. 겉옷이 없어 서랍장을 열고 그 안에 있던 체육복을 꺼내 입었다.

"잘 맞네. 임자가 따로 있다니까. 네 옷 세탁기에 다 넣고 돌려. 너 세탁기 돌릴 줄 아냐?"

연서는 비로소 미소를 지었다. 세탁기에 넣고 돌려도 상할 옷은 아니다. 연서는 세제를 조금 넣고 세탁기를 가동했다. 모든 것이 제대로 돌아온 기분이다. 연서가 옷을 갈아입고 세탁기를 돌리는 사이 여자는 뜨거운 물에 튀긴 낙지를 양배추와 당근, 미나리, 풋고추를 잘게 썰고 섞어 버무렸다.

"되었다. 안주가 있어야 소주를 먹지. 네년 오늘 횡재했다. 이거 서방이나 와야 해주는 안주야. 네년이 오늘 내 서방 노릇 해라. 후후후. 겁나냐? 이 아줌마가 너 잡아먹을까 봐?"

"예, 무척 겁이 나요. 호호호."

연서는 여자를 바라보고 웃었다.

"걱정하지 마. 안 물어볼게. 이 나이 되면 척 봐도 안다. 뭔 짓을 했는지. 사내새끼가 지랄 떨었지? 패지만 않으면 그래도 난 거야. 지랄은 제가 떨고 마구 패는 새끼들도 많다니까. 연서 그년은 서방이 온갖 지랄을 떨어도 참고 살더니 새파랗게 젊은 년에게 그 서방을 뺏기고는 살 수가 없던 거여. 저 방에서 살고 있었지. 서방이 오면 엉덩이가 들썩거려 건너 여관으로 내빼었다가 새벽에나 오곤 했어. 알아도 모르는 척했지. 방 하나 구해서 살림을 차릴 수 있는 형편도 못되었거든."

"아줌마, 그 여자 이름이 진짜 연서였어요?"

"진짜인지 그건 몰라. 제 년이 연서라고 하니까 연서인 줄 알았지."

"거참 이상하네."

"뭐가 이상해? 어휴, 새벽에 벌거벗은 여자가 물 위에 떠올랐어. 온몸에 얻어맞은 자국이 잔뜩 있었는데, 여길 다니던 순경이 연서라고 알려줘서 가 봤더니, 세상에 그년이더라고. 전날, 이 방서 함께 자고 있었거든? 새벽에 사내를 찾아간 모양이야. 젊은 여자를 끼고 자는 놈에게 눈이 뒤집혔겠지. 덤벼들었다가 되지게 얻어맞고 옷이 홀딱 벗겨져서 내쫓기니 어떻겠어. 어차피 죽으려고 덤벼든 거, 물에 들어갔겠지. 사내는 징역 살고 있어."

"그럼 저를 보고 우연히 저년도 연서구나 한 거요?"

"그랬지. 섬뜩했어. 문을 열고 들어오는데 너무 똑같아서 놀랐다니까?"

연서는 어자와 매운 안주를 먹으며 눈물을 흘렸고, 여사가 살아온 얘기를 들으며 눈물을 흘렸고, 소주에 취해 눈물을 흘렸다. 가게 밖이 어두워졌다. 연서는 여자와 방으로 자리를 옮겨 다시 술을 마셨다. 생두부에 김치를 얹어 술을 마시다가 나중엔 마른 멸치를 안주 삼아 술을 마셨다. 몸을 제대로 가누지도 못해 부엌 바닥 개수구멍을 향해 둘이 손을 잡고 오줌을 눴다. 오줌발은 시간이 지날수록 거셌다. 여자는 오줌을 누고는 다시 방으로 들어와 술을 마셨다.

 밤이 깊다. 술에 취해 널브러져 있던 여자가 일어나 부엌으로 나간다. 소쿠리에 담아둔 음식과 과일을 주섬주섬 상 위에 펼친다. 반찬통에 담아놓은 전과 과일, 산적, 흰 쌀밥, 명태포 제사상에 올라갈 것들이다. 여인은 부엌으로 나가 물을 뒤집어쓰고 들어와 흰옷으로 바꿔 입는다. 여자의 몸은 갓 내린 눈보다 희고 곱다. 봉긋한 젖가슴과 짙은 거웃, 깊은 우물까지 연서는 여자의 몸을 안고 싶은 충동을 겨우 참는다. 연서는 여자의 벗은 몸이 저렇게 아름다울 수가 있는지 자기 눈을 의심했다. 맑은 탕국을 올린 후 술을 따르고 여자가 절을 한다. 그때마다 젖가슴이 드러났고, 앉았다 일어설 때마다 비누향이 방안을 채웠다. 촛불에 투영된 여자의 몸은 고상한 그림자를 담은 신비로운 영성이다.
 "뭐 하냐. 이년아, 너도 그만 일어나 술이라도 한잔 올려봐라. 이것도 인연인데."
 연서도 벌떡 일어나 술을 따르고 절했다. 연서가 절을 마치고 일어서자 기다리던 여자는 상을 끌어당긴다.
 "음복해야지. 너도 해. 절했으면 얻어먹어야지."

연서는 제사상에 놓인 안주로 술잔을 비웠다. 여자가 노래를 시작한다. 여전히 빗소리가 거세다. 노래를 마친 여자가 창문을 열자 빗줄기가 방안으로 쳐들어온다.

"날씨가 사나워 귀신도 못 오겠다. 그래서 네년이 대신 왔나 보다."

여자는 상을 한쪽으로 밀어붙이고 이불을 폈다.

"나는 원래 여기서 안 자. 저쪽 골방에서 자는데 오늘은 연서도 왔으니 여기서 자야겠다. 베개 들고 와."

연서는 여자의 옆에 누웠다. 여자는 금세 코를 골았다. 연서는 잠을 잘 수가 없다. 머리만 아프다. 연서는 슬그머니 일어나 우두커니 앉아 있었다.

"밖으로 나가면 귀신이 널 데려가 깊은 물속에 처박겠지. 그냥 자."

여자가 눈을 감은 채 말을 하더니 다시 코를 골았다. 한참 동안 연서는 자리에 앉아 있었다. 여자의 말대로 이대로 밖으로 나가면 그 연서처럼 마구 거칠게 흐르는 물에 몸을 던질지도 모를 일이다. 여자가 얇은 누비이불을 발로 걷었다. 여자의 흰 속살이 드러났다. 뒤가 벌어진 여자의 치맛자락이 말려 비켜지고 속옷을 입은 모습이 고스란히 드러났다. 망사로 앞을 댄 여자의 속곳에서 희미하게 비치는 거웃이 보였다. 연서는 여자의 옆에 누웠다. 슬그머니 여자의 가슴에 손을 얹었다. 기억도 없는 엄마의 가슴. 연서는 엄마를 기억하지 못했다. 연서의 손이 여자의 가슴을 어루만지자 여자의 몸이 뜨겁게 반응했다. 여자는 연서의 손을 거웃으로 옮겨갔다. 여자는 가랑이를 벌리고 연서의 손가락을 밀어 넣었다. 연서의 호흡이 거칠어졌다. 여자는 숨소리조차 조용했다. 연서는 옷을 벗고 여자의 몸에 살을 댔다. 뜨거운 기운이 온몸으로 퍼졌다. 여자는 연서의 몸을 어루만지고 엉덩이 뒤로 손을 뻗어 살 속을 파고들었다. 연서의 몸이 축축하게 젖었다. 연서는 여자의 가슴을 물고 깊게 빨았다. 입을 여자의 가슴으로 채웠다. 숨이 가빠졌다. 마침내 여자의 숨소리가 거칠어졌다.

이른 새벽 아직 컴컴하다. 연서는 갈증으로 견딜 수 없어 몸을 일으켰다. 여자는 연서에게 꿀물을 먹였다. 눈앞에 앉은 여자는 샛노란 저고리와 푸른 치마를 입고 긴 비녀를 꽂았다. 부채를 든 손이 부르르 떨자 여자의 눈이 허옇게 변했다. 연서는 놀라 벌떡 일으켰다. 실오라기 하나 걸치지 않은 연서의 몸이 가느다란 촛불에도 선명히 드러났다.

"그냥 있거라. 네년의 몸에 든 귀신을 쫓을 거야. 조금만 더 그대로 있어."

연서는 다시 누웠다. 눕지 않으면 안 되는 힘을 느꼈다. 연서의 아랫배를 짓누르는 거북함이 점차로 강하게 느껴졌다.

"아래가 뜨겁고 무거워."

"그걸 다 쏟아내야 해. 깨끗해질 거다."

연서는 눈을 감았다. 생리통보다 무거운 통증을 견딜 수 없다. 여자의 부채와 방울이 연서의 몸을 쓸고 지나갔다. 순간 역겨운 것들이 올라왔다. 연서는 부엌으로 나가 고개를 숙여 토하고 오줌을 눴다. 여자는 등을 문지르고 연서의 몸을 감쌌다. 온몸이 후끈 달아올랐다. 여자는 땀을 비 오듯 흘렸다. 연서는 부엌 바닥에 뒹굴었다. 여자는 절묘한 콧소리로 주문을 외웠다. 연서는 자신의 몸이 편안해지는 것을 느꼈다. 깊은 바닥으로 내려앉아 조금씩 고통이 사라지며 몸이 가벼워졌다. 두 손을 흐느적흐느적 움직이다가 몸을 일으켜 세우고 한참이나 맴을 돌다가 맥이 풀려 풀썩 주저앉았다.

"그래 되었다. 이제 된 거야."

여자는 주문 대신 흐릿한 미소를 지으며 연서의 몸을 안았다.

"씻어라. 따뜻한 물로 몸을 데워야지. 어서 씻어."

의식이 끝났지만, 여자의 눈빛이 흐릿하다. 연서는 몸을 씻고 옷을 입었다.

"이곳을 떠나야 해. 아주 먼 곳으로 나라 밖이면 더 좋지. 환쟁이 년이니까 그림을 자유롭게 그릴 수 있는 곳이면 좋지. 홀딱 벗은 몸을 그릴 수 있는 곳. 네년이 타고난 것이니까. 이십 년쯤 아니 그보다 더 머물다 오라고. 그때 노랑머리 새끼 달고 와도 문제가 될 게 없을 거야. 아침 먹고 빨리 나가. 여긴 다시 오지 말고. 네년 덕분에 오랜만에 몸을 풀었거든. 막

했던 신풀이가 터져 나와 혼이 났지."

"내가 그림을 그리는 것을 어찌 알았죠?"

"신풀이했다니까? 네년 손가락이 마법이야. 가서 마음껏 그리고 와."

"내 몸이 보여요? 내가 살아온 내력이 보이냐고요?"

"불구덩이였더구먼. 아직도 사그라지려면 멀었어. 불덩이로 살아야겠지. 햇빛이 좋은 곳으로 가서 활활 불사르고 살면 네년 몸이 불을 감당하고 펄펄 날겠지. 어디 절간에 파묻혀서 단청 그리는 환쟁이로는 살 수 없어. 이미 네년 몸은 당산나무들이 꽉꽉 들어찬 신당이거든. 내 눈에는 당산나무들이 왜 그리 자리했는지 물었는데도 대답이 없어 숨이 막힐 지경이었다고. 묻지 말라는 얘기지. 그걸 하나씩 들어내야 할 것인데, 잘라서 될 일도 아니고, 으흠, 뿌리 채 들어내야 할 것인데, 흐음, 네년 팔자도 사납지."

여자는 눈을 감고 흠칫흠칫 머리를 털어냈다. 허연 눈에 검은 눈동자가 돌아왔다. 여자는 주저앉아 주르르 눈물을 흘렸다. 연서는 여자의 얼굴을 자세히 보았다. 여리고 예쁜 여자다. 여자는 얼굴을 두 손으로 훔치고 코를 풀었다.

"무얼 그리 골몰해서 보냐? 내가 불쌍하지? 근데 이 옷은 왜 입은 거야. 또 지랄을 떨었구먼. 내가 무슨 말 했는지는 모르겠다만, 내 말이 아니니 못 들은 것으로 해. 어디 갈 곳 있으면 가라. 나는 오늘 갈 곳이 있으니까. 문을 닫고 일찍 나서야 어둡기 전에 돌아와 가게 문 열지. 매일 문 닫고 살 수는 없지."

여자는 옷을 훌러덩 벗고 부엌으로 나가 몸에 물을 뿌렸다. 호스 끝에 달린 샤워 꼭지가 바닥에서 뱀처럼 요동쳤다. 여자는 온통 거품 타월로 비누 거품을 만들어 몸 구석구석을 닦고 샤워 꼭지를 머리 위로 올려 물을 뿌렸다. 연서는 옷을 챙겨 입고 방을 나왔다.

"아침 먹고 가."

"일찍 가야 해요."

"그래? 그럼 가. 잘 가."

연서는 식당 밖으로 나왔다. 비가 그친 뒤 햇살을 받은 공기들이 상큼하게 몸에 와 부딪혔다. 연서는 큰길로 나와 택시를 잡았다.

연서가 공주시로 돌아온 것은 낯선 곳으로 떠나기 위해서다. 부동산 중개소에 집을 내놓고 중고품 거래소에 전화를 걸어 집 안에 있는 모든 것을 가져가라고 했다. 오후 늦게 도착한 인부들이 살림을 들어냈다. 집이 텅 비었다. 부동산 중개소에서 전화가 왔다.

"집은 언제 비워주지요? 요즘 집을 찾는 이들이 부쩍 늘어서요."

"지금요."

"예? 그럼 미안하지만 지금 부동산으로 와 주실 수 있으세요? 혹시 침대나 냉장고 이런 기본 가구는 있나요?"

"아니요. 다 치웠어요. 비었어요. 완전히."

"아, 예. 지금 오세요. 손님 기다리세요."

연서는 밖으로 나가 상가에 있는 부동산 사무실로 걸어가며 완전히 비웠다고 말한 자신이 우스웠다. 냉장고나 침대는 남겨두고 돈을 약간 더 받는 것보다 자신의 맨살이 닿던 물건들에 낯선 이들의 살이 닿는 게 싫었다. 거래는 오래 걸리지 않았다. 화실로 쓰던 공간에 소묘용 토루소 두 점만이 우두커니 창턱에 올라앉아 있었다. 연서는 토루소들은 그대로 두고 집 밖으로 나왔다. 필요한 옷을 담은 가방을 끌고 길 건너 아파트 단지 상가 1층 카페로 갔다. 조금 시간이 지나자 주문한 커피를 알리는 벨이 울렸다.

"어디 여행 가셔요?"

"네, 그냥 좀 쉬려고요."

"그럼 아트 갤러리도 안 해요? 애들이 서운하겠어요."

"아트 갤러리요?"

"오피스텔 연 갤러리 원장님이시잖아요? 아니신가?"

연서는 미소를 지었다. 갤러리는 아니다. 대입을 준비하는 학생들을 지도하고 생활비를 벌던 터다. 연서는 천천히 커피를 마시며 정리할 어떤 것들이 남았는지 생각했다. 연서는 이런저런 생각을 하지만 특별히 정리할 것도 없다. 어릴 적부터 돌봐준 백부는 어차피 죽은 지 오래다. 백모나 사촌들은 머릿속에서 잊은 지 오래다. 백부가 죽자 연서 앞으로 내 논 정기예금 원금은 겨우 천만 원이었다. 백모는 통장을 내놓으며 작심하고 속마음을 털어놓았다.

"대학이나 다닐 나이가 되었으면 알 만큼 알 것이다. 우리가 너를 위해 노력한 것을, 물론 너는 실감을 못 했겠지만, 우리 식구들은 맨밥을 먹어도 너에게는 반찬 한 가지라도 더 올렸다. 네가 미술대학에 간 것도 물론 타고 난 네 재주다. 네 어미가 그림을 그렸으니 그걸 부정하는 것은 아니다. 학원비며 과외비며 학교에 내는 돈이 만만치 않은 것은 너도 잘 알고 있잖니? 더 말할 것도 없다. 돌아가신 네 큰아버지를 흉보는 것은 아니지만 벌이가 시원치 않았다. 너도 네 부모가 살아 있었다면 이보다야 훨씬 낫겠지. 그건 나도 안다. 네 부모들은 다 대학 나오고 학교 선생이라도 했으니까. 하지만 우리 아 믹 빌어 싫잖니. 한 가지 네가 알아야 할 것이 있다. 네 아버지 학비도 네 큰아버지가 벌어서 댔다. 그건 꼭 알아라. 단청쟁이 할아버지가 큰아버지에게 네 아버지를 맡기고 사방으로 돌아다녔지만 그게 돈벌이가 되는 일은 아니었잖니?"

연서가 미술대학을 입학하고 독립할 때, 백모가 내놓은 돈은 천만 원짜리 통장이 전부였다. 천만 원을 남기고 한 달 전에 남은 돈을 인출한 것으로 보아 백모의 준비는 치밀했다. 연서는 커피를 마저 마시고 택시를 탔다. 거리가 어두워지기 시작했다. 긴 하루다. 연서는 그날 밤 공주를 떠났다.

  연서가 그리스로 떠나게 된 것은 여자의 말대로 운명일지 모른다. 어쩌면 우연일 것이다. 연서는 평소 우연이야말로 필연을 가장한 운명이라고 생각했다. 연서는 서울로 올라와 혼자 사는 여고 동창 집에서 보름 동안 머물렀다. 처음 한 주일은 인터넷으로 전 세계의 나라들을 검색하며 고갱처럼 남태평양으로 가려고도 했다. 우연히 그리스에 사는 무용수의 블로그에서 그녀가 사는 이야기를 읽었다. 무용수인 그녀가 늘 어놓은 중국인 화가의 삶이 솔깃했다. 무엇보다 학비가 없는 미술대학 이야기와 그림만으로 벌어먹는 사람들의 이야기를 연서는 흥미롭게 읽었다. 연서는 우선 터키와 그리스로 가기로 했다. 중국인 화가가 남긴 여정대로 유럽의 관문, 터키에서 시작해서 그리스를 거쳐 북쪽으로 이동하기로 했다.

  실상 연서의 결정은 중국인 화가의 삶이 도움이 되었지만, 그보다는 그날 밤 함께 한 여인의 말이 먼저였다. 누드를 그리고 몸속 신당에 자리한 당산나무들을 드러내라는 여자의 말은 강렬했고 뜨거웠다. 연서는 그리스로 떠나기 위해 여권을 만들고, 터키행 항공권을 예약했다. 우선 잠깐이라도 터키에 머물다가 유럽 사람들이 몰리는 로도스 섬으로 가기로 했다. 여고 동창은 연서를 공항까지 데리고 가면서 걱정하면서도 부러워했다. 한국에서 환전하고 남은 돈은 은행에 그대로 두었다. 연서는 로도스에 자리를 잡기로 정하고 터키로 떠났다. 터키에 머무는 동안 연서는 거리 그림을 그리며 팔았다. 터키에서 그리던 그림들을 엽서에 담아, 내게 보냈다. 나는 그 그림엽서들을 버리지 않고 차곡차곡 가방에 넣어두었다.

터키를 떠나며 연서는 내게 마지막 문자를 날렸다.

「혹시 시간이 되면 로도스로 와. 혹시 만날 수 있을지. 우연은 필연을 가장하거든. 난 그런 우연이 좋아.」

로도스를 거쳐 처음 린도스에 도착해서 린도스 성벽 앞의 올리브나무를 본 순간 연서는 광식의 당산나무를 떠올렸다. 기억을 되살려 그림을 그렸다. 그것은 자신의 것이 아닌 어린 광식의 눈에 보이는 당산나무일 뿐이다. 그 그림은 아트플라자에서 금방 팔렸다. 광식의 당산나무 자리에 대체한 린도스 성의 올리브나무 그림은 잘 팔리는 작품이고 생계를 해결해 주었지만, 그냥 풍경이었을 뿐이다. 연서는 올리브나무에 생명을 불어넣기로 했다. 올리브나무에 당산나무의 신줄을 걸고, 벌거벗은 여인을 세웠다. 여인의 자리에 반수반인半獸半人의 생명제를 앉히자 비소소 올리브나무는 은빛의 몸을 떨며 원시의 세계로 돌아갔다.

자신의 세계를 얻게 된 연서가 그린 누드는 린도스 갤러리에 걸린 그림들과는 달랐다. 누드와 꽃들이 조화를 이뤄 꽃이 누드인 여인을 이끌거나 여인들이 꽃이 되는 혼란스러움을 그림에 담았다. 무질서한 꽃들이 여인의 몸 구석구석을 차지하면서 여인은 하나의 거대한 꽃이 되었다. 어느 순간 여인은 꽃을 지배하는 여신처럼 온화하지도 부드럽지도 않았다. 어깨가 튀어 올랐고, 둔부가 돌출되었거나 음부를 가린 거웃의 동산이 불룩하게 솟아올랐다. 아름다운 여인의 얼굴은 점차 귀여운 양이거나 어리둥절한 표정의 사슴이거나 거친 숨을 몰아쉬는 나귀도 되었다.

연서의 그림들이 아테네 갤러리 대표들이 발행하는 월간 갤러리의 표지 그림이 된 것은 거친 숨을 몰아쉬는 나귀가 여인의 몸이 되어 린도스 성의 올리브나무 아래에서 출산하는 그림이다. 물론 그 그림은 전시회에서 거칠고 조악한 그림이란 평을 받았다. 표지 그림이 되고, 해설 기사가 붙자 서로 다른 의견을 가진 비평가들이 나름 견해를 밝혔고 구매자들이 늘어나자 연서는 아테네 미술학교로 초청되었다. 연서는 아테네 미술학교에서 기괴한 그림에 몰두했다. 근원을 알 수 없는 원시성, 논란이 계속될수록 그림값은 올랐고, 연서의 명성도 점점 더 알려졌다. 그리스 소재 미술대학을 졸업하지 못했다는 이유로 연서는 여러 곳의 미술대학으로부터 입학을 권고받기도 했다. 하지만 연서는 아테네 미술학교로 만족하고, 늘 린도스의 성으로 돌아가고 싶었다. 몇 년째 소식을 끊은 한국의 기억을 떼어낼 수 있는 유일한 곳이었다.

내가 린도스에 머물고 있는 것도 실상은 연서가 린도스로 돌아온 것이라 믿기 때문이다. 나는 어떤 불편한 일이 있더라도 연서가 올 때까지 린도스에 남으려 했다. 연서는 마리스의 아트플라자에 그림을 맡겨두면서도 전화번호를 남기지 않았다. 마리스가 연서의 전화번호를 몰랐고, 연서도 마리스의 전화번호를 기억하지 못할 수도 있었다. 어쩌면 곧 돌아오겠다는 생각이었는지도 모르겠다. 다만 마리스에게 맡겨둔 그림과 마리스에게서 받아야 할 그림값을 잊지 않았다면 연서는 린도스로 돌아올 것이 분명하다. 또한 연서가 살던 방에는 아직 그녀가 쓰던 물건들이 그냥 남아 있다. 물론 그 방은 지금 내가 쓰고 있다. 내가 그 방에 떠돌고 있는 연서의 말과 호흡들을 간결하지만 느낄 수 있다.

사바니니 9

9

 이튿날, 에게해를 물들이던 태양이 린도스 성벽 위로 솟아 성벽이 누런빛을 드러낼 때 집을 나섰다. 린도스 아트 갤러리 골목을 벗어나 셔틀버스 주차장까지 걸었다. 뜨겁게 달궈지는 햇살을 받으며 모자를 쓰고 나오지 않은 것을 후회했다. 아직 물을 뿜지 않는 분수대 앞에서 아이스크림을 파는 청년 페르세오스가 자기의 머리를 가리키며 손짓한다. 그는 아이스크림을 담는 과자 바구니를 덮어놓은 모자를 꺼내 건넨다. 웃으며 사양했다. 문득 돌아오려면 여러 날 걸릴 수도 있을 것이라고 생각했기 때문이다. 올리브나무 그늘에 서서 로도스 항구로 가는 셔틀버스를 기다렸다. 버스는 예정보다 30분이나 지나 도착했다. 버스에 올라타자 버스 기사는 15분간 대기한다며 기다리라고 말하더니 시동을 끄고 내려갔다. 버스 기사가 버스에서 내리자 승객들은 일제히 버스 유리창을 열고 에게해를 건너오는 바람을 맞는다. 일부는 차에서 내려 차창 옆에서 담배를 피우고, 아낙들은 차창으로 스며드는 담배 연기만으로도 흡연의 욕구를 채운다. 에어컨이 꺼진 뜨거운 열기가 넘치는 버스 창에 기대고 앉아 물을 마셨다.

"오늘부터 버스 기사 조합원들이 파업을 시작했소. 단축 운행한답니다. 더러운 놈들! 자기들 생각만 한단 말이오."

"버스가 정해진 시간에 운행하지 않는 거요?"

"정확히는 모르죠. 우리야 가라면 가는 수밖에. 난 정규직이 아니니."

버스에서 기다리던 사람들은 자주 경험한 듯 땀을 흘리면서도 느긋했다.

"언제 출발해요?"

"더 탈 사람도 없으니 출발합시다."

한가한 정류장에는 오가는 사람들이 없다. 대지가 뜨거워지자 버스는 제시간보다 일찍 출발했다. 셔틀버스 주차장보다 100m 아래 린도스 성으로 가는 관광 주차장에는 사람들이 몰리기 시작했다. 버스 기사는 창밖으로 한 덩어리 가래침을 뱉고 출발했다.

"저 관광버스들이 문제라고. 셔틀버스도 남는데, 관광 시즌도 거의 끝나가는데."

"관광버스 사장들이 로도스 성의 주인이라는 말도 있더라고."

"누가 그래? 로도스 성의 주인은 따로 있어? 로도스 정부 거라고 그러던데?"

버스에 탄 몇 사람들이 셔틀버스 기사들을 편들며 관광버스 회사에 대해 불평을 늘어놓는다. 버스는 빠르게 언덕을 내려갔다. 관광객을 태운 폭넓은 버스들이 구불거리는 차선을 침범하며 급하게 돈다. 셔틀버스는 린도스 지방도로를 벗어나 포도원 사이를 달린다. 곳곳 농원에서 사내들과 아낙들이 벗은 몸으로 일을 하고 있다. 날씨가 더워 벗은 것인지, 햇살을 받기 위해 벗은 것인지 알 수 없다. 로도스에 가까워지자 젊은이와 학생들이 한 무더기 올라탔다. 학교에 가는 것 같지는 않았다. 버스 기사는 아이들에게 화를 내며 무엇인가 큰소리친다. 아이들은 버스 기사의 말은 흘리고 자기들끼리 재잘거리거나 깔깔 웃는다. 옆자리 노파는 린도스에서 출발할 때부터 코를 골고 있다. 로도스 성 근처 분수대에서 아이들이 모두 내린다. 버스 기사는 또 아이들에게 사납게 나무란다. 항구가 다가오자 나는 내리려고 일어서다가 도로 앉았다. 빌리지블루호텔 옆 골목, 티케 카페에 가서 맥주 한 잔을 마시고 싶었다. 얀느와 약속한 오후 두 시까지는 두 시간 반이나 남았다. 나는 호텔 앞에서 버스를 내려 골목길을 올라갔다. 뒤돌아보니 호텔 전용 비치에 몰려나온 사람들이 가득하다. 벌겋게 탄 등판을 내놓고 여자들은 깊은 잠에 빠진 듯하다. 남자들이 여자들의 등에 간간이 오일을 바른다. 오일 마저 태워 버릴 듯 햇살이 강렬하다. 그늘이 길게 늘어진 올리브나무 가로수 아래로 걸었다. 그늘 속은 언제나 서늘하고 상쾌하다. 비키니 차림의 젊은 여자들이 늘어진 가슴은 아랑곳하지 않고 바다를 향해 골목을 걸었다. 사타구니만 겨우 가린 조각 팬티가 아슬아슬하다. 가리고 있는 것이 구차해 보였다.

티케 카페는 문을 열었으나 손님은 없다. 사바니니는 자리에 없다. 나는 창으로 바다가 보이는 자리에 앉아 구운 빵과 달걀, 로도스 생맥주를 주문했다. 주인 남자가 생맥주를 먼저 가져왔다.

"사바티니 헬레나는 안 나오나요?"

"12시부터 근무. 지금 11시 54분."

주인 남자는 미소를 지으며 손가락을 펴 보이고 주방 안으로 들어간다. 5분만 기다리라는 뜻이다. 창문 밖에서 사내아이들이 우르르 몰려와 담배를 피운다. 아이들은 담배 한 개를 돌려가며 피운다. 나중에 필 녀석의 눈빛이 애처롭다. 녀석들은 서로 한 번이라도 연기를 마시고자 손을 내밀고 재촉한다. 나는 참새도 담배를 피울까 생각했다. 주둥이를 내민 모습이 모두 침새 같다. 사바니니가 빵과 달걀을 가져왔다.

"오호, 코레아. 맞죠? 난 질투하는 여신 티케의 헬레나."

그녀는 자신을 사바니니라고 부르기로 한 사실을 까마득히 잊고 있었다. 사바니니는 물 한 컵을 가지고 와 앞에 앉는다. 그녀의 목덜미가 벌겋게 익어 있다.

"썬텐을 너무 많이 했군요. 다 탔어요."

"카페 사장님이 전용 풀 사용권을 줬어요."

사바니니는 내려다보이는 호텔의 전용 비치 풀을 가리켰

다. 풀을 내려다보며 빵을 씹었다. 맛이 고소하다. 잔이 비자 사바니니는 잔을 손가락으로 가리킨다. 내가 고개를 끄덕이자 그녀는 다시 맥주잔을 채워 온다.

"한잔 하실래요? 내가 사지."

사바니니는 고개를 저었다.

"자리를 잡았어요? 린도스에서 뭐해요?"

사바니니에게 그간 있었던 일을 모두 말하고 싶다. 그녀의 눈이 너무 맑고 반짝거렸기 때문이다.

"일을 하지요."

"일요?"

"그렇지요. 린도스 성을 올라 올리브나무에 물을 주고 오물을 줍고······."

루나가 하는 일을 말하다가 사바니니의 표정이 너무 진지해서 말을 멈추었다. 진실을 가장한 거짓은 죄악이다. 사바니니는 계속 이야기를 기다렸다. 사실대로 말하기로 했다.

"그림을 그려요."

"그림요? 화가였어요?"

"린도스 성에서 그림을 그려서 팔죠?"

"팔려요?"

사바니니는 흥미로운 표정이다.

"가끔, 겨우 빵을 살 수 있는 돈을 벌지요."

"린도스에서 그림을 팔 수 있으면 큰돈을 벌겠군요. 린도스에서 성공한 화가는 로도스로 오고 아테네로 가지요. 그런 사람들이 많아요. 그림을 보고 싶어요."

나는 핸드폰에 저장된 그림을 보여주었다. 그것은 마리스의 누드다. 사바니니는 그림의 부분을 확장하여 세세하게 살핀다.

"독특해요. 우리가 보던 그림 방식과 달라요."

"극장 간판을 그렸지요. 페인트로, 상업미술. 몇 점 못 팔았어요. 허허허."

그녀는 극장 간판을 그렸다고 말하자 더 놀라는 표정이다.

"상업미술요? 상업미술 아닌 것이 있어요? 그림은 다 똑같죠."

사바니니의 호의적인 태도에 기분이 좋아진다. 하지만 얀느와 만나기로 한 시간에 파라다이스 블루 호텔로 늦지 않으려면 적당히 일어나야 한다. 사바니니에게 작별 인사를 했다. 카페를 나오는데 사바니니가 불렀다. 길음을 멈췄다.

"코레아, 다시 와요. 질투의 여신 티케의 헬레나에게도 그림을 그려줘요."

그 말을 듣고 뛸 듯이 기뻤다.

"정말요?"

"그래요, 사진 속의 그 그림처럼. 약속했어요."

손을 흔들고 골목을 내려와 바다를 따라 걸었다. 호텔까지는 한참 걸어야 했으나 시간은 충분하다.

주루는 호텔에서 해가 뜨는 바다를 보았다. 에게해는 황금빛이다. 붉은 태양은 황금빛 바다의 한복판에서 제 몸을 온통 사르고 있다. 주루는 아침 식사를 하고 방으로 돌아와 몸을 씻었다. 문득 린도스를 가보고 싶었다. 린도스까지 찾아온 자신의 모습을 드러내기 전 린도스의 모습을 낱낱이 봐야 했다. 호텔 카페에서 오후 2시에 만나기로 한 시간에 돌아오려면 서둘러야 했다. 주루는 모자와 선글라스를 챙겨 호텔 밖으로 나왔다. 호텔 앞에 대기 중인 택시를 불렀다. 린도스까지 택시는 바람처럼 달렸다.

"지금 가시면 린도스 성을 보고 2시까지 충분히 돌아올 수 있어요. 셔틀로는 어려워요. 오늘부터 파업이니까요."

택시 기사는 친절했다. 주루는 어제부터 마음속에서 일어나는 불안을 떨칠 수 없다. 어쩌면 서울로 혼자 돌아가게 될 거라는 불안감으로 잠을 설쳤다.

한국으로 와서 사는 동안 주루는 줄곧 불안감을 떨치지 못하고 살았다. 일이 너무 잘 풀려 돈이 들어올 때도 돈을 제외하고는 늘 주루의 삶은 불안했다. 기억하기도 싫은 일들의 연속이다. 주루의 불안과는 달리 주루의 손에는 돈이 모였다. 마이더스의 손. 홈쇼핑 업계에서 주루에게 붙은 별칭이다. 주루가 그리스로 오기 전 한 달간 휴가를 내자 매니저의 보고를 받은 L홈쇼핑 대표가 주루와 특별 면담을 했다.

"주루씨, 혹시 다른 회사의 스카웃 제의는 아니겠지?"

대표 이사는 황금빛 테를 두른 안경을 살며시 치켜뜨고 물었다.

"정리할 일도 있고, 새 일을 좀 구상하려고요."

주루는 대표 이사의 말에 다소곳하고 공손하게 답했다. 하지만 주루는 독립을 꿈꾸고 있었다. 대표 이사는 봉투를 하나 내밀었다.

"휴가비라고 생각하게. 한 달 후 돌아오면 중국 현지 법인을 추진할 거야. 중국은 새로운 꿈의 시장이지. 주루 씨가 나서면 중국 사람들이 벌떼처럼 달려들 거야. 다른 생각하지 말고 함께 중국 시장을 먹어 버리자고. 잘 다녀와."

대표 이사는 자리에서 일어나 주루의 어깨를 감싸 안았다. 주루는 대표 이사에게 인사를 하고 회사를 떠났다. 주루는 집으로 돌아와 변호사 사무실 사무장에게 전화를 걸었다.

"그리스 쪽에 준비는 되었시요?"

"그럼요. 비행기 예약권을 받으셨지요. 돈이면 안 되는 일이 없다니까. 잘 다녀오시고요. 연락을 주시면 결과에 따라 소송을 취하하지요. 영사가 직접 문제를 해결할 겁니다."

주루는 이른 저녁을 먹고 공항으로 나갔다.

"손님, 저기 주차장에서 기다릴까요? 아니면 다른 택시를 타실래요?"

택시 기사는 린도스 성 아래 전통거리 입구에 차를 세웠다. 주루는 택시를 돌려보냈다. 주차장에는 택시들이 많았다. 전통거리에 늘어선 상점들을 지나 린도스 성으로 곧장 갔다. 성으로 가는 긴 골목길을 따라 갈림길에는 린도스 성을 안내하는 팻말이 붙어 있었다. 주루는 팻말을 따라 성벽으로 들어가는 문까지 가서 늘어선 줄 뒤에 섰다. 성은 그다지 높지 않다. 바다를 둘러싼 성벽 위로 올라서자 에게해의 쪽빛 바다가 눈부시다. 햇살은 바다를 은빛으로 출렁이게 하지만 적막하다. 주루는 바다를 등지고 신전 안으로 들어섰다. 텅 빈 신전에 사람들이 여기저기 앉아 휴식을 취했다. 주루는 성 아랫마을을 보기 위해 신전을 나와 성벽을 따라 걸었다. 신전을 둘러싼 벽 앞에 있는 한 그루 올리브나무를 보았다. 무심코 지나치다가 다시 그 나무 앞으로 갔다. 돌바닥 사이를 뚫고 자라는 올리브나무는 이상스레 신전을 지키는 근위병처럼 보이지만, 성벽 그늘 속에서 제빛을 내지 못하고 겨우 목숨을 부지하는 듯했다. 흐릿한 나뭇잎들은 윤기를 잃고 흐느적거렸고, 힘에 겨운 듯 긴 목을 드러낸 나무줄기는 금방이라도 쓰러질 듯 위태로웠다. 나무가 자랄 곳이 아니다. 주루는 멀리 물러나 그 나무를 보면서 안타까웠다.

　린도스 성은 특별하지 않다. 작은 섬을 지키기 위한 요새였을 뿐이다. 주루는 천천히 성을 내려왔다. 기념품을 파는 가게들은 장사할 준비를 마치고 잠시 쉬는 틈인지 주인들도 지나는 손님들에게 관심을 두지 않는다. 주루는 갈림길에서 작은 소품들을 파는 아트플라자 밀집된 골목으로 들어갔다. 아트플라자 가게들이 취급하는 물건들은 가게마다 특별하지도 않고, 수제품이라고 하지만 믿기 어렵다. 주루는 중국 선양에서 한국으로 오기 전 한국인 관광객들의 가이드를 했다. 중국으로 몰려드는 한국인 관광객들은 안내받는 골동품 가게에서 진품과 모조품을 구별하지 못하고 모조리 모조품 취급을 했다. 주루는 아예 모조품을 진품으로 속여 파는 가게로 안내하는 것이 낫다고 생각했다. 진품에 비해 터무니없이 싼값에 놀란 관광객들은 너도나도 물건을 샀다. 물론 그 물건들은 싼값도 아니고 제값에 가이드 수고료를 더한 가격이다. 아트플라자 물건들은 진품이라 했다. 주루는 물건들을 세심하게 보지 않고 골목을 벗어나서 카페에 들러 아이스커피를 마셨다.

카페 벽에 붙은 올리브나무 그림을 보았다. 자신이 성벽에서 본 올리브나무다. 아니 자신이 본 올리브나무가 아니다. 주루는 자신의 눈을 의심했다. 그림 속의 올리브나무는 에게해의 은빛 출렁이는 모습을 담았다. 소란스럽게 몸을 움직이며 춤을 추거나 몸을 흔들며 파도를 일으키고 있다. 성벽 위에 펼쳐진 쪽빛 하늘은 바다고, 올리브나무는 물결이다. 주인 여자에게 저 나무가 올리브나무가 맞는지 물었다. 여자는 린도스 성의 올리브나무라고 답하며 린도스의 화가가 그린 것이라 말했다.

"저 그림 팔 겁니까?"

주루는 여자의 표정을 살폈다. 여자는 고개를 흔들었다.

"팔지 않죠. 내가 좋아하는 남자가 그린 거니까요."

여자는 단호했다.

"사랑하는 사람?"

"나만, 매일 이곳에 오지요. 맥주를 마시러. 오늘은 오지 않았어요."

주루는 여자가 좋아하는 남자가 누군지 궁금했다.

"그 사람 그림, 저 앞 아트플라자 갤러리에서 팔지요. 비싸지 않아요."

주루는 빙그레 웃었다. 주루는 오로지 그 벽에 걸린 그림이 마음에 들었을 뿐이다. 주루가 카페를 나오자 여자는 따라 나오며 그림을 파는 아트플라자 갤러리를 친절하게 알려주었다. 주루는 못 이기는 척 그 가게로 들어갔다.

"마리스, 그림을 보고 싶다고 하셔."

마리스가 웃으며 주루를 맞았다.

"그림을요? 누드? 린도스 성의 올리브나무?"

주루는 카페 여자의 친절은 조금 부담스럽지만 마리스를 보자 마음이 편안하고 흥미로웠다. 마리스는 짧고 헐렁한 민소매 티셔츠와 핫팬츠 차림이다. 마리스가 환하게 웃는다.

"모두."

"모두요? 그림 판매상이어요?"

마리스는 주루를 살펴보며 그림 판매상인지부터 물었다. 주루는 미소를 지었다.

"그림 판매상에게는 당연히 할인하지요, 한 점씩은 할인이 없어요."

마리스는 주루를 그림이 있는 가게 안쪽 방으로 데려갔다. 그 방에 있는 그림은 대부분 누드였다. 누드와 올리브나무가 있는 그림들은 고급스럽다. 방 한쪽을 채운 '린도스 성의 올리브나무'들은 제목이 모두 같다. 하지만 올리브나무의 모습이 다르다. 단순한 구성이지만 나무 그림 하나마다 묘한 신성을 느꼈다. 주루는 그 그림들을 갖고 싶었다. 순간 주루는 얼굴이 화끈 달아올랐다. 누드의 적나라한 구성 때문이 아니다. 올리브나무가 자신에게 무언가를 말하려 몸을 움직이는 것으로 보았기 때문이다.

"이 올리브나무들은 영혼을 지니고 있군요."

주루는 자신도 모르게 마리스에게 마음속으로 느낀 생각을 말했다.

"아테네 여신에게 바친 신목이거든요."

"신목요?"

당산나무다. 비로소 그림 속 누드의 여인이 바라보는 올리브나무에 신줄이 걸려 있는 모습이 보였다. 물론 그 신줄은 온통 황금빛 부겐빌레아 꽃이다.

"이 누드 그림은 팔지 않아요. 화가가 보관하라고 했고요.

이쪽 '린도스 성의 올리브나무' 연작들과 다른 누드는 팔지요."

"모두 몇 점이나 되지요? 한 사람의 작품인가요?"

"저쪽 벽의 걸린 그림 여섯 점은 코레아의 작품이고, 이 누드와 '여인들과 린도스 성, 올리브나무'들은 다른 화가의 것이지요."

"아, 그래요? 저 카페에 걸린 그림도 그 코레아라는 화가의 그림인가요?"

"아마도요."

"이 여섯 점과 저 누드 그림 두 점을 사고 싶군요. 값이 얼마나 되지요?"

"비싸지 않아요. 여덟 점 모두 3,360유로. 300유로씩 여섯 점, 1,200유로 두 점. 20% 할인한 가격이지요."

주루는 그림들을 더 사고 싶다. 그림들이 마치 자신의 어느 한 부분인 것 같고, 이미 오래전부터 알고 있던 것처럼 친숙하다. 마리스는 비행기에 실으려면 나무판을 제거해야 하니 시간을 주면 따로 포장을 하겠다고 했다. 주루는 그림값을 계산하고 포장하는 동안 린도스 성을 다시 오르기로 작정했다. 그림을 통해서 느꼈던 영감을 다시 느끼고 싶기 때문이다.

"이 그림 속의 나무들은 시간이 제각각 달라요. 린도스 성으로 가서 보시면 그림이 지닌 영혼들을 실감할 수 있어요."

주루는 마리스가 그림을 팔기 위해 떠벌리지 않지만, 자신이 그림을 보고 놀랐던 진심을 알고 있다고 생각했다. 포장을 부탁하고 나와 골목길을 걸었다. 골목을 벗어나 린도스 성을 오르며 주루는 얀느와 약속한 로도스 파라다이스블루호텔로 가고 싶지 않았다. 갑자기 생각이 바뀌는 것에 스스로 너무 놀랐다. 어차피 주어진 운명이다. 사내를 만났고, 사랑했다. 그것으로 그만이다. 더 많은 것은 집착일 것이다. 주루는 집착에서 벗어나고 싶었다. 주루는 성 위에서 은빛으로 반짝이는 에게해를 바라보는 노인들 곁에 멈췄다. 그들은 한참 바다를 내려다보며 움직이지 않는다. 노인들의 어깨가 붉게 달아올라도 꿈쩍하지 않는다. 주루는 노인들 곁에서 서성대다가 올리브나무가 만든 그늘에 앉았다. 햇살이 가려지자 뜨거운 햇살조차 상쾌하다. 주루는 올리브나무 잎들을 올려보았다. 나뭇잎들이 가는 바닷바람의 속삭임에 하나하나 대꾸하는 소리 들었다. 주루는 문득 바람과 올리브나무가 자신의 이야기를 속삭이는 것을 들었다.

「이 여자는 주루야. 에게해를 건너왔지. 더 먼 곳이야. 사내를 찾아왔지만 사내는 이미 떠났지. 돌아오지 않을 거야.」
 바람이 속삭이자 올리브나무는 믿기 어렵다는 표정을 짓는다. 수루는 놀라서 올리브나무를 쳐다보았다. 바람에 잎이 소란스럽게 흔들린다. 자리를 털고 일어나 멀찍이 떨어진 성벽 그늘로 간다.
「주루가 우리의 얘길 들었나 봐.」

다시 바람이 속삭이자 올리브나무는 표정을 일그러뜨리며 입을 삐죽거린다.

「주루는 아직 영혼이 없어. 소용없는 일에 너무 매달리거든.」

「걱정하는 거야? 왜 걱정을 해. 당치 않아. 누구나 자기 마음대로 사는 거야.」

주루는 올리브나무와 바람이 속삭이는 말이 혼란스러운 자신의 내면이 자신에게 속삭이는 말이라고 생각했다. 올리브나무는 그렇지 않다고 제 몸을 마구 흔들었다. 오후 한 시가 이미 지났다. 서둘러 돌아가도 얀느와 만나기로 약속한 시간에 돌아갈 수 없다. 주루는 성을 떠날 수 없다. 올리브나무와 바람의 속삭임에 더 빠져들고 싶기 때문이다. 허기가 몰려왔다. 서둘러 주루는 성을 내려가 카페로 갔다.

"스테이크와 맥주 한 잔 주세요."

"그림은 샀어요? 코레아의 그림은 울림이 있어요."

"비싸진 않더군요."

주루가 고개를 끄덕이자 여자는 미소를 짓고 주방으로 간다. 맞은편 테이블에 앉은 관광객들이 큰 소리로 떠들며 웃을 때 전화벨이 울린다. 영사의 번호가 화면에 뜬다. 주루는 전화를 받지 않았다. 전화벨이 끊기자 벨소리를 무음으로 바꿨다. 주루는 카페 벽에 걸어놓은 '린도스 성의 올리브나무'를 보았다. 갑자기 올리브나무가 속삭인다. 관광객들의 웃는 소리에 뒤섞여 분명하지는 않았지만, 올리브나무가 속삭이는 말이 분명하다.

「호텔로 가지 마세요. 얀느는 오래 기다리지 않지요. 제 시간에 나타나지 않으면 카페 여직원에게 약속된 시간에 있었다는 것을 확인하고 사라진답니다. 돈은 받았으니까. 주루를 기다리는 사람은 없지요.」

그랬다. 누구도 주루를 기다리지 않았다. 홈쇼핑 대표 이사도 주루를 기다리는 것이 아니라 주루가 벌어올 돈을 기다리고 있을 것이다. 순간 지독하게 쓸쓸했다. 카페의 여 주인이 주문한 음식을 가져왔다.

"어떤 그림을 샀어요? 누드요?"

"팔지 않는다고 하더군요."

"아마 그랬을 거야. 그 화가는 지독해요. 이곳을 지나친 후로 한 번도 이곳에 들른 적이 없어요. 그 여자는 아테네로 갔어요. 유명 작가가 되었다고도 하고."

"누구요?"

"그림을 그린 작가요."

"코레아?"

"아니요. 아테나로 간 화가는 쑤라고 하더군요. 코레아는 올리브나무를 그려요. 내가 사랑하는 남자니까 잘 알죠. 다른 사람에게는 비밀이어요. 절대로."

카페의 여주인이 얼굴을 붉히며 웃는다. 주루는 고개를 끄덕인다. 여주인의 심정을 충분히 이해할 수 있다. 주루는 스테이크와 맥주를 모두 비우고 천천히 골목을 걸어 다시 성으로 올랐다.

나는 로도스 파라다이스블루호텔로 가기 위해 항구를 끼고 관공서 밀집 지역으로 들어섰다. 태양신 헬리오스에게 바쳤던 로도스의 거상은 이제 사라지고 여전히 그 자리에는 로도스 사슴이 섬으로 들어오는 배를 기다리고 있다. 해안선을 따라 성벽으로 둘러싸인 거리를 걸었다. 시간은 넉넉하고, 마음도 급할 것이 없다.

"코레아, 지금 가는 거야?"

카잔카는 여전히 포구에서 돈을 벌기 위해 서성대고 있다.

"얀느는 일찍 갔어. 얀느의 말로는 여자가 엄청 미인이라고 하던데. 코레아는 운이 좋아."

"무슨 소리야?"

"몰랐다고는 하지 않겠지. 여자? 코레아를 찾아온 여자?"

"나를 찾아온 여자가 있다고?"

"아니, 지금 얀느를 만나러 가는 거지?"

"그렇지."

"얀느가 만나게 해 줄 사람은 여자야. 미인이라던데?"

카잔카의 말을 믿고 싶었다. 얀느도 미인이라고 했다. 다만 젊은 영사는 그런 말이 없었다. 경찰이 협조를 부탁했고, 성실하게 조사받고 문제를 해결하면 좋겠다는 말이 전부다. 영사의 말로 미루어 사납게 생긴 경찰이 아닌 것만으로도 다행이라 여겼다. 카잔카는 블루호텔로 안내하겠다며 먼저 앞장을 선다.

"코레아, 나는 코레아가 화가인 줄은 몰랐어. 진작 알았으면 그 그림들을 내가 소개할 수 있거든. 나는 여기 로도스 갤러리들을 많이 알고 있어. 물론 나와 갤러리들과 직접 거래는 없었지. 내가 아는 사람들 중 화가는 없거든."

나는 카잔카의 말을 귀찮아하지 않는다.

"호텔이 여기서 먼가?"

"아니 성문을 지나면 바로야. 바다가 보이는 최고의 자리. 최고급, 별이 다섯 개인 호텔."

카잔카의 말대로 성문을 지나자 언덕 위에 흰색과 푸른색이 조화를 이룬 호텔이 나타났다.

"다 왔어. 코레아, 내가 밖에서 기다려도 될까? 어쩌면 코레아에게 줄 유익한 정보를 내가 알았거든. 어서 들어가서 만나라고. 나에게 관심 두지 말고. 나는 나무 그늘에서 기다리겠어. 어서 들어가."

카잔카가 내게 줄 정보가 무엇인지 궁금했다. 호텔 카페 앞에서 얀느가 기다리고 있다. 로비로 들어서자 얀느는 환하게 미소 지으며 악수를 청했다.

"역시 사내들은 약속을 잘 지키지. 이렇게 다시 만나서 반갑군. 나는 사실 린도스는 가고 싶지 않아. 그럼, 여기서 오늘 일은 끝이야. 그 여자는 아직 호텔 방에 머물고 있나 봐. 카페로 내려오지 않았어. 늘 남자가 먼저 와서 기다려야 하니까. 그렇게 하면 여자는 나중에 평생 남자를 기다리지. 그런 거야."

얀느는 호텔 밖으로 나갔다. 카페는 공간은 넓으나 조금 어둡다. 한낮에 로도스의 특급호텔 카페에서 빈들거릴 사람은 많지 않을 것이다. 온통 볼거리가 넘치는 곳이다. 아이스커피를 주문하고 자리에 앉았다. 아이스커피가 나오고 두 시가 지났어도 여자는 오지 않는다. 우두커니 앉아 카페의 음악을 들었다. 그리스 테너와 소프라노가 번갈아 부르는 노래는 처음 듣는 곡이지만 열정적이거나 운치가 있다. 만나기로 한 시간이 벌써 한 시간이나 훌쩍 지났다. 카페로 들어오는 여자들에게 시선을 집중했으나 나를 찾는 사람은 없다. 화가 나기 시작했다. 얀느의 통보를 받고 어제부터 오늘까지 받은 압박이 적지 않았다. 더구나 젊은 영사가 여러 차례 문제를 잘 해결하라고 당부했기에 더욱 그랬다. 아무리 생각해도 은행으로부터 거래중지를 당할 이유가 없기 때문이다. 값싼 와인을 시켰다. 혼자 앉아 이렇게 오랫동안 무료하게 있을 이유가 없다. 잠깐 밖으로 나와 카잔카를 찾았다. 카잔카는 올리브나무에 기대여 잠을 자고 있다.

"카잔카, 이리 와."

카잔카는 호텔 앞으로 뛰어왔으나 안으로 들어오는 것을 꺼린다.

"카잔카, 내가 와인을 시켰어. 네가 내게 줄 정보가 궁금해. 그걸 듣고 싶어."

호텔 지배인은 카잔카가 로비 안으로 들어오는 것을 막으려 하다가 내가 동행이라 말하자 굳이 막지는 않는다. 카잔카는 카페로 들어와 자리를 잡았다.

"내게 줄 정보가 뭐야?"

"여자는 만났어?"

"여자는 나타나지 않았어."

"저런 심각하군. 그럼 정보를 알려면 5유로를 줘야지."

카잔카에게 5유로를 줬다.

"린도스에서 그림을 그리던 여자를 알아냈지. 아테네를 자주 드나드는 내 친구에 부탁을 했었지. 쑤라는 여자."

깜짝 놀랐다. 쑤는 연서라고 믿고 있었다.

"누드를 그리는 여자 말인가?"

카잔카에게 되묻자 카잔카는 활짝 웃었다.

"그렇지. 그 여사야. 파리스의 아트플라자 갤러리에 그림을 맡긴 여자. 동양인. 그 여자."

"그래 그 여자 어디에 있지?"

"아테네."

"그건 나도 알고 있어. 아테네 어디?"

카잔카가 무엇인가를 숨기고 있는 것 같아 다그쳤다.

"서두르지 말라고 했지? 서두르면 되는 일이 없어. 자, 여기. 일단 5유로를 더 내놓아야지. 나도 5유로를 주고 얻은 것이니까."

5유로가 더해지자 카잔카는 작품전시회 안내장을 내놓는다.

"고마워. 내가 찾던 것이야."

"나는 그만 가야겠어. 할 일이 있으니까."

카잔카는 전하고 싶던 것을 전하고 밖으로 나간다. 카잔카에게 시간은 돈이다. 카잔카가 밖으로 나간 후 누군가를 만나러 온 사실도 잊은 채 와인을 마시며 영문 팸플릿에 담긴 정보를 읽는다.

「쑤의 작품은 미스터리다. 현실과 가상이 혼재되어 이미지로 된 그만의 현실을 이룬다. 그 현실 속에는 근원적 욕망과 자연의 생성 원리가 혼융되어 원시적 재창조의 기원을 드러낸다. 숨길 것이 없는 인간의 육신은 자연의 어떤 물상과의 결합을 통해 새 생명체로 전이될 것이고 그 싹이 인간의 의식으로 고착될 때까지 끊임없이 분화할 것이다.……몽골 초원을 노래하던 전사들과 그 전사들의 이야길 서사로 전한 신의 전령들은 현대에 이르렀어도 그 모습을 버리지 않고 올리브나무의 이야기로 남았다. 올리브나무들은 신의 전령들로 바다를 건너는 바람에게 현란한 은빛으로 공명한다.」

  팸플릿 속 올리브나무를 그리는 쓰는 틀림없는 연서였다. 나는 쓰의 올리브나무에서 연서의 '당산나무'를 보았다. 연서의 공산성 당산나무는 올리브나무들의 떨림을 거치며 한 몸으로 드러냈고 그 당산나무에 여인들의 벗은 몸을 채워 올리브나무로 재구성했다. 나는 전율했다. 순간 나를 만나러 온 누군가 존재도 깡그리 잊어버렸다. 전시회 안내장에 실린 연서의 작품에 몰두했다. 와인을 비우고, 그 빈자리를 신목의 이야기로 채웠다. 전시회까지는 한 주일의 여유가 있었다. 전시회는 닷새 동안 진행될 것이다. 이제 연서를 만날 수 있는 시간이 확보되었다. 와인을 모두 비우고 자리에서 일어났다. 거리로 나왔다. 중세의 기사처럼 신목의 이야기로 중무장하고 쌀리라기 기사단장의 궁진으로 깄다. 수십 개의 방을 돌며 기사단이 남긴 문양을 보았고, 해설을 읽었다. 방을 나와 기사단의 한 사람처럼 궁전 옥상으로 나가고 싶었다. 옥상으로 드나드는 문이 굳게 닫혀 있다. 복도 끝 의자에 앉아 졸고 있던 관리인이 놀라서 달려왔다.

 "옥상 출입은 금지입니다."

 "나는 중세 기사단 소속일지도 모르오. 나는 에게해를 지난달 다시 건넜지요. 무사하게 마리스 여신의 도움으로 다시 로도스로 돌아왔단 말이오. 그래 저 에게해를 보러 나가려는 거요. 안 되겠소?"

"계속 여기서 이러시면 경찰을 부르겠소."

아무리 설득해도 관리인은 얘기를 들으려고도 않고 막무가내로 밀어낼 뿐이다. 어쩔 수 없이 옥상으로 나가는 출입문에서 벗어나 분수 광장으로 내려왔다. 분수들이 힘겹게 물을 뿜는다. 이미 분수가 내뿜는 물방울에 사로잡힌 무지개는 아이들의 관심에서도 벗어나 홀로 지루한 시간을 견디고 있다. 지나던 노인 몇이 물끄러미 분수를 보았고, 나는 그 노인들을 보았다. 분수 광장을 지나 카잔카키스 호텔로 갔다. 비너스는 자리를 지키지 않는다. 호텔 주인이 나를 알아보고 악수를 청했다.

"비너스는 호텔에 나오지 않나요?"

"누구? 헬레나 산타나브이너어스? 지난 주말까진 나왔지. 다시 떠났어. 한 달 후에는 돌아오겠지. 헬레나는 몸이 뜨거워. 견딜 수가 없어."

호텔 주인은 손을 좌우로 흔들며 로비의 계산대로 돌아갔다. 비너스가 호텔에 있었으면 하룻밤 머물고 과부를 불러 달라고 했을 것이다. 비너스가 없는 카잔카키스 호텔에 더 머물러 있을 이유가 없다. 린도스로 돌아가기로 했다. 린도스의 신은 비너스의 가슴에 얼굴을 묻는 것을 용납하지 않는다. 사바니니에게 가서 양젖을 적실 굳은 빵을 달라고 조르기로 작정했다.

  티케 카페로 들어서자 사바니니가 환하게 웃으며 반갑게 맞는다. 사바니니는 한낮의 폭양이 지나고 에게해의 바람이 세차게 몰아치자 가슴이 부풀어 견딜 수 없던 터였다.

  "코레아, 난 그대가 질투의 여신 티케의 헬레나에게로 와서 그림을 그려줄 것이라 확신했지. 역시 내 믿음대로야."

  나는 사바니니를 따라 빌리지블루호텔을 뒤로 돌아 언덕을 올랐다. 에게해의 바람이 막히지 않는 곳으로 사바니니는 빠른 속도로 걷는다. 나는 사바니니의 걸음을 따라잡기 힘들다. 그녀는 암사슴처럼 숲 사이로 가로질러 언덕 위로 올라선 후 겨우 뒤를 돌아본다. 의젓하다.

  "코레아가 다시 올 것이라고 확신했죠. 염려 말아요. 나는 화구들을 가지고 있거든요. 마침 오늘 나는 에게해의 거친 바람이 전하는 소릴 들었을 거예요. 이상스레 마음을 진정할 수가 없었거든요. 이제 집에 다 왔어요. 저 모퉁이를 돌아서면."

  앞서 걸으며 중얼거리던 사바니니가 마당 안으로 들어섰다. 온통 흰 벽이 푸른 지붕과 잘 어울리고 부겐빌레아 붉은 꽃들이 벽을 두르고 있다. 사바니니는 와인과 치즈 몇 조각을 내놓고 부겐빌레아 꽃들이 늘어진 곳에 그림 도구들과 의자를 놓는다. 햇살이 마치 조명등처럼 집중된 곳이다. 무척 서두르는 모습을 보며 남은 와인을 마시고 햇살을 즐겼다. 한참이 지나자 사바니니는 물기가 촉촉한 몸으로 의자에 앉는다.

사람이 낳은 여인 중에서 가장 아름다운 여인, 헬레네는 바로 그녀의 이름이다. 그녀의 누드를 그리는 것으로 로도스의 행운이 내게 다가올 것으로 확신했다.

사바니니는 미동도 하지 않는다. 그녀의 몸은 이미 미술관 어느 곳에서 만날 수 있는 대리석 석상이다. 몸이 가볍다. 고불고불한 긴 머리가 에게해의 미풍에 살짝 흔들리자 느닷없이 석상이 달려올 것 같다. 육감이 충실한 사바니니가 어느새 맑은 헬레네로 몸을 바꾸자 나는 파리스가 되어 바다를 건너고 싶은 충동에 시달렸다. 새롭고 낯선 전쟁은 끊임없이 이성을 마비시키는 법이다. 무엇으로 인간을 진정시킬 수 있는가. 어리석은 물음이다. 욕망은 허상이 아니라 실체고 엄연한 그림자이며 사라지지 않는 근원이다.

린도스 성의 일몰은 서쪽 성벽에 드리워진 붉은 노을에서 비롯된다. 헬리오스가 내려놓은 태양은 땅 아래로 가라앉으며 제 몸을 갈래갈래 찢고 불꽃이 되어 내린다. 주루는 카페를 나와 린도스 성으로 다시 올라갔다. 린도스 성 곳곳에 사람들이 자리 잡고 붉은 노을을 본다. 그들은 성벽으로 들이치는 붉은빛으로 물든 높은 망루에 카메라를 집중하며 탄성을 지른다. 주루는 오로지 성벽 앞에 있는 올리브나무에 시선을 집중한다. 올리브나무를 등지고 둘러앉은 사람들은 아무도 올리브나무가 말하는 것을 듣지 못하고 있다. 성벽이 붉게 물들고 가늘게 불던 바람에 흔들리는 올리브나무 가지들이 성벽에 그림자로 춤을 추기 시작한다. 에게해를 건너온 바람이 강하게 회오리를 일으킨다. 꺾일 듯이 출렁이는 올리브나무가 불 속에서 제 몸을 견디느라 몸부림친다. 붉은 기운에 이미 시커먼 숯덩이가 된 올리브나무는 주루의 셔터를 받자 은빛으로 찬란하다. 그림 속의 올리브나무와는 다른 모습이다. 해가 산 너머로 사라질수록 올리브나무는 더 강렬한 은빛이 된다. 올리브나무와 주고받은 말들은 오로지 자신의 마음속에 담아두었던 생각들의 고백이었을 뿐이라고 생각했다. 혼자 생각하고 말하고 느꼈던 것들, 주루는 다시 올리브나무를 바라보았다. 올리브나무는 어둠 속에서 자신의 형체를 조금씩 지우기 시작했다. 어두워지고 올리브나무가 자신의 모습을 지우자 관광객들은 성벽을 내려갔다. 조명등이 하나둘 들어오기 시작했다. 성안이 텅 비었다. 한 소녀가 나타나 작은 물통을 들고 와 올리브나무 아래에 조금씩 물을 붓기 시작했다. 소녀는 천천히 할 일을 하고 올리브나무를 떠났다.

흐으음, 흐음.
자리를 떠나지 않은 주루는 올리브나무의 목마른 소리들을 들었다. 그것은 깊은 신음소리다. 깊은 호흡일 수도 있다. 주루가 올리브나무에게 다가섰다.
「이곳은 네가 있을 곳이 아니야. 네 자리로 돌아가야 해.」

주루는 주위를 둘러보았다. 아무도 없다. 사방이 어둡고 성을 내려가는 계단에 조명들이 비치고 있다.

「이곳은 네가 있을 곳이 아니라니까. 네 자리는 여기가 아니야. 흐음.」

주루는 몸을 부르르 떨었다. 그래 이곳에 있을 일이 아니지. 주루는 호텔로 돌아가고 싶다. 그 말이 올리브나무의 말이든 아니든 상관없다. 주루가 들었던 그 말은 주루 자신의 생각이기도 하다.

쑥 10

10

 내가 린도스로 돌아간 것은 짙은 어둠 속이다. 린도스 성으로 가는 골목, 가게들은 대부분 문을 닫았다. 마리스는 가게 문을 닫지 않고 음악을 크게 틀어 놓고 있다. 아그네스 발차의 장중한 고음이 걸음을 멈추게 한다.

「우리에게 더 좋은 날이 되었네. … 당신과 고통스런 여름을 보내며 자랐으니, 슬퍼 말고 괜찮다고 말해요, 나는 돌아올 거야. 우리에게 좋은 날이 오겠지.…」

 마리스는 어둠 속에서 내 모습을 보자 얼른 달려 나와 안긴다.
 "난 확신했어. 좋은 날이니까. 그림을 여덟 점이나 팔았다니까."
 마리스는 강한 포옹을 하며 입을 맞춘다.
 "어서 들어가요. 아무 일도 없었지요? 얀느는 만났어요?"
 마리스는 손을 잡고 얼굴을 눈앞으로 바짝 들이민다. 빛나는 그녀의 눈이 걱정으로 온통 물빛이다. 그녀의 눈에 입을 맞추고 안심시키려 했다.

"얀느가 뭐래?"

"얀느는 카페에 내가 들어서는 것을 보고 떠났어. 나를 만나러 왔다는 사람이 끝내 나타나지 않았지."

"그래? 그럼 지금까지 기다렸어?"

"그랬지. 기다리다가 사람이 나타나지 않아 로도스 성을 돌아보고 왔지."

마리스에게 비너스를 만나러 갔다는 얘기는 하지 않았다.

"나는 그것도 모르고 로도스를 떠난 줄 알았지. 괜찮아, 모든 것이 잘 되었어. 코레아의 그림을 6점이나 팔았어. 300유로씩 받았다고. 1,800유로. 20% 할인했으니 코레아 몫으로 720유로. 50대 50이야."

마리스는 720유로를 건넨다. 당분간 여유가 생겨 다행이다. 아테네를 다녀올 수 있을 것 같았다.

"쑤의 그림도 두 점 팔았어. 1,200유로씩 받았지. 쑤에게 돈을 줄 수 있게 되어 다행이야."

나는 마리스에게 아테네에서 열릴 연서의 전시회에 대해 말하지 않았다.

"그 그림을 산 여자가 오늘 린도스 성을 세 차례나 올라갔다니까. 어두워져서 린도스로 돌아갔어. 내가 택시를 불러줬거든. 파라다이스블루호텔로 갔어. 사실 나도 그 여자와 그

호텔에 가고 싶었어. 코레아가 거기로 갔으니까. 하지만 코레아가 돌아올 거라 확신했으니 따라가지 않았지."

"여자라고? 그림을 산 사람이?"

"여자야. 엄청 미인이야."

"이름이 뭐야?"

"이름? 묻지 않았는데? 왜?"

"아니, 카드에 서명 없어?"

"현금."

"그림 그린 화가의 이름을 물었어?"

"그랬지. 알려줬지. 코레아. 그리고 쑤라고 그림에 서명이 있잖아."

이야기가 일상으로 돌아오자 자리에서 일어섰다. 피곤한 하루다. 깊은 잠에 빠져들고 싶다.

"가려고?"

"응, 너무 피곤해. 지금도 마구 졸리거든."

하품을 참을 수 없다. 마리스도 자리에서 일어섰다. 가게를 나오자 마리스는 입을 맞추고 속삭인다.

"종일 기다렸지만 하는 수 없지. 잘 자."

악몽에 시달렸다. 검은 나무가 갑작스럽게 다가와 나를 사로잡고 에게해로 뛰어들어 바다를 떠다녔다. 바다는 끝이 없다. 나는 깊은 바다에 빠지지 않기 위해 나뭇가지를 움켜쥐었다. 파도가 나무를 뒤덮었다. 나는 눈을 뜰 수 없지만 그럴 때마다 나뭇가지를 있는 힘을 다해 잡았다.

"너무 꽉 잡지마. 숨을 쉴 수가 없어. 왜 그리 잠을 자면서 몸부림을 쳐?"

눈을 떴다. 옆에 마리스가 누워 있다.

"루나가 집에 있어. 무슨 일이야?"

"코레아와 있고 싶어서. 어서 자. 루나는 벌써 코를 드르렁거리던 걸."

마리스를 안았다. 마리스가 입은 슬립의 촉감이 자극적이다. 마리스는 몸을 더듬는 내 손을 가로막지 않았다.

주루는 아테네 그랜드호텔로 돌아갔다. 호텔 지배인을 제외한 직원들은 퇴실하는 단체 관광팀들을 정리하고 오후 잠깐의 브레이크타임을 즐기고 있었다. 주루가 로비로 가서 여권을 내밀고 이틀간 머물겠다고 말했다.

"아, 지난주에 이곳에 머무르셨군요. 예약하지 않으셨는데, 지난번에 머물던 방을 드리면 될까요? 잠깐 앉아 계시면 방이 준비되었는지 확인 후 방을 내드리겠습니다. 두 시까지 정리 시간이니 30분 정도 기다리셔야 합니다."

"아, 그래요? 그렇게 하지요. 카페에서 기다리지요."

주루는 로비 직원에게 가방을 맡기고 로비 끝에 있는 카페로 갔다. 카페의 여직원이 아는 척을 하면서 반가워한다. 주루는 그 여직원이 기억에 없다.

"달콤한 오렌지 주스."

주루는 창가 자리에 앉는다. 언덕 위에 거대한 아폴론 신전이 보인다. 아테네의 높은 언덕에는 어김없이 신전이 들어서 있다. 신들의 나라다. 여직원이 다가왔다.

"여기 오렌지 주스! 다른 것은요?"

"괜찮습니다."

주루는 신의 나라에서 잊고 있던 자신의 존재를 생각했다. 그녀에게 신의 계시가 있던 것도 아니고 영적 교감도 아니다. 무엇인가 그렇게 해야 한다는 생각뿐이다. 주루는 원하던 것이 무엇인지 분명하게 알게 되었다. 뿌리 뽑혀 나뒹굴던 자신이 단단히 뿌리 내릴 곳을 생각했다. 더는 청동 주물을 만들기 위해 중국으로 돌아가지 않기로 했다. 주루는 달콤한 오렌지 주스를 마셨다. 기분이 좋아졌다. 오후의 햇살이 카페 창을 열고 깊숙이 들어오기 시작했다.

"손님, 방이 준비되었습니다."

주루는 가방을 챙겨 방에 놓고는 서둘러 약속이라도 한 듯 호르온 레스토랑이 있는 아트갤러리 거리로 갔다. 머리가 깨질 듯이 아팠던 기억이 있으나 기분이 개운했다. 전에 들렀던 아트갤러리로 들어갔다. 주인 여자가 활짝 웃으며 맞는다.

"그 나무들을 보러 왔군요. 다시 보여드릴까요?"

"그렇게 생각했어요?"

"그럼요. 다시 오실 거라 확신했지요."

주루는 여자를 따라 작은 갤러리 안으로 들어갔다. 여인이다. 올리브나무는 벌거벗은 여인 앞에서 춤을 추고 있었다. 아니 올리브나무 앞에서 여인이 춤을 추고 있다. 여인의 춤을 보는 올리브나무는 린도스 성의 올리브나무와는 다르다. 춤을 끝낸 여인과 마주한 올리브나무는 여인의 이야길 듣고 있고, 여인에게 속삭이고 있다.

"성스럽군요?"

"이 그림을 보고 그렇게 말한 사람은 없답니다. 당신은 특별합니다. 이 작품은 당신의 것이군요."

갤러리 여주인은 쑤의 신목을 주루에게 팔기로 마음을 굳혔다. 주루도 그 작품을 사야 한다고 생각했다.

"이 두 점을 갖고 싶군요. 값이 얼마나 되는지?"

갤러리 여주인은 당장 그림을 떼어내고 포장할 참이다.

"한국으로 가져가야 하거든요. 린노스에서노 여러 점의 그림을 샀어요. 혹시 세관이 문제 삼지 않을지 모르겠어요?"

갤러리 여주인은 슬쩍 미소를 지으며 어깨를 으쓱한다. 그 문제는 주루가 알아서 해결할 일이다.

"내일 다시 오지요. 그랜드호텔에 머물고 있답니다. 내일 이 그림을 그린 화가에 대해 설명해주실 수 있으세요?"

"문제없습니다. 다행히 이 그림을 그린 화가의 전시회가 모레 오픈합니다. 언제 한국으로 돌아가세요?"

"모레 오후입니다."

"저런, 전시회를 보실 수 있을지 모르겠습니다. 부인."

주루는 여주인으로부터 전시장 안내 팸플릿을 받았다. 주루는 호텔로 돌아와 영사에게 전화했다.

"여보세요? 최영깁니다. 전화를 기다리고 있었지요. 그래, 잘 해결되었나요?"

"덕분에요. 내일 시간을 좀 내주실 수 있을까 해서요. 식사라도?"

"아닙니다. 식사는 사양하고요. 자국민의 일이니까요. 다른 일은요?"

"제가 이곳 아트갤러리에서 그림을 두 점 사고 싶거든요. 도움을 받을 수 있을까 해서요."

"그림이라고요? 유명 작가의 작품인가요?"

"글쎄요. 제가 알 수는 없고, 모레 전시회를 연다고 하더군요."

"누구라고 해요? 화가 이름이?"

"잘은 모르는데 쑤라고만 들었어요."

"쑤라고요?"

"아시는 분이세요?"

"알지요. 한국인이니까요. 지금 아주 좋은 반응을 얻고 있어요. 국위 선양을 하고 있지요. 그분의 작품이라면 진위를 알아볼 겸, 내가 내일 호텔로 들르죠. 아무래도 갤러리 문 여는 시간이 있으니 세 시쯤 들를 수 있겠네요. 올림픽 광장이나 박물관을 돌아보시죠. 호텔 로비에서 가이드를 주선해 줄 겁니다."

"그렇게 하지요. 내일 뵙겠습니다."

"이 그림입니까? 쑤의 그림이고요?"

최영기가 명함을 갤러리 여주인에게 주자 여주인은 환하게 미소를 지었다.

"저희 갤러리 처음이시죠? 영사님과 같은 신사는 처음입니다. 영광입니다. 차를 드릴게요. 잠깐만 기다리세요."

갤러리 여주인은 갤러리 안뜰 정원으로 통하는 문을 열고 나갔다. 주루는 영사의 뒤에서 쑤의 그림을 바라보았다.

"그림의 중심이 여자예요? 아니면 나무입니까?"

주루의 말에 영사는 피식 웃었다.

"솔직히 그림은 잘 모릅니다. 그림을 사신다고 해서 또 놀랐고요. 린도스에서도 그림을 사셨다고 했잖아요?"

"쑤와 코레아의 그림을 샀지요."

"그래요? 의외네요. 코레아 그 사람도 화가인가요?"

"코레아를 아세요?"

"아니 모릅니다. 이곳 그리스에 머무는 한인들이 수만 명이 될 겁니다. 대부분은 관광객이지요. 물론 거주자만 해도 만 명이 넘으니까요."

"쑤와 코레아라는 사람의 그림이 낯설지 않아요. 비슷하게 느껴지기도 하고요. 물론 나는 쑤의 그림이 마음에 들어요. 신비롭기도 하고, 은밀하기도 하고요."

"은밀해요? 혹시 성적이라고 말씀하신 겁니까?"

"그렇게도 보여요. 여성의 직감이지만 강렬한 욕망을 느껴요."

"그래요. 제겐 약간 상업적으로 보여서 굳이 비싸게 주고 살 필요는 없겠다는 생각이군요. 솔직히 말씀드린 겁니다."

주루는 고개를 끄덕였다. 갤러리 여자가 차를 내왔다. 허브 향이 강하다.

"원하시면 설탕을 넣으세요. 더 감미롭겠죠."

"고맙습니다."

영사는 감사의 인사를 하고 허브차를 마셨다.

"그림값이 얼마나 합니까?"

"글쎄요. 거래니까 적당한 가격이라면 좋겠습니다. 50호니까 10,000 유로는 받아야 하지요. 두 점 사시면 15,000 유로에 드리겠습니다."

영사는 주루에게 갤러리 여자가 부르는 가격은 해외 여행객이 물건을 구매할 수 있는 범위가 넘는다고 말했다.

"주루 씨, 카드로 구매하시면 구매 내용이 통보되어 어려움을 겪습니다. 법인이라면 모를까?"

"법인요? 그렇죠. 일종의 무역 거래 같은 거죠."

"개인도 가능한가요?"

"법인이 사는 거죠. 여행객은 곤란하고요. 우리나라가 발전되었어도 외화 사용은 절제해야 하거든요. 방어적인 자세지요."

"그럼 한 점만 사면요?"

"린도스에서 산 그림값과 합산하니까, 어차피 한도는 넘어가겠죠."

"방법이 없겠어요?"

"방법은 있지요. 예술품 구입과 관련한 것이니까요. 이곳에서는 계약만 하고요. 귀국하셔서 관세사 사무실에 문의하시면 어렵지 않을 겁니다. 신용이니까. 이 갤러리와 거래는 제가 도움을 드리지요."

주루는 그림을 계약했다. 두 점은 두 주일 이내 한국으로 보내주기로 하고 나머지 잔금은 한국에서 송금하는 것으로 정리했다. 그림을 보내는 것과 관련한 비용은 주루가 내기로 했다.

"로도스에서 그 남자는 만났습니까? 잘 해결하셨나요? 그 남자가 사기를 쳤다고 들었는데요?"

"엄밀하게 따지면 사기라고 볼 수는 없지요. 우린 이미 사랑했을 겁니다. 그 남자가 회사를 그만두고 사라진 거죠. 이곳에서 그렇게 오래 체류하는 것이 가능한가요? 벌써 열 달이 넘어가는데요."

"그 남자는 터키를 다녀왔더군요. 다시 돌아왔으니 체류 기간이 늘어날 수 있지요. 가능한 일입니다. 인터폴에 걸린 문제만 없으면요."

"그렇군요. 돌아오지 않을 거라는 생각이 들었어요. 제 자리가 아니었던 모양입니다. 무얼 하고 사는지 걱정이 됩니다만?"

"그거요? 그걸 아는 건 어렵지 않은데요. 얀느에게 전화로 확인하면 됩니다. 사무실에 돌아가서 확인해서 연락드리죠. 얀느의 연락처는 우리 직원이 알고 있으니까요."

영사는 주루가 식사를 대접하겠다는 말을 거절하고 돌아갔다. 호텔로 돌아온 주루는 변호사 사무장에게 전화했다.

"여기, 아테네예요. 그만 소송을 취하하고 싶군요. 그간 고마웠습니다."

"아, 그래요? 그럼 그 사람 은행거래 중지도 해제해도 됩니까?"

"그렇게 하세요."

"나중에 딴소리하시면 곤란합니다."

사무장과 전화를 하고 나자 주루는 마음이 편안해졌다. 주루는 한국으로 돌아가기 위해 비행기 시간을 확인했다. 밤 비행을 해야 했다. 주루는 갤러리 여자가 알려준 쑤의 전시회를 보고 비행장으로 나가면 되겠다고 생각했다. 저녁 식사를 하러 호르온 레스토랑으로 갔다. 구운 빵 사이에 양고기를 갈아 넣고 채소를 치즈에 버무린 무사카를 시켰다. 접시에 음식이 그득했다. 주루는 포도주를 조금씩 잘라서 마셨다. 혼자 음식을 먹는 일에 익숙해져야 한다는 생각이 들었다. 불빛에 반사된 어두운 창에 비친 자신의 모습은 혼자 우두커니 초점을 잃고 있었다. 순간 우울해졌다. 주루는 잊고 있었던 기억이 한꺼번에 되살아나서 한동안 음식을 먹지 못했다.

 공안에게 모든 것을 빼앗기고 주루는 관광 가이드 일을 시작했다. 주루는 중국 선양의 레스토랑에서 한국 관광객들이 식사하는 동안 늘 밖에서 기다렸다. 중국 식당은 가이드에게도 식대를 받았다. 간혹 한국에서 관광객들과 함께 온 한국인 가이드가 있을 때는 식사를 할 수 있었다. 그런 경우가 아니면 관광 일정을 마치고 집으로 돌아와 밥이나 국수를 먹었다. 남편 장충은 더 늦은 시간에 돌아와 불은 국수로 허기를 달랬다. 그렇게 해도 돈은 모아지지 않았다. 논이 없어 굶는 석이 많은 시절이었다. 한국인 관광객들은 양고기를 좋아하지 않았다. 대부분 주문한 음식을 남겼다. 주루는 한국인들이 남긴 양고기를 싸가지고 집으로 돌아와 양육포羊肉泡를 끓였다. 남편 장충은 양고기 몇 점이 들어간 국물을 남김없이 먹었다.
 "당신이 끓인 양러우파오모는 이 세상에서 제일 맛이 있어."
 주루는 중국으로 돌아가고 싶다. 하지만 남편 장충은 이미 여강과 살림을 차린 지 오래다. 주루가 한국에서 혼인해 딸 하나를 낳았고, 한국인 남편과 이혼한 후에는 근무하는 홈쇼핑 부장과 살림 차린 것을 장충도 알고 있다. 장충은 주루에게 그런 일에 대해 탓한 적이 없다. 그들은 주루가 한국으로 들어올 때 서류에 합의 이혼한 사실을 잊지 않고 있었다. 더구나 주루는 한국인과의 혼인으로 한국 국적을 취득했다. 주루는 장충에게 선양 인근에 청동 주물공장을 차려주었고, 장충의 처 여강에게 값싼 호텔을 운영할 수 있도록 돈을 댔다. 한국으로 돌아가 중국의 홈쇼핑 업체와의 합영으로 일을 하면 장충과 어떤 관계를 유지할지 고민했다. 이미 남이 된 사람이지만 그곳은 중국이기 때문이다.

주루는 갤러리들이 밀집된 길을 걸어 호텔로 돌아왔다. 하루가 길었다. 주루는 몹시 피곤했지만 깊게 잠들지 못했다. 자주 잠에서 깼고, 이른 새벽 욕실로 가서 욕조에 뜨거운 물을 받고 몸을 담갔다.

마리스는 일어나지 않고 침대에서 뭉그적댔다. 내가 아침 식사로 달걀 프라이와 구운 빵 한 조각, 커피를 작은 테이블에 올려놓자 마리스는 겨우 자리에서 일어난다.

"코레아, 나는 아침 안 먹는데, 코레아는 늘 먹어요?"

"그래요. 난 늘 아침을 거르지 않지. 이제 먹을 참이야. 어서 일어나. 루나가 보면 놀라겠어. 아니 카잔카가 보면 방세를 올려달라고 하겠지."

마리스는 커피 한 모금 마시고 빵을 조금 떼어 우물거렸다.

"코레아, 우리 집으로 와서 같이 살까?"

마리스의 말에 소스라치게 놀랐다.

"결혼하자는 말이야?"

"결혼하면 더 좋지. 그냥 같이 살면 안 될까 해서. 린도스를 떠날 거야?"

마리스의 말에 대꾸하지 않았다. 린도스를 언제 떠날지, 린도스가 아닌 어딘가로 가서 자리를 잡을지 알 수 없다. 마리스는 내가 대꾸를 하지 않자 더 말하지 않고 달걀을 잘라 입에 넣는다.

"그림을 산 여자가 린도스 성을 세 차례나 올라갔다고?"

"그건 내가 알아. 성을 내려와서 가게에 들렀고, 그림을 보고 다시 올라갔다가 내려와 그림을 샀고, 그림을 산 후 다시 성을 올라갔다가 어두워진 후에 내려왔으니까. 내가 로노스로 가는 택시를 불러줬다니까. 그 여자는 왜?"

"아냐, 갑자기 그 여자 생각이 나서. 그 여자는 성에 올라가 무엇을 보았을까? 어떤 느낌이 있으니 그림을 샀을 거 아냐? 한두 점도 아니고, 여덟 점이나 샀으니, 우연지고는 좀. 이해하기 어려워서."

"그러네. 듣고 보니 예사롭지 않군. 그래도 내가 신경 쓸 일은 아니야. 나는 그저 그림을 파는 일에만 관심이 있지요."

마리스는 자신도 이상스럽긴 했다면서 별로 관심을 두지 않았다. 커피를 마시고 그릇을 씻기 위해 일어서자 마리스는 가게로 돌아갔다. 햇살이 달구기 전에 에게해를 넘어온 아침 바람이 시원하고 상쾌했다. 간간이 바람에 실려 오는 허브향이 진하다. 루나가 눈을 비비고 밖으로 나왔다.

"카잔카는 요즘 집에 안 들어오니?"

"로도스에서 뱃사람들과 함께 지내. 선원이 되고 싶은가 봐."

"가끔 집에는 들리니?"

"코레아를 로도스에서 잠깐 만났다고 그러던 걸?"

"그래, 잠깐 만났지. 바쁜 모양이더라."

"어제저녁에 잠깐 왔다가 다시 로도스로 갔어. 레아의 삼촌에게 요트 일을 배운다고 새벽에 포구로 가야 한다며. 카잔카도 그럴 나이가 된 거야. 로도스 남자들은 다 바다로 나가니까."

카잔카가 새 일거리를 잡은 모양이다. 로도스의 아이들은 요트 조수 일을 하는 것을 너무 좋아한다. 카잔카도 언젠가는 요트 조수가 되겠다고 입버릇처럼 종알거렸다. 루나는 빵 조각에 붉은 체리잼과 딸기잼을 발라 입에 넣고 우물거렸다. 입술에 흰 우유자국이 남았다.

"코레아, 그림 안 그려? 나도 그림을 그릴래."

"그럼 그려야지. 루나도 그림을 그려 볼래?"

"학교에서 배울 거야."

"내가 가르쳐 줄까?"

"히히, 싫어. 학교 선생님이 다 가르쳐 주시지. 나도 잘 그리는데."

루나의 말을 들으며 골목으로 나섰다. 성 아래 포구로 가서 아침 풍경을 보고 싶었다. 영사의 전화를 받은 것은 포구의 풍경을 보며 어슬렁거릴 때다.

"난 당신들을 이해할 수 없어요. 당신이 혹시 코레아요?"

"이곳 사람들이 그렇게 부르더군요. 내가 지은 이름이 아니지요."

"그건 상관없고요, 그 여자 말입니다. 당신과 문제를 해결하러 온 여자가 당신의 그림을 샀다고 합디다. 당신, 화가였어요?"

"그건 어떻게 아셨죠?"

"자국민의 일이지요. 모를 수 없지요. 근데 아무래도 그 여자는 당신이 코레아라는 것을 모르는 모양입디다."

"그 여자가 누군지 모르지만 정말 나는 모르는 일이라니까요. 내가 마치 서울에서 무슨 일이라도 저지르고 도망 온 사람처럼 말씀하시는데, 난 도대체 이해할 수가 없군요."

"하여간 그 여자는 일이 잘 해결되었다고 하더군요."

"그래요? 무슨 일이요? 난 어제 분명히 영사께서 보낸 여자를 만나러 갔지요. 그 여자는 약속을 어겼어요. 만나기로 한 시간에 나오지도 않았고, 저녁 늦게까지 기다리다가 그냥 돌아왔단 말입니다. 무슨 경찰이 그래요?"

"경찰요? 누가 경찰이래요?"

"아니 지난번에 전화하셔서 문제를 해결하기 위해 조사할 사람이 온다고 했잖아요? 그럼 남의 은행거래를 중지시킨 사람이 누굽니까? 수사기관이 아니면 누가 그런 짓을 해요?"

"나는 그런 말을 한 기억이 없는데요? 다만 변호사 사무실에 의뢰한 문제를 수사기관이 당신의 계좌를 묶었고, 누군가가 직접 해결하러 온다고 한 것으로 기억하는데요?"

"그런데 그런 여자가 내 그림을 모두 샀단 말입니까? 도대체 그 여자가 누굽니까?"

나는 아침부터 화가 났다. 그동안 은행거래가 중지되어 곤란을 겪은 것을 생각하면 당장이라도 쫓아가 무슨 짓이냐 따지고 싶었다.

"그 여자가 누군지, 내가 당신에게 알려줄 필요는 없다고 봅니다."

"문제가 해결되었다면서요?"

"분명 그 여자가 그리 말했지요."

"혹시 그 여자와 통화할 수는 있을까요? 전화번호나, 호텔 이름이라도."

"그건 개인정보라서 본인의 동의가 없으면 알려드릴 수 없지요."

전화를 끝내자 머리가 터질 것 같다. 해가 떠오르고 포구는 서서히 달구어지기 시작한다. 일찍 서두른 배들이 포구를 빠져나갔다. 관광객들을 태운 배들이 왁자지껄하는 사람들을 싣고 크게 튼 음악 소리를 앞세우고 에게해로 나선다. 그들은 섬을 한 바퀴 돌고 돌아오거나, 로도스 포구에 사람들을 내려놓고 돌아올 수도 있다.

"코레아, 왜 여기 있어? 누구 기다려?"

카잔카다. 카잔카는 포구로 들어오는 요트에서 내려 줄을 포구 앵커에 걸며 큰 소리로 묻는다.

"요트 일 시작했어?"

"레아의 삼촌 배야. 레아 기억해? 일전에 만났지."

나는 레아를 기억했다.

"요트 일 하는 거 어떻게 알았어? 코레아도 이제 로도스 사람이네."

"루나가 알려줬지."

"아, 루나. 그 아이는 종달새야. 말을 참질 못해. 아무 말이나 지껄이고, 사내들 일에도 다 참견하려고 하니, 루나도 틀림없는 로도스 여자야."

카잔카가 지껄이기 시작한다. 카잔카의 말이 귀에 들어오지 않는다. 순간 얀느가 떠올랐다. 어쩌면 얀느는 그 여자의 전화번호를 알고 있을 것이고, 얀느가 모른다면 여자가 머물렀던 호텔에는 전화번호를 남겼을 것이다.

"어이 카잔카, 집으로 가나?"

"아니, 손님 기다리지. 로도스로 돌아가려고. 요트 태워줘? 선장님께 말해볼까?"

"그게 아니고, 얀느 전화번호를 알고 있지?"

"얀느는 왜? 일이 잘 해결되지 않아?"

"알아? 몰라?"

"알지. 이 카잔카가 모르면 누가 알겠어. 잠깐 기다려."

카잔카는 얀느의 전화번호를 찾아서 알려주었다. 얀느에게 전화했다. 얀느는 전화를 받지 않는다. 그 여자와 통화를 해야 한다는 생각으로 마음이 급하다. 그냥 어떤 말이라도 직접 들어야 한다는 생각이다. 여자가 머물던 로도스 파라다이스 블루호텔은 여자의 전화번호를 가지고 있지 않았다. 한 시간이 지나서 통화한 얀느는 여자에 대해 아는 것이 없었다. 그는 영사관 직원의 부탁으로 여자를 가이드한 것뿐이라고 했다. 종일 우울하다. 린도스 성의 올리브나무도 어떤 위안이나 어떤 결정이라도 내릴 수 있는 확신을 주지 못했다. 마리스가 슬그머니 내 집으로 왔다가 아무 말도 없이 앉아 있는 것을 보고 다시 가게로 돌아갔다.

한낮의 더위가 지독하다. 에게해에서 부는 바람조차 후텁지근하다. 그늘에 앉아 있어야 겨우 시원하다. 구름이 몰리고, 갑자기 비가 쏟아진다. 스콜처럼 건기에 좀처럼 볼 수 없는 일이다. 비는 한꺼번에 참았던 물기둥을 쏟아놓는 것처럼 퍼붓는다. 루나는 쪽마루에서 쏟아지는 비를 바라보고 있다.

 주루는 호텔에서 나와 쑤의 그림을 전시하는 아테네 인터내셔널 갤러리로 갔다. 오프닝 행사가 막 끝나고 그림을 돌아보는 사람들로 전시장은 혼잡했다. 몇몇 기자들이 인터뷰를 위해 순서를 기다리고 있다. 주루는 전시장 안을 돌아봤다. 갈색 긴 머리를 늘어뜨린 여자가 기자들에게 둘러싸여 있다. 그녀가 쑤라고 생각했다. 주루는 다른 사람들 틈에 끼어 천천히 그림들을 돌아봤다. 대부분 누드 작품인데, 신비스럽거나 야릇한 성적 수치심을 일으키는 작품까지 다양했다. 몇몇 작품 앞에 사람들이 몰렸다. 그 작품들은 주루가 산 작품처럼 올리브나무와 누드인 여인이 교감하는 분위기가 표현된 작품이다. 주루의 눈에 익숙하다. 주루는 사람들이 덜 몰린 누드 작품 앞에 섰다. 그림 속 벌거벗은 여인은 자신의 치부를 고스란히 드러내고 흐릿한 눈빛을 띠고 있다. 수루의 시선이 여인의 치부로 집중했다. 거웃 아래에서 꽃잎처럼 제 몸을 열고 있는 여인은 자신을 제어하려 갈등하는 것처럼 보였다. 주루는 자신의 몸이 후끈 달아오르는 것을 느꼈다. 너무 오래 머무르는 것이 다른 사람늘에게 엽기적으로 보일 수 있어 다른 그림으로 갔지만, 좀처럼 그 장면에서 벗어날 수 없었다. 쑤의 누드는 원시적이다. 갤러리의 다른 방에는 린도스 성의 올리브나무가 은빛으로 흔들리고 있다. 올리브나무 앞으로 다가서는 누드 여인의 등으로 길게 연두빛이 스쳤다. 물고기 등줄기 지느러미의 움직임처럼 보인다. 순간 누드 여인이 몸을 비틀어 주루를 바라본다. 낯익은 얼굴. 긴 드레스 위에 낡은 스웨터를 걸치고도 당당히 문을 열고 들어온 여자. 주루는 갑자기 그 여자, 연서를 떠올린 것이 너무도 이상했다. 주루는 제대로 연서를 마주 본 일이 없다. 그 여자를 한 달 넘게 피해야 했다. 죄를 지은 것처럼, 퇴근길에도 주차장을 피해 뒷길로 나갔던 기억이 생생하다. 그 여자는 당당하고, 주루는 죄인이었다. 그 여자, 연서의 뒷모습. 주루는 고개를 흔들고 밖으로 나갔다. 비행장으로 가야 할 시간이다.

연서는 인터뷰가 편하지 않다. 익숙하지 않은 그리스어로 묻는 질문에 영어로 다시 묻고 답해야 하는 번거로움이 계속되자 짜증이 났다. 하지만 화를 낼 일도 아니다. 찾아와 준 그들이 고마울 뿐이다. 연서는 전시장에 몰려온 사람들을 두루 돌아봤다. 챙겨야 할 사람을 하나라도 놓치면 안 될 것처럼 기자들의 질문에 답하면서도 천천히 시선을 돌려 사람들을 살폈다. 대부분 낯익은 사람들이다. 갤러리 대표들이거나 기자, 미술 잡지 관계자, 평론가, 순간 낯선 여인의 모습이 스친다. 단정한 외모의 미인, 어디선가 본 적이 있는 낯익은 여인, 그녀는 영화 속의 주인공처럼 우아하게 서서 그림 속에 빠져들 참이다. 사람들이 몰린 그림이 아닌 새롭게 시도한 원시적

본능을 표현한 그림 앞에서 그녀가 한참 서 있는 것을 보고 그녀에게 가야 할 것 같았다. 발길을 돌리려는 순간 연서를 잡은 것은 전시회를 주최한 갤러리의 대표다.

"그림 경매를 언제 시작할지 묻는 분들이 있어서, 쑤 화가의 의견을 묻고 싶소?"

"대표님이 결정하셔요."

"아무래도 화요일까지 전시니까 월요일 오후에 하는 것이 좋겠소. 은행 관계자가 있어야 하니까. 월요일 오후 2시. 결정한 거요?"

연서는 고개를 끄덕이고 여인을 찾아보았다. 사라졌다. 주위를 둘러보았지만, 여인은 없다. 현지 인터뷰가 끝나길 기다리던 한국에서 온 미술 잡지 편집인이 두 번째 전시실로 가려는 연서를 잡았다.

"월간 아트그래픽 편집장 여시무입니다. 그동안 쑤 화가의 작품을 꾸준히 봤는데 변화를 시도하셨네요. 이제 작품성이 당산나무에서 여신의 신비로움과 원시성으로 이동한 겁니까?"

"꼭 그렇게 볼 필요는 없고요. 당산나무가 지닌 원시성은 모성, 여성성이라고 볼 수 있으니, 여신의 신비로움이나 원시성과 동떨어진 것은 아니고 분화하고 전이하는 과정이라 보면 좋겠어요."

연서는 여인이 전시장 밖으로 나가기 전에 여인에게 작품을 설명해야 할 것 같았다. 자리를 피하고 여인을 찾아야 했다. 다시 편집자가 질문했다.

"그 동질성은 성적 취향 내지는 에로틱한 생산체계와의 일치를 추구한 것이라고 볼 수도 있을까요?"

"생산체계요? 용어가 거슬리는군요. 하지만 아마도 같은 생각일 겁니다. 산업사회의 변천은 생산을 따라 움직였지요. 자연의 생산체계, 인간 또한 자연의 질서에서 조금도 벗어날 수가 없으니, 성적 환상은 또 다른 생산체계로 봐도 무난하지요."

"너무 의도적이지 않을까요?"

"예술은 의도적 조작이니까요. 설마 순수라고 해서 의도성이 없다고 생각하진 않겠죠? 저는 앞으로도 계속 이런 표현 활동을 할 것입니다. 실례합니다. 손님을 맞아야 해서요. 혹시 더 물을 것이 있으면 잠시 후에 다시 하시지요."

연서는 옆 전시실로 갔다. 여인은 밖으로 나가 길을 건너고 있다. 연서는 서둘러 문을 열고 밖으로 나갔다. 여인은 대기하고 있던 택시를 타고 밀리는 차의 흐름 속을 헤집고 빠져나가고 있었다.

"잠깐요! 기다려요!"

연서는 도로로 내려섰으나 차량의 흐름에 밀려 더 앞으로 나갈 수가 없다. 연서는 우두커니 서서 여인이 사라진 거리를 바라보았다. 전시는 대성공이다. 일간지 문화면 기자들이나 미술 잡지의 편집자들은 갤러리 대표에게 연서와의 단독 인터뷰 일정을 조정했다. 이 정도의 호평이라면 반 이상의 그림을 팔 자신이 있다. 아직 그림 수집상들이 달려들지 않고 있지만, 그들도 연서의 그림을 자신들의 거래 계획 속에 넣고 있을 것이 분명하다. 투자할 시기를 고르고 있을 뿐이다. 갤러리 대표는 입을 다물지 못하고 이익을 계산한다. 경매 후 대금을 자신의 스위스 은행 계좌로 받을 참이다. 그리스는 이미 은행거래 제한과 동결을 준비하고 있다는 정보를 가지고 있었다.

쑤가 연서라고 확신한 나는 쑤의 전시회가 연서를 만날 기회라고 생각했지만, 린도스를 떠나지 않았다. 아테네로 가면 될 일이었다. 연서는 내게 린도스로 오라고 문자를 마지막으로 남겼다. 내가 린도스로 온 것은 그 문자 때문이다. 어쩌면 그 문자 때문만은 아니다. 나는 일상에서 벗어나 필연을 가장한 우연을 확인하고 싶었을 뿐이다. 신문은 연서의 그림에 대해 호평을 실었다.

「동양의 신비주의는 오랜 섹슈얼리티의 모태다. 쑤의 그림은 원시적 섹슈얼리티를 형상화의 과정에서 어떻게 실현되는지를 보여준다. 에게해를 건너 대륙으로 이어지는 이미지로 쑤의 작품들은 해양과 대륙의 교차적 특이성을 지니며 인간들이 지녔던 관념적 한계를 뛰어넘어 실존하는 신의 영역에 이른다. 쑤의 그림은 경이롭게 아테네 여신에게 바친 린도스 성의 올리브나무가 남긴 신성한 은혜로움과 관음적 야수성을 동시에 드러낸다.」

  연서는 마리스에게 전화를 걸어 맡겨놓은 그림에 대해 물었다. 마리스는 자랑스럽게 두 점을 팔았다고 전했다. 연서는 화를 내며 자신의 그림을 더는 팔지 말라고 했다. 마리스는 칭찬이라도 기대했었는지 입을 삐쭉거리며 툴툴댔다.
  "쑤는 자신을 발굴한 나의 공도 모르고, 오로지 저 잘난 척만 해. 코레아는 그렇지 않지. 코레아, 무슨 기사야? 그리스 말 알아들어?"
  "아니야, 영문판으로 읽는 거야. 그리스어는 너무 힘들어."
  "어렵진 않아. 내가 그리스어를 가르쳐 줄까? 이곳에서 살려면 어차피 배워야 할 거야?"
  마리스의 말에 선뜻 동의하지 않았다. 마리스는 잠시 곁에 앉아 있다가 가게로 돌아갔다. 로도스 공항으로 전화를 했다. 아테네로 가는 아침 첫 비행기는 좌석이 몇 개 남아 있다.
  "좌석 예매하실 겁니까? 그리스인이 아니면 여권을 제시해야 하는데요?"
  "그럼, 내가 공항으로 가야한다는 말인가요?"
  "그렇지요. 공항으로 나오셔야 해요. 다른 사람을 보내도 되고요."
  "융통성은 그것뿐이군요. 아니 잠깐 더 생각하고 다시 전화할게요."

　카잔카에게 전화를 걸어 린도스로 올 수 있는지 물었다.

"코레아, 미안해. 나는 린도스로 갈 수가 없어. 로도스 포구에서 요트 '에게의 여신'을 모셔야 해. 이 요트를 제대로 배우려면 요트와 함께 늘 있어야 하거든. 할 말 있으면 전화로 해. 내가 시간이 없긴 해도 코레아의 부탁이라면 뭐라도 가능하니까. 말하라구."

"아니, 별일이 아니야. 어떻게 지내나 해서."

　전화를 끊었다. 전시회가 끝나는 날은 아직 사흘이나 남았다. 어떤 결정도 내리지 못하고 그저 우울하게 아트플라자 옆 카페로 가서 맥주를 마셨다. 카페 주인이 앞자리로 와서 앉는다.

"나와 맥주 한잔해도 되죠?"

"그러세요."

　카페 주인이 맥주를 가지고 와서 자리에 앉았다.

"내 이름 보르쇼'!"

"알고 있어요."

"그래요? 그런데 왜 이름을 부르지 않죠?"

"우리나라에서는 카페 주인의 이름을 함부로 부르지 않죠."

"그래요? 이상하군요. 그럼 뭐라고 불러요."

"매니저."

"매니저? 낯설어요. 이름을 불러주세요. 헤아리노스 플로라 이리스. 이리스라고 부르면 좋지요."

"이리스? 무지개. 나는 플로라라고 부를 게요."

"플로라? 너무 예쁘네요. 사실은요, 누드를 그려달라고 부탁하려고요. 마리스에게 말했는데 아무 말이 없어서, 직접 말하는 거지요."

"누드요?"

플로라는 고개를 끄덕였다.

"이 카페에 걸어놓고 싶거든요. 린도스캐슬 카페의 여신이 되는 거죠."

플로라는 카페에 오는 이들이 자신을 카페의 여신으로 봐주기를 기대하는 마음이다. 거절할 필요가 없다.

"언제 시작하죠?"

"언제라도, 문제없습니다."

플로라는 혹시라도 누드를 그려주겠다는 마음이라도 바뀔까 재촉하는 기색이다.

"오늘이라도요."

"오늘요?"

"예, 지금이라도요, 안 되나요?"

"물론, 안 될 것은 없죠."

선뜻 자리에서 일어나 집으로 돌아와 화구를 챙겼다. 다시 카페로 갔을 때, 플로라는 이미 가게 출입문에 걸린 등을 껐다. 카페로 들어가자 플로라는 안으로 이어진 집안 작은 정원으로 이어지는 테라스로 안내했다. 화구를 펼치고 플로라를 기다렸다. 플로라의 몸에서 레몬 향기가 진하게 퍼졌다.

"내가 아끼던 쟝 마르코 벤츄리의 향수에요. 나쁘진 않죠?"

그녀가 앉을 자리를 정하자 플로라는 옷을 벗고 자세를 바로잡았다. 이리스 여신처럼 땋은 머리를 가슴 위로 흐르게 했다. 플로라의 가슴이 머리카락에 가려졌다. 그녀의 가슴이 드러나도록 머리칼을 정리했다. 플로라는 얼굴이 붉어졌지만, 마음에 드는 양 활짝 웃었다. 도톰한 입술이 매혹적이다. 여인의 누드는 생명의 원천이다. 독특한 몸의 구별이 아니라 원시적 생명체로서의 모습을 지닌 정형의 아름다움이 있다. 그 아름다움은 모두 일치했다. 젖꼭지의 위치와 몸에 붙은 살의 견고함은 진실한 실체가 아니다. 거죽일 뿐이지만 흥미롭게 플로라는 이름을 지닌 이리스 여신의 모습 그대로다. 흰 천을 어깨에서 흘러내려 허벅지로 거쳐 바닥에 이르게 하고 배경은 태양신의 전령사답게 옅은 무지개빛으로 처리할 것이다. 플로라는 무지개를 향해 걸음을 옮기려는 율동미를 지녔다. 플로라는 잠깐 쉬는 시간에 슬그머니 그림을 바라보았다. 얼굴에 붉고 고운 미소가 흘렀다.

"이리스 여신이로군요."

"마음에 들어요?"

"그럼요. 이 플로라를 여신으로 보았네요. 내가 원하던 그림이어요. 고마워요."

플로라는 입을 맞춘다. 플로라의 입맞춤은 강렬하다. 그대로 플로라의 몸속으로 풍덩 빠져버릴 것 같다. 플로라가 다시 자리로 돌아갔다. 아침 햇살이 에게해를 건너온 해무 사이를 비집고 나올 때 겨우 그림을 마무리하고 집으로 갔다. 화구를 내려놓고 깊은 잠에 빠졌다.

 이리스 여신이 태양빛이 강렬한 들판으로 데려갔다. 붉은 땅에 낮게 자리한 포도밭을 지나 붉은 허브꽃 세이지가 흐드러진 들판은 이리스 여신의 발걸음에 맞추어 바람에 살랑거렸다. 이리스 여신은 에게해 끝자락 린도스 성 앞에서 걸음을 멈추었다. 에게해의 여신들은 이리스 여신을 데리고 바다를 건넜다. 린도스 성에서 바다를 건너는 이리스 여신을 바라보았다. 햇살이 그득 에게해로 쏟아져 내렸다. 반짝이는 은빛. 눈을 뜰 수 없다. 이리스 여신은 에게해를 출렁이게 하는 은빛이다.
 "언제까지 잘 거야. 코레아, 카잔카가 요트를 태워준다고 했어요. 갈 시간이 되었는데."
 루나의 재촉에 눈을 떴다. 일어나고 싶지 않다. 손을 저었다. 루나는 망설이다가 혼자 밖으로 뛰어나갔다. 다시 침대의 담요를 뒤집어쓰고 이리스의 품으로 들어가고 싶다. 한낮 뜨거운 태양 빛이 겨우 가라앉기 시작할 때 잠에서 깼다. 결국 쑤의 전시회에 가지 않았다. 영사에게서 문자가 왔다.
 「당신의 은행거래가 재개되었습니다. 축하합니다. 당신의 모든 혐의는 풀렸습니다. 즐거운 여행 즐기세요.」

나는 갑작스럽게 태도가 변한 영사에 대한 분노보다 우선 은행거래가 재개되었다는 사실을 알려준 것만으로 고마웠다. 서둘러 버스를 타고 로도스 익스프레스 은행으로 가서 통장에 남아 있는 돈을 확인했다. 통장에는 예금한 돈이 그대로 있고, 몇 푼의 이자가 늘어났다. 아테네로 갈 비행기표를 사고, 호텔을 예약하고, 전시회에 가서 경매에 참여할 수 있는 여유가 생겼다. 하지만 로도스 티케 카페로 가서 사바니니와 맥주를 마시는 것으로 만족했다. 카페에서 넓게 펼쳐진 백사장을 바라보고 쪽빛 바다에서 불어오는 바람을 맞으며 로도스 최고의 미인, 물론 이 말은 얀느의 견해이지만 사바니니와 마시는 맥주는 감격스러울 정도로 상쾌했다. 사바니니가 입을 맞추며 물었다.

"무슨 좋은 일이 있어요? 너무 기분이 좋아 보여요."

"기분이 좋시요. 당신 때문이지. 사바니니."

"아, 그렇지. 코레아, 당신은 나를 사바니니라고 부르죠. 다른 사람들은 헬레나라고 불러요."

다른 사람이 사바니니를 어떻게 부르던 마음 두지 않을 참이나. 그렇다고 사바니니란 이름에 집착할 이유도 없지만, 그냥 그렇게 부르고 싶었을 뿐이다.

린도스를 떠나 사바니니가 일하는 카페거리로 거처를 옮겼다. 사바니니는 정원에 붙은 별채를 내주겠다고 했지만, 카페들이 모여 있는 거리에서 골목으로 커다란 유리로 된 문이 있는 방을 구했다. 골목에서 방안의 모습이 보이는데, 이젤을 놓고 그림 그리는 것을 보고 관광객들이 수시로 들어온다. 그들은 온통 푸른 지붕과 흰 벽으로 된 거리 풍경을 옮긴 그림에 관심을 보였다. 카페거리는 석양이 어둠으로 바뀔 때까지 사람들로 넘쳤다. 어둠이 내리자 사람들도 모두 제 숙소로 돌아갔다.

 사바니니의 일이 끝나길 기다려 사바니니와 함께 그녀의 집으로 갔다. 언덕 위에서 내려다본 산토리니는 별들로 그득한 또 다른 세상이다. 사바니니가 내놓은 붉은 술 우조를 마시고 춤을 췄다. 사바니니의 몸은 관능적이다. 그녀는 어깨와 가슴, 엉덩이가 따로 움직이며 발을 움직이더니 그 속도를 천천히 높인다. 그런 춤을 본 적이 있다. 극장 간판에 그린 그림이 생각난다. 재키를 얻은 오나시스는 흰 요트를 포구에 매고 긴 포구를 걸으며 춤을 추었다. 그때 석양이 붉게 물들고 있었다. 그 춤이다. 사바니니는 재키처럼 환하게 웃고, 나는 오나시스처럼 입을 굳게 다물고 심각한 표정으로 춤을 춘다. 우리는 술을 마시고, 입을 맞춘다. 에게해를 넘어온 달이 사바니니의 마당에 한꺼번에 내려앉아 활짝 흰 석류꽃을 피웠다. 하나둘 피기 시작한 흰 석류꽃이 마당을 둘러싼 울타리에 그득 피자 잔디가 고른 마당에는 온통 달빛이 출렁거린다. 사바니니는 걸치고 있는 스카프가 길게 이어진 드레스를 벗고 가는 속옷도 벗는다. 사바니니가 달의 여신 루나로 변신해 달빛으로 세상을 밝힌다. 내가 달빛 속에서 어떤 노래를 부르고 어떤 춤을 추는지조차 기억이 없다. 이른 새벽 머리가 터질 것 같은 고통에 시달려 찬 맥주를 마시고 화장실로 달려가 겨우 배에 넣어두었던 음식들을 토해낼 뿐이다. 사바니니는 벌거벗은 몸으로 달려와 내 등을 두드렸다. 우조를 게워내자 바닥이 온통 붉은 빛이다.

"미안해. 우조 때문이야. 라키를 준비해야 했는데, 미안해."

사바니니는 정말 미안한 표정을 지으며 샤워기로 몸에 물을 뿌렸다. 그날의 일을 하나도 기억할 수 없다. 오로지 그녀가 아침내 한 말을 기억할 뿐이다.

"라키를 먹었어야 해. 카잔카키스가 먹었던 술이고, 조르바가 먹었지. 당신도 그 술을 먹었어야 해. 코레아."

오전 11시가 넘자 겨우 몸을 추슬러 사바니니의 집에서 나왔다. 사바니니는 카페로 출근하고 나는 포구로 향했다. 포구 앞에 있던 카잔카가 근심스런 얼굴로 다가와 속삭인다.

"나는 코레아가 일을 저지를 줄 알았어. 아직은 얀느가 몰라. 나는 알지. 나만 아는 게 아니라 밤마다 뜨는 달빛도 알고 있지. 코레아가 사바니니 헬레나가 불러온 달빛에 취해 춤을 춘 것을. 춤을 추지 않았다고 못하겠지? 진짜 무서운 건 얀느가 아니야. 마리스야. 마리스의 삼촌이 알면 당장 추방할 거야. 추방이면 괜찮지. 얀느는 행동으로 보여주지. 결투하자고 하면 어떻게 해? 얀느를 이길 수는 없어. 얀느는 뱃사람이라고. 아가멤돈을 따라 에게해를 건넌 병사라고. 한 손에 날카로운 칼을 들고 목을 겨누는 싸움을 코레아는 해 본 적이 없지? 얀느는 그것이 일상이었어. 내가 장담하지. 일단 도망을 가라고. 에게해에 내리는 스콜은 잠시 후에 사라지거든. 얀느는 그때 지나면 다시는 거론하지 않아. 원래 착한 사람이거든. 마리스는 얀느에게 선언했어. 코레아와 달빛 속에서 춤을 출 거라고. 달빛에서 춤을 출 사람은 헬레나가 아니라 마리스여야 했다고. 얀느가 마리스에게 약속했지. 코레아를 지켜주겠다고. 그건 마리스의 삼촌도 마찬가지야. 코레아가 터키를 다녀온 것도 다 그런 까닭이 있는 거지."

마리스는 약속을 강요했다. 터키 라펠라 호텔 전용 비치에서 춤을 추던 마리스가 손가락을 세우고 다가왔다. 우리는 석양에 빠져 있었다.

"손가락을 걸어. 달빛에 취해 추는 춤은 나 마리스 말고는 안 돼. 반드시 복수할 거야. 달의 여신 아르테미스는 질투하거든. 이 약속은 아르테미스 여신과의 약속이야."

카잔카의 말을 부정할 수 없다. 카잔카는 쉬지 않고 좋알댄다. 포구 앞에 놓인 벤치에 앉아 카잔카의 말을 들으면서도 무슨 말을 듣고 있는지 알 수 없다. 카잔카가 다시 입을 연다.

"사바니니 헬레나처럼 달빛을 불러오는 여자는 없어. 또 속은 얼마나 깊다고. 사내들은 모두 사바니니 헬레나의 속에 빠지고 싶어 하지. 물론 나는 아니야. 내가 좋아하는 여자는 레아야. 나보다 나이는 좀 많지만 그건 상관없는 일이니까. 언젠가 레아의 마음속으로 들어갈 때가 있겠지. 그래서 레아 삼촌의 요트 일을 하는 거야. 자, 가자고. 여기서 이러고 있으면 안 돼. 서너 달이 지난 후에 오라고. 수확철이 되면 모든 것이 용서되지. 추수감사절이 되니까. 신이 용서한 죄를 인간이 다시 물을 수는 없어. 나를 따라와."

카잔카는 빠른 발로 요트로 올라간다. 카잔카의 태도로 미뤄보면 당장이라도 얀느나 마리스의 삼촌이 나타나 퍼런 칼날로 내 목을 찌를 것 같다.

"내가 이 요트를 타도 돼?"

"걱정하지 마. 선장님께는 내가 잘 말하지. 어차피 이 배는 산토리니로 간다고, 거기서 손님을 태워 이곳으로 올 거야. 좀 멀기는 해. 상관없어. 지금 가서 손님들을 싣고 저녁 식사 전에 오면 되는 거야. 대신 내 일을 조금 돕는 척하라고. 눈치껏."

산토리니로 가는 것이 옳은지 잠시 망설인다. 하지만 먼 거리에서 포구를 향해 걷는 덩치가 큰 마리스의 삼촌 모습을 보자 망설이던 마음이 사라진다.

마리스 삼촌의 눈을 피하기 위해 사바니니와의 달빛 춤을 들킨 노루처럼 재빨리 요트 안으로 몸을 숨겼다. 요트가 빨리 떠나길 바랐다. 그러나 선장이 오지 않았다. 선장은 천천히 점심을 먹고 요트에 올랐다. 카잔카는 선장이 포구에 나타나자 빠르게 달려가 선장에게 무엇인가 말했고, 선장은 고개를 끄덕이며 내게 손을 내밀었다. 선장과 악수를 했다.

"코레아, 당신은 산토리니까지 카잔카의 조수야."

요트는 무척 빠르게 에게해를 가르고 달렸다. 포구에서 길게 이어진 해안 절벽을 따라 두 구비를 돌아 마주 보이는 섬 산토리니에 내린 것은 아직 한낮이고, 꼬리를 감춘 해는 몸을 살라 에게해를 온통 끓게 한다. 산토리니에서 오래 머무를 생각은 없다. 사람들이 몰리는 관광지의 방세도 비싸거니와 하루 이틀의 관광은 모르거니와 이곳에서 사는 것은 참으로 부담스러운 일이다. 이미 수중에 남은 돈이 없다. 그렇다고 은행이 있는 로도스 포구로 돌아갈 생각은 없다. 어쩌면 마리스의 삼촌이나 얀느가 눈에 불을 켜고 찾고 있을지도 모를 일이다. 두려웠다. 카잔카의 요트는 나를 산토리니 포구에 내려놓고 기다리던 손님들을 태우고 돌아갔다. 나는 화구들을 챙겨 포구에서 멀리 떨어진 언덕 위 피라로 올라가는 셔틀버스를 탔다. 버스는 요란한 기계음을 울리며 가파른 벼랑을 돌아 관광객들이 몰리는 피라로 올라간다. 피라에서 내려 이메로비

길 양옆에 자리 잡은 전통숍을 지나 섬의 끝 절벽을 향해 걸었다. 관광객들은 산토리니 섬의 일몰을 보기 위해 모두 섬의 끝으로 몰린다. 그들의 행렬을 거슬러 비좁은 사람들 틈을 지나 아랫마을로 내려왔다. 하루 머물 방이 필요하다. 버스가 서는 터미널에서 한 블록을 걸어 여행자 숙소를 찾아 안으로 들어갔다. 여행자들은 일몰을 보는 언덕으로 나가 숙소는 텅 비었다. 침대 하나를 배정받았다.

"혹시 일거리를 구할 수 있을까요? 여행 중에 돈이 떨어졌거든요."

"저런 딱하게 되었네. 이곳에서는 도울 수가 없군요. 산토리니는 주민에게만 일거리 준다오. 아테네라면 모를까?"

주인의 말대로 이참에 산토리니를 떠나 아테네로 떠나기로 작정했다. 여행자들은 어둠이 내리자 돌아왔다. 침대는 거의 찼다. 왁자지껄하는 분위기 속에서 여행자들은 자기들끼리 모여 정원에서 맥주를 마시거나 담배를 피웠다. 내가 할 수 있는 것은 없다. 그저 아침 일찍 이곳을 떠나야 한다는 생각뿐이다.

리르고스 11

11

 산토리니 여행자 숙소에서 뜬 눈으로 지낸 나는 이른 아침 짐을 챙겨 가게를 여는 시간에 맞추어 상가를 돌아봤다. 아직 가게 문을 열기 전이다. 피라 주차장으로 가서 첫째 셔틀버스를 기다렸다. 포구로 내려가 아테네로 가는 배편을 알아볼 참이다.

 "너무 일러요. 다섯 시 반이 첫 셔틀이오. 한 시간 후에 와요."

 주차장 청소를 하던 노인이 친절하게 말을 건넨다. 나는 문득 노인에게 일자리를 묻고 싶었다.

 "혹시 일할 수 있는 곳을 아세요?"

 "일자릴 구하오? 이곳은 이곳 사람 아니면 일을 주지 않아. 일자릴 구하려면 농장으로 가야지. 저기 대기하고 있는 첫차를 타고 피르고스에서 내리시오."

 노인이 알려준 대로 첫차를 타고 피르고스에서 내렸다. 농원에서 일하는 인부들을 따라 칼리스티스 지역의 포도 농원으로 갔다. 산토리니섬의 서쪽 넓은 산비탈이 전부 포도밭이다. 주인은 대환영이다. 숙식 해결하고 하루 20유로를 더 받을 수 있는 일이다. 잠을 잘 수 있는 곳은 포도밭을 일구는데 필요한 장비들이 들어 있는 창고에 딸린 농막이다. 사흘 동안 농장주 리르고스 미갈로초르와 함께 일을 하며 지냈다. 사흘 일하고 하루 쉬었다. 쉬는 날 호텔에 와인을 납품하러 가는 리르고스의 차에 동승하여 피라로 가서 우선 쓸 만한 화구들을 사가지고 돌아왔다. 농장 인근의 풍경은 어디나 다르지 않다. 다만 일하는 노인들의 모습은 자연스럽고, 친근하다. 그 노인들의 모습을 그림으로 그렸다. 저녁 시간과 온전하게 쉬는 하루를 이용해 그림을 그렸다. 노인들의 정밀한 모습을 그리는 데 시간이 제법 걸렸다. 리르고스는 틈틈이 그림을 그리는 것을 보고는 피라 시내로 가서 20호나 30호짜리 캔버스와 물감 세트를 사 왔다.

"코레아, 선물, 마음껏 그리게."

사바니니가 일하는 카페거리에 두고 온 화구들이 설실하던 터에 화구를 챙겨주는 리르고스의 친절에 감사했다. 리르고스의 농장에서 일을 시작한 지 보름이 지났을 때 마리스의 전화를 받았다. 마리스는 화가 잔뜩 나 있다.

"코레아, 린도스를 아주 떠난 거야? 왜 돌아오지 않아. 무슨 일이 있는지 전화라도 해야지. 안 그래?"

"여행 중이야. 린도스로 돌아갈 거야. 난 린도스를 떠나지 않아."

"당신들은 이상해. 왜 슬그머니 사라지고 연락을 끊어. 무심한 사람들이야. 그래 언제 돌아올 거야?"

마리스는 통화하는 것으로 겨우 진정이 된 듯 목소리를 낮추었다. 하지만 린도스로 돌아가고 싶은 마음이 점점 줄어들었다. 카잔카의 말이 사실일지라도 이젠 얀나 마리스의 삼촌이 두려운 것이 아니다. 리르고스의 포도농원에서 본 풍경은 그리스의 또 다른 모습이기 때문이다. 포도나무를 정성스레 가꾸는 리르고스의 모습을 보면서 리르고스에게는 포도나무가 린도스 성의 올리브나무와 다르지 않다는 것을 알았다. 붉은 땅에 달라붙어 자라는 포도나무는 리르고스에게는 정성스레 돌봐야 하는 숭배의 대상처럼 보였다. 농장은 넓고, 일은 단순하지만, 리르고스는 매일 기도하는 마음으로 포도밭으로 나갔다. 하루 일을 마치고 포도밭 풍경을 그리며 나는 빈센트 반 고흐의 '아를의 붉은 포도밭, 몽마르쥬'를 떠올렸다. 고흐가 본 것은 리르고스의 경건함과 다를 것이 없었다. 물론 고흐는 이 그림을 그의 작품 중 처음으로 400프랑에 팔았다. 내가 리르고스의 포도밭 연작을 그리기로 결심한 이유도 그런 경건함을 느꼈기 때문이다. 포도밭에서 허리를 굽힌 노인들은 삶의 무게를 견딘 만큼 허리가 굽었다. 그들이 허리를 펼 때는 포도주를 마실 때다. 포도밭을 배경으로 둘러앉아 포도주를 마시는 노인들을 그렸다. 노인들의 모습은 늙고 초라하지만, 포도밭은 풍성하고 싱싱하다. 농원의 여인들은 포도보다 더 풍성하고, 얼굴이 붉다. 이 포도밭 풍경에서 벗어날 수가 없을 것 같다. 사흘 일해서 번 돈으로 화구를 샀고, 쉬는 날마다 종일 그림을 그렸으며, 대가없이 노인들과 포도주를 마셨다. 매일 풍성한 하루다. 날씨도 맑고, 포도는 제 모습 그대로 익어 짙은 보랏빛으로 변하고, 붉은 포도주가 된다.

리르고스의 농장에 머무는 동안 린도스 성의 올리브나무를 외면했다. 단 한 점도 머릿속에 남아 있지 않았다. 오로지 포도나무와 노인들을 그렸다. 리르고스를 따라 포도원 농막으로 찾아온 이는 피르고스칼리스티스 정교회 신부다. 그날은 주님의 날로 정해진 일요일이었다. 신부는 리르고스의 농장에서 일하는 신도들을 심방 중이었다. 농막 안에 펼쳐놓은 그림을 둘러보며 신부는 빙그레 웃었다.

"저 그림을 내가 살 수 있겠소?"

무뚝뚝하게 생긴 신부가 환하게 웃으며 묻는다. 나는 그냥 주고 싶었다.

"그냥 드리겠습니다."

신부의 눈이 동그라졌다.

"신부에게 가난한 화가의 그림을 빼앗는 약탈자가 되란 말이오? 나는 내가 가신 돈을 모두 주겠소. 당신에게는 아주 작은 돈이겠지만 내겐 전부요."

신부는 가지고 있던 돈을 모두 그림값으로 내놓았다. 신부는 호주머니를 뒤집어 남은 동전까지 모두 털었다. 60유로.

그 60유로 중에는 리르고스가 버스값이나 하라고 준 20유로도 포함되어 있다.

"사제의 호주머니를 터는 도둑이 되고 싶지 않아요. 신부님."

"그럼 사제보고 도둑이 되라는 말이군요. 코레아."

"버스도 못 타고 어떻게 가려고요?"

"버스를 타고 싶지 않았거든요. 포도 향기를 맡으며 걷고 싶었지요. 에게해의 바람도 맞고. 아주 잘된 일이지요."

노인들이 포도를 따는 그림은 60유로에 팔려 신부에게로 갔다. 신부는 그림을 정성스럽게 포장해서 옆구리에 끼고 길게 이어진 포도밭 사잇길을 가로질러 언덕 위로 천천히 올라갔다. 신부가 부르는 노랫소리가 햇살과 어우러져 포도원 아래로 길게 울려 퍼졌다.

그날 이후 신부가 걸어 올라간 농원의 긴 언덕길을 오래 기억했다. 그 길은 마치 천국으로 가는 길처럼 보였다. '리르고스의 포도 농원에서 천국으로 가는 길'이란 그림의 소재는 그 신부님이다. 포도를 모두 수확하고 일거리가 없는 겨울에도 리르고스의 농장을 떠나지 않았다. 리르고스는 겨울에도 숙식을 제공했다. 일당은 없으나 돈이 필요하지도 않았다. 리르고스의 부인 아스트라는 맛있는 문어 요리로 입맛을 돋게 했고, 숯불에 익힌 양고기와 닭고기 등을 빵과 섞은 지로스를 야채와 함께 내서 배를 든든히 채울 수 있었다. 가끔 그림을 판 돈으로 피라의 마트로 가서 동키맥주와 산토리니맥주를 사와 냉장고를 채웠다. 그해 겨울 다섯 점의 그림을 팔았고, 사는 게 조금 여유로워졌다. 봄이 되자 리르고스의 일을 더 많이 도울 수 있었다. 리르고스를 따라 정교회에 갔고, 신부들과 포도주를 마셨다. 정교회 신부들은 웃으며 값싼 그림을 한 점 부탁한다며 귓속말을 건네곤 했다.

 마리스가 산토리니로 찾아온 것은 여름 포도 수확이 끝날 무렵이다. 마리스는 삼촌 아레아스를 앞세워 천국으로 가는 길을 통해 인간의 세상으로 내려왔다.
 "이곳에 코레아가 있지요?"
 마리스의 삼촌은 리르고스의 아내 아스트라에게 퉁명스럽게 물었다. 아스트라는 큰 눈을 끔뻑이기만 했다.
 "나는 코레아를 찾고 있소. 그는 불법체류자이기도 하지만 내 조카딸의 약혼자요. 모르오?"
 아스트라가 미소를 지었다.
 "알지요. 화가. 지금 저 농원 끝에 있어요. 거기까지 걸어서 올라가려면 한 시간도 더 걸어야 해요. 아마 거기 도착할 때면 일을 끝내고 이곳으로 올 거니까 여기서 기다리는 게 낫겠지요. 아가씨도 앉아요. 서 있지 말고. 우리 그리스 여자들은 기다리는 데 익숙하다오. 알고 있지요? 재촉하면 사내들은 바다로 가 버린다니까. 기다려요, 달콤한 포도주를 마시고. 맛보기로 짠 것이니까. 달콤하고 향기롭지. 숙성된 것은 아니니. 부담 갖지 마시오."

마리스와 삼촌 아레아스는 농원의 마루에 놓인 의자에 앉아 햇 포도주를 마셨다. 달콤하고 시원하다.

"어디에서 왔소? 아테네 말투는 아니고?"

"로도스에서 왔지요."

"로도스? 아, 기사들의 왕국, 언젠가는 나도 그곳에 가보고 싶소. 아직 가보진 않았어요."

"성이 아름답지요. 멀지 않지만 여기 산토리니와는 다르지요."

"아마 그럴 거요. 여긴 보이는 게 포도밭뿐이오. 그런데도 코레아는 저 길을 '천국으로 가는 길'이라고 부른다오. 신기한 일이지."

"그래요? 코레아 저 사람이 여기 있는 줄 알았다면 벌써 여길 찾아왔을 것이오. 나는 로도스 출입국 관리직원이니 외국인들에 대해 많이 아는 편이오. 특히 터키놈들에게는 치를 떠는 그리스인이지요. 코레아는 터키를 거쳐 왔지만, 터키 사람이 아니오. 한국인이라 합디다. 화가라는 것은 알고 있었소?"

아레아스는 코레아에 대해서 아스트라가 묻지도 않은 말을 떠벌렸지만 아스트라는 그의 말에 별 관심이 없었다. 다만 불쑥 찾아와 코레아를 데려가기라도 한다면 그동안 즐겁고 편안했던 좋은 기억까지 한꺼번에 가져갈 것 같아 걱정할 뿐이다.

아레아스가 기다림에 지쳐 화를 냈다.

"혹시 당신이 남편이나 코레아에게 연락을 해서 코레아가 달아난 것이 아니오? 아무래도 여기서 기다리라고 한 것이 다른 수작을 부리려는 것은 아닌지 마음에 걸렸는데, 틀림없군. 어찌 날이 어두워졌는데 오지 않는다는 말이오?"

아스트라는 천연덕스럽게 대꾸도 하지 않다가 아레아스의 수작을 부렸다는 말을 듣자 버럭 화를 내며 소리를 높였다.

"지금 뭐라 했소? 수작? 어떻게 그런 말을 할 수 있지? 당신은 틀림없이 그리스 남자가 아닐 것이오? 그리스 남자라면 당연히 사내들이 하는 짓을 어찌 그리 모르오?"

"나보고 그리스 남자가 아니라는 말이오?"

아레아스도 발끈하고 자리에서 벌떡 일어섰다. 마리스가 끼어들어 아레아스를 겨우 다시 자리에 앉혔다. 아레아스는 분이 풀리지 않는지 거칠게 호흡했다.

"당신이 그리스 사내라면, 모르지 않을 것이오. 일 끝나고 곧장 집으로 오는 그리스 사내들이 몇이나 된다고 생각하오? 이 근동에서 그런 사내들을 본 적이 없소. 그런 사내들이 있었다면 우리 그리스 여자들이 그렇게 기다리는 일에 익숙할 수는 없을 거요. 우리는 늘 기다렸다오. 기다리면 돌아오는 것이 그리스 사내요. 댁들도 그렇소. 기다리고 있으면 코레아는 로도스로 돌아갈 것이오. 지금 코레아는 열심히 그림을 그리고 있으니까. 이 포도들을 수확하기 전에 벌써 열 점이나 팔았다오. 물론 돈을 많이 받지 않아 큰돈을 벌진 못했겠지만, 그처럼 진실한 사람을 본 적이 없소. 나는 댁들이 그냥 로도스로 돌아가 기다리는 것이 코레아의 마음을 잃지 않는 것이라 생각하오. 아셨소?"

아스트라가 조근조근 말하자 아레아스도 입을 다물고 우두커니 있었다.

"빵을 구워야겠소. 온종일 포도밭에서 일한 사내들이 돌아올 시간이지요. 댁들도 여기서 저녁을 먹겠소? 야채를 겸한 양고기 스테이크는 드릴 수 있거든. 물론 싱싱한 야채를 곁들일 것이고, 내 집에 온 손님이니 돈도 받지 않을 것이요. 포도주는 넉넉하게 있으니. 천천히 일몰이나 보며 기다리시오. 로도스에서 바라보는 바다의 일몰과 이곳 포도밭의 일몰은 전혀 다르니까."

리르고스와 내가 농장에 도착한 것은 마리스와 아스트라가 식사를 마치고 접시들을 닦고 있을 때다. 아레아스는 어두워진 하늘을 보며 담배를 피고 있다. 아레아스를 보고 차에서 내리자마자 내가 서둘러 인사했다.

"마리스의 삼촌이시죠? 여길 어떻게 오셨어요?"

아레아스는 당장이라도 주먹으로 얼굴이라도 때릴 기세였다.

"이제 왔구먼. 자넬 만나러 왔네. 사람을 이렇게 오래 기다리게 할 수 있는가?"

"저녁은 드셨습니까? 우리가 일을 마치고 맥주 한잔하고 온다는 것이 신부님을 만나서 그만 그림 얘길 하다가 늦었지요. 오신다는 기별이 있었으면 피라로 가지 않았을 겁니다. 사실 오늘처럼 일이 잘 풀리는 날이 많지는 않지요. 피라 언덕 위의 관광객들에게 그림을 팔 기회를 얻었거든요. 호텔 두 곳에서도 제 그림을 주문했고요. 볼케이노뷰 호텔은 로비에 걸 수 있는 누드와 다나빌라스 호텔에서는 웨딩스팟에 걸 수 있도록 화려한 새 신부를 모델로 그려달라는 제안을 받았죠. 물론 그림을 보고 계약을 하기로 했지만 우선 두 곳에 내 그림이 걸리면 다른 호텔에서도 주문이 밀리겠죠. 오호, 마리스, 마리스가 오니 내 마음이 더 좋아요. 하지만 그림을 가지고 다시 피라로 가야 해요."

내가 호들갑을 떨자 마리스는 약간 이상한 듯 고개를 갸웃거리다가 얼굴이 환하게 변한다.

"삼촌, 코레아가 변했어요. 그리스 사람이 되었군요. 말도 많아졌고요. 너무 이상해요. 또 그림을 팔게 되었다니 너무 기쁘군요. 내 몫이 늘어나게 되었으니까요. 물론 다시 계약해야 하지만요."

"오래 기다리게 해서 미안하오. 우리가 먹을 구운 빵이 있소?"

리르고스는 집 안으로 들어가며 호기 있게 말했다. 아스트라는 미소를 지으며 리르고스에게 입을 맞췄다.

"그리스 여자들은 늘 넉넉하게 빵을 굽는 걸 잊으셨나요? 걱정하지 말고 들어와 앉아요. 그래 포도밭은 어땠어요. 새들이 달려들어 포도알을 망가뜨리지는 않았겠지요? 우리가 잔인하기도 하지. 새들이 먹을 것을 남겨야 하는데, 포도밭에 망을 씌웠으니."

"걱정할 일이 아니오. 그놈들도 망 덕분에 총에 맞을 일이 없으니. 올리브나무가 그놈들에게 벌레를 줄 거요. 신께서 어련히 살게 해 주실 거요. 코레아, 들어와 저녁 들자고."

리르고스를 따라 집 안으로 들어가려 하자 마리스가 가로막았다.

"코레아, 그림을 그리러 돌아가야지. 린도스로 가자고. 어서."

"잠깐, 이곳에도 내 화실이 있어."

포도밭 안의 농막을 가리켰다.

"저 오두막에서 그림을 그린다고? 세상에. 지금 당장 돌아가요."

마리스는 금방 울 것 같은 표정을 짓는다. 나는 맥주를 두 잔이나 마셨지만 오랜 대화로 무척 배가 고팠다.

"저녁을 먹어야 해. 기다려요. 일에는 순서가 있는 법. 우선 빵 한 조각으로 허기를 달래고 나서 얘길 하지."

나는 말을 마치고 집 안으로 들어갔다. 마리스의 표정을 보지 못했지만 마리스의 숨소리가 커지는 것은 알았다. 그녀는 매우 화가 났을 것이다. 집 안으로 들어와 식탁에 앉았다. 마리스와 아레아스도 따라 들어와 포도주를 마셨다.

　"포도주 맛이 훌륭하군요? 우리 사무실 직원들이 피르고 스칼리스티스 지방의 포도주만을 고집하는 이유를 알겠어요. 사실 나는 로도스 것을 좋아하지만 이 포도주도 흥미롭군요."

　아레아스는 포도주를 입에 넣고 굴리며 큰 눈을 껌벅거렸다. 마리스는 아무 말도 하지 않는다. 그동안 마리스가 화를 내는 것을 본 적이 없는 나는 그녀의 표정을 모르는 척하고 있지만 매우 긴장했다. 마리스는 틀림없이 하고 싶은 말을 참고 있었다.

　"코레아, 내일 금년 첫 수확이야. 우선 교회로 가져갈 것과 저장고로 늘어갈 것을 따세. 노네는 쉬어야시. 코레아가 그림을 시작해야 하니까. 그 축하로 내일 저녁 신부님을 모시고 한잔 하는 것은 어떤가?"

　마리스의 얼굴이 붉어진다. 크흠. 마른 기침을 하고 자리에서 일어서 밖으로 나간다. 리르고스의 날에 미소로 답하고 나이프와 포크를 내려놓았다. 접시를 모두 비우고 슬그머니 일어서서 밖으로 마리스를 따라 나갔다. 마리스는 포도원 안에 있는 농막으로 가고 있다. 마리스의 뒤를 따라가며 멋쩍게 말했다.

"농막 안이 너저분해요. 작업실을 겸하고 있어서, 사슴 우리와 다를 게 없지."

"사슴들의 거처나 된다면 모를까. 흥."

사슴 얘길 꺼낸 것은 로도스의 전통이다. 로도스 포구의 첫 관문에서 들어오는 배들을 사슴이 맞는다. 사슴은 아르테미스의 전령사이면서, 외부 사람들을 반갑게 맞아들이는 로도스 사람들의 다른 모습이다. 마리스는 농막 안으로 들어와 내 침대에 걸터앉아 엉덩이를 굴렸다.

"침대가 나쁘지는 않군. 저 그림이 요즘 그리는 것이에요?"

"그렇지. '천국으로 가는 길', 포도원 사이로 난 작은 길. 아마 마리스가 그 길을 걸어 내려왔을 거야."

"저 그림 속의 여인이 나는 아니겠지? 쑤라면 모르지."

마리스가 갑작스레 꺼낸 쑤 이야길 듣고 깜짝 놀랐다.

"이 동네 노인들이야. 천국이 가까이 있다고 생각하지. 아래 카르다노 농원의 노파는 자신을 꼭대기에 올려달라고 성화야."

마리스는 아무 말도 하지 않는다. 마리스는 알아들을 수 없는 혼잣말로 중얼거린다. 그녀의 말 중에 쑤라는 이름이 몇 번이나 들렸으나 대꾸하지 않았다. 마리스의 눈이 붉게 물들었다.

"나는 지금 돌아가야 해. 코레아가 가지 않는다고 하니 어쩔 수 없네. 삼촌과 돌아갈 거야. 삼촌은 내일 로도스 유지들의 회의에 참석해야 하거든. 코레아는 그림을 더 그려야 하니 여기에 남겠지? 그리스 여자들은 기다리는 데 너무 익숙해. 물론 다 그런 것은 아니지만. 갈게. 참, 쑤라는 여자가 왔었어. 예쁘지도 않고 나이 든 늙은 여자야. 터키년들과 다를 게 없어."

마리스가 쑤에 대해 함부로 말하는 것이 듣기 싫었다. 순간 몹시 불쾌한 모습을 지었다. 마리스는 외면하면서 지나치는 말로 덧붙였다.

"그 터키년이 코레아의 그림을 사려고 하더군. 팔지 않았어. 이제 누구에게도 그 그림들을 팔지 않을 거야. 흥."

마리스는 콧방귀를 뀌고 농막을 나갔다. 쑤에 대한 말을 듣고 순간 혼란스러웠다. 빠르게 걷는 마리스를 잡을 수 없었다. 마리스는 서둘러 농막을 나서 포도밭을 가로질렀다. 농원 앞으로 가사 리트고스는 아레아스와 어둠 속에서 달빛춤을 추고 있다. 아스트라는 그들의 춤에 박수로 호응했다. 마리스의 표정이 거의 울상이다.

"삼촌, 가요. 지금 가야 돌아가는 배를 타지요."

"이 시간에 돌아가는 배가 있어?"

"내가 시간을 보고 왔단 말이어요."

아레아스는 돌발적인 마리스의 태도에 어리둥절했지만 달빛춤을 멈추고 리르고스와 작별의 포옹을 했다.

"내가 포구까지 태워다 드리지."

리르고스가 차에 올랐다. 마리스와 아레아스는 리르고스의 트럭을 타고 천국의 길로 올라갔다. 나는 어둠 속에서 길게 이어지는 불빛을 보았다. 그 불빛은 천국으로 올라가는 영혼들을 태우고 아폴론의 신탁을 받기 위해 달려가는 별들의 꼬리다. 마리스가 다시 찾아오지 않을 것으로 생각했다. 마리스의 붉은 얼굴에 실룩거리며 스치는 슬픔을 보았기 때문이다. 하지만 나는 마리스를 따라가지 않았다. 마리스는 린도스로 돌아가 겨울이 지나도록 연락이 없었다.

겨우내 그림 두 점을 그렸다. 볼케이노뷰 호텔의 지배인 헤라는 기꺼이 누드모델이 되었다. 호텔 직원들은 호텔 로비에 걸린 그림을 보고 축배를 들었다. 헤라여신이 호텔을 축복할 것이라며 즐거워했다. 다나빌라스 호텔의 웨딩스팟은 마리스를 모델로 삼고 싶었지만, 그녀가 승낙하지 않을 것 같아 레아 주얼리의 레아를 모델로 삼았다. 레아의 기억이 뚜렷하지 않아 레아인지 마리스인지 분명하지 않다.

그림들을 호텔로 보내고 천국으로 오르는 길을 수시로 바라보았다. 누군가 그 길을 걸어 내려오는 꿈을 자주 꾸었다. 겨울이 지나는 동안 포도원 사잇길을 걷는 사람들은 없다. 나는 홀로 그 길을 걸어 올라갔다가 언덕 너머 펼쳐진 황량한 포도밭들을 보고 우울해져서 내려왔다. 언덕에서 바라본 빈 포도밭 풍경은 아테네 여신의 사주를 받은 전사들에 의해 짓밟힌 린도스 성과 다를 게 없다. 그곳을 떠나야 했다. 황량한 들판이 몰고 와 달빛 아래 쏟아놓은 우울을 견딜 수가 없다.

우미향 12

12

 주루는 중국으로 돌아가지 않았다. 홈쇼핑에서 주루가 새롭게 할 수 있는 일은 별로 없었다. 후발업체들이 가세하면서 홈쇼핑은 치열한 경쟁으로 치닫고 국내 시장은 파고들 틈이 없었다. 홈쇼핑 업계는 중국과 베트남 등으로 시장을 바꿔야 했다. 중국 진출을 거절한 주루에게 H홈쇼핑의 전무가 압력을 가하자 주루는 회사를 그만두었다. 주루에게 중국 시장 진출은 분명 또 다른 기회다. 하지만 주루는 서울을 떠나지 않았다. 중국으로 돌아가면 다시는 한국으로 돌아오지 못할 것 같았다. 대신 벌려놓은 양고기 꼬치구이 식당이 번창했다. 젊은 학생들의 블로거에 의외로 가격이 저렴한 양고기 꼬치구이 식당을 비교하는 횟수가 늘며 양고기 식당은 젊은이들이 모이는 장소가 되었다. 주루가 직영점의 영업 실적을 홍보하자 체인 점포가 급속하게 늘어났다. 재료를 가공하는 공장을 가동하여 이익을 늘렸다. 대학의 동아리들은 으레 꼬치구이 식당에서 모임을 열었다. 꼬치구이 양고기 전문점이 호황을 누리자 이익에 밝은 홈쇼핑 전무가 다시 찾아왔다. 적당한 가격으로 계약한 후 꼬치구이용 양고기를 홈쇼핑에서 판매하기 시작했다. 주루는 홈쇼핑에서 꼬치구이용 양고기를 올려 판매 이익뿐 아니라 홍보 효과를 노렸다.

사업은 꼬리를 물어야 탄력을 받는다. 재투자를 생각하던 주루는 린도스에서 사온 그림들을 떠올렸다. 그림들은 둘둘 말려 박스에 포장된 채 보관 중이다. 주루는 거실에 그 그림들을 펼쳤다. 그림들은 언뜻 보면 비슷한 구도와 소재였지만 분위기와 느낌은 전혀 달랐다. 주루는 우선 그 그림들을 들고 인터넷에서 검색한 갤러리를 찾았다. 방송국이 몰려 있는 거리, 아에로페 갤러리 대표는 주루의 외모를 살폈다.

"미인이시네요. 무얼 도와드릴까요? 우리 갤러리는 이름대로 지중해의 그림들을 주로 전시하지요. 특히 그리스요. 아에로페 아시죠? 영웅 아가멤돈의 어머니랍니다. 공연한 설명을 했군요."

"인터넷으로 검색해 봐서 잘 알지요. 제가 그리스 그림을 몇 점 가져왔거든요."

"그리스 그림을요? 파실려고요? 진품을 구하기 쉽지 않은네."

갤러리 대표는 그리스에서 가져온 그림이라고 하자 의외라는 표정으로 그림을 펼쳤다.

"이 그림들이 그리스에서 가져온 것이라고요?"

"예, 직접 샀지요."

"미안하지만, 이 쑤라는 화가 지금 그리스에서 전시하는 그분이 맞나요?"

"아마도요. 이 두 점은 쑤라는 작가의 것으로 린도스에서 구입했고, 두 점은 아테네에서 구입했어요. 아테네 영사관 최영사님께서 소개한 것이니 그분 것이 맞을 겁니다."

무척 의외라는 표정을 짓던 갤러리 대표는 쑤의 그림을 보자 놀라면서도 불편한 기색이 역력했다. 아에로페 갤러리는 쑤 화가의 전시회를 기획하고 있으나 가진 작품이 없어 전전긍긍하던 터였다.

"넉 점이나 되는군요. 어떻게 쑤 화가의 그림을 소유하셨어요? 의외군요. 국내에 쑤 화가의 그림을 가진 분을 처음 뵙거든요. 갑자기 명성을 얻은 화가시라 국내에서도 생소한 편인데, 어떻게 쑤 화가의 작품을 가지셨어요? 이 그림들이 진품이라면 그림 값은 지금 대단하지요. 좋은 그림을 가지셨어요. 그래 파실 겁니까?"

"아니요."

"그럼 왜 오셨는데요?"

"그림을 표구하는 전문가를 좀 소개받고 싶어서요."

"표구라고요? 그거야 도움을 드릴 수 있지요. 그런데 이 그림들은 화가가 코레아라고 서명이 있어요. 이 분은 누구죠?"

"잘은 모르고요. 이 쑤 화가의 그림을 살 때, 같은 갤러리에서 샀지요."

"아주 독특하군요. 신비롭고요. 이 그림들의 화제는 무엇이죠?"

갤러리 대표는 처음과는 달리 그림들에 관심을 드러내기 시작했다.

"모두 열 점이군요. 소장전이라도 하시죠. 살려는 사람이 몰릴 겁니다. 저와 거래를 트고 있는 그림 수집상들이 꽤 있으니까요. 열 점 가지고는 좀 부족하지만 쑤 화가의 작품이 네 점이나 있으니, 가능할 것도 같아요."

"소장전을 하면 결국 팔아야 하지 않겠어요?"

"꼭 파는 것은 아니지만 한두 점을 팔면서 그림값을 올려놓는 거지요. 혼자 가지고 있으면 누가 어떤 좋은 그림을 가지고 있는지 알 수 없으니까요."

"그렇군요. 이 코레아라는 화가의 작품은 어떻죠?"

"이름으로는 한국인인 모양인데, 린도스에서 사셨다고 하니, 그리스 거주 한국인? 아주 좋아요. 독특해요. 독특해야 먹히니까요. 소장자시니 말씀드리는데 사업적으로만 말하면 코레아 화가의 작품이 많이 남겠지요. 이 작품에 대해 아마도 극과 극으로 평가하겠지요. 이 사람들의 그림을 더 구할 수 있을까요?"

"그건 알 수 없죠. 저도 우연히 구한 것이니까요. 정말 우연이었지요."

"우연요? 정말 그렇다면 복권 당첨되셨네요."

"필연을 가장한 것이 우연이랍니다. 호호호."

"이 그림들이 진품이라면 무조건 투자에 성공하셨어요. 차 한 잔 드릴게요."

주루는 갤러리 주인과 명함을 나눴다. 녹차의 향이 은근했다. 아에로페 갤러리 우미향. 주루는 자리에 앉아 비로소 갤러리 안을 살펴보았다.

"처음에는 몰랐는데, 갤러리가 꽤 넓군요."

"쓸데없이 공간만 넓지요. 음식점을 하시나 봐요? 풍기는 이미지와는 너무 다르시네요."

우미향은 주루의 이름이 양고기 꼬치구이 전문점과 잘 어울린다고 생각하며 웃음을 참았다. 그건 주루도 마찬가지였다.

"제가 여기 대표는 아니고요. 실제 주인은 따로 있어요. 대부분 이 바닥은 다 그래요. 주인들이 자신을 드러내려고 않지요. 경영은 제가 하고요. 식당은 잘 되나요? 요즘 양고기 꼬치구이가 유행이라던데요."

"젊은 사람들이 많이 와요. 대학로에 분점이 하나 있는데, 본점보다 이익이 낫지요."

"사업장이 많은가 봐요?"

"체인점 빼고 직영점은 두 곳이지요."

"그림을 더 구할 수 있을까요?"

"쑤 화가요?"

"물론 쑤 화가의 작품도 더 있으면 좋겠고요, 코레아 화가의 것이 우선 당장 먹힐 것도 같고요. 이익이 아무래도 많이 남겠지요."

"사업이라면, 으흠 그리스를 다시 가야 하겠군요."

"제가 수집 전문가를 소개할까요? 아무래도 거래는 그쪽이……."

"생각해 보죠. 표구는요?"

"지금 당장보다는 보관도 그렇고, 그림 가짓수를 늘린 후 한꺼번에 맡기는 것이 좋겠지요. 이곳은 우리가 거래하는 표구삽니다. 친절합니다. 그림에 빛이 들어가지 않도록 잘 차단하세요."

"그럼 다시 뵙기로 하지요."

주루는 표구사 명함을 받고 갤러리 밖으로 나오며 곧장 주차장으로 향했다. 공영주차장까지 걸으며 주루는 뒤도 돌아보지 않았다. 주루는 린노스로 가시 않을 참이나. 주루는 차를 몰고 대학로 꼬치구이 식당으로 갔다. 주루가 그리스에서 돌아와 오래 전부터 생각하고 있던 사업은 그림이 있는 카페 경영이었다. 주루는 올리브나무 그림을 산 린도스 성으로 오르는 아크플라자 린노스캐슬 카페처럼 그림을 건 카페를 열고 화가들이 자신의 그림을 걸고 거래를 하는 일이었다. 마침 꼬치구이 식당 옆 골목 안의 건물이 지난 겨울부터 매물로 나와 있었다. 용역들을 소개하고 부리는 허름한 사무실로 쓰던 건물이나 세가 나가지 않아 비어 있는 지 오래고 이용 가치가 없어 달려드는 이가 없었다. 주루는 부동산 사무실로 갔다.

"자주 오시네요. 사장님, 지난 번 보신 붉은 벽돌집, 그거 사시라니까요? 가게 자리가 아니라서 그냥 비어 있지만 누가 압니까? 인사동 골목 안도 다 장사가 되잖아요. 주인 운영하기 나름입니다. 그 건물주 지금 위기예요. 부도 직전입니다. 제가 장담합니다. 오래 걸리지 않아 그 건물 경매 들어가요. 무슨 말인지 아시지요? 세입자들이 보증금으로 건물을 잡고 있어서 그렇지만 투자로는 적당합니다. 어떠세요?"

"그렇게 괜찮으면 사장님이 잡지 그러세요? 길가 2층 이런 거 없어요?"

"제가 돈이 있으면 벌써 잡았지요. 제가 어제 건물주 만났어요. 20% 다운시킬 수 있어요. 믿고 맡기세요."

"그거 2층 건물이던가요?"

"3층짜리여요. 3층이 좀 적지요. 옥상으로 조금 빼내서 거기 흡연 공간으로 내놓으면 실제 그게 그거죠. 그 공간 때문에 30% 내리자니까 그 영감 날 죽이려고 하더라고요. 워낙 급하니까 20%까지는 고개를 끄덕였다니까요?"

"그럽시다. 사장님 믿고 배팅하죠. 저녁에 꼬치구이 가게로 오세요. 제가 술 한잔 쏘죠. 거래 잘 성사시키고요. 보증금 이상 없이 다 돌리고, 아주 깨끗하게 비울 수 있지요?"

"그거야 더 말할 게 없고요. 그런데 거기에서 뭐하려고요?"

"화실요."

"화실요? 미치셨군. 화실로 그 건물을 통째로 쓰신다고요?"

"제 남편이 화가거든요. 외국에 있는데, 들어오신다고 해서 화실 내드리려고요."

"아아, 그렇군요. 화실로도 적당합니다. 물론 화실이라면 밖이 훤하게 경치도 보이고 그래야 하는 것 아닙니까?"

"그건 그렇죠. 하지만 강도 보이고, 산도 보이고 하면 부르는 대로 줘야 하니 달려들 수가 없지요. 부탁해요."

"그거 지금 당장이라도 됩니다. 건물주 부를까요?"

"세입자들까지 함께 있는 자리에서 계약하고 보증금 돌려주고 했으면 하는데요. 뒤탈이 없도록 해 주세요."

주루는 미소를 짓고 밖으로 나왔다. 꼬치 가게엔 젊은이들로 빈 테이블이 없었다. 학기말 종강 시즌이 되자 학생들은 꼬치 테이블을 신짐하고자 오진부터 몰려와 자리를 예약했다.

주루는 '린도스 성의 올리브나무'란 긴 이름의 카페를 열었다. 3층 오래된 붉은 벽돌집 안의 낡은 창을 모두 차단하고, 그리스에서 가져온 그림들을 밝히는 등과 테이블마다 놓인 조명등이 1층과 2층을 밝혔다. 3층은 화실로 남겨두있다. 주루는 침대와 작은 테이블이 전부인 그 화실에 들어올 사람을 마음속에 남겼지만, 그곳은 늘 잠겨 있는 빈방이다. 1층과 2층에는 쑤와 코레아의 그림을 걸었다. 그림을 설명하는 어떤 해설문도 없다. 다만 그 그림들은 진품이니 손대지 말고 촬영할 수 없다는 문구를 카페 문과 테이블 그림 옆에 붙였다.

주루는 혼자 어쩌다 들어오는 손님을 맞았다. 커피와 수제 맥주를 팔았고, 안주도 치즈와 간단한 과일, 견과류를 담은 마른안주가 전부였다. 입소문은 더디지만 새 학기가 시작되자 학생들이 독특한 이 새 카페를 찾아 한두 팀씩 들어왔다. 그리스 가수들의 노래를 틀었다. 학생들은 아그네스 발차의 노래를 좋아했다. 주변 대학 철학과 교수들이 왔다가 간 후 철학과 학생들이 왔고, 미술과 학생들이 왔다. 학기가 시작되고 얼마 되지 않아 테이블이 모두 채워졌다. 젊은이들이 그림을 보기 위해 골목에 줄을 섰다. 그것은 그리스에서 쑤가 이룬 성공 소식이 신문의 문화면에 오른 덕분이었다. 한 학생의 블로그에서 시작한 쑤의 진품이 그림을 촬영할 수 없는 카페에 걸려 있다는 이야기가 날개를 달고 움직였다.

아이들이 몰려간 늦은 밤 중년의 사람들이 들어온다. 그들은 그림에 대해 견해를 말하고 커피와 맥주를 마시고 돌아간다. 건물과 그림이 잘 어울린다. 젊은이들은 주루의 붉은 건물을 '린도스 성'으로 부른다. 좁은 골목은 성지 순례객들이 늘어선 거리처럼 젊은이들로 늘어섰고, 골목 자체가 카페의 한 부분이 되었다. 젊은이들은 커피를 손에 들고 그 골목에서 이야기하다가 돌아가기도 했다. 방송에서 골목을 찾아왔으나 주루는 방송 자체를 받아들이지 않았다. 카페에 빈자리를 찾을 수 없는 까닭에는 미술평론가들도 한몫했다. 한 평론가가 카페 안의 그림들을 살펴보고 그림에 대한 평가보다 그림을 상술로 이용한 카페 주인에 대해 악의적인 글을 올렸다. 그의 글에서 그림은 낮은 조명으로 그림의 진가가 훼손당하고 있다며 그림은 카페에서 나와 갤러리 전시실에 있어야 한다고 까발렸다. 그 글을 읽고 사람들이 확인하러 들렀다가 오해를 풀고 갔다. 어떤 방문객은 자신의 블로그에 실내가 조금 어두워 정확하게 그림의 가치를 느끼기 어렵다고 하면서도, 자연광을 차단한 조명등으로 밝혔고, 전자 장비를 동원한 촬영을 차단하고 있어 문제 될 것이 없다는 글을 남기기도 했다. 이래저래 주루의 카페는 젊은이들의 거리에서 예술인들의 거리로 영역을 확장했다.

  주루는 한 주일에 하루 가게 문을 닫는다. 실내조명을 밝게 올리고 차단했던 창문을 열고 실내를 청소한다. 사람들은 흔적을 남기게 마련이다. 청소 중에 그림에 보호 장비를 씌우고 주루가 직접 입회한 자리에서 청소하고 가게 문을 닫는다. 그림에 대한 평가가 오르자 그림을 보호하는 전사 경비 장치를 설치했고, 그림에 대해 보험에 가입했다. 주루의 카페가 수시로 잡지에 오르내렸다. 에우로페 갤러리 우미향 대표의 전화를 받은 것은 카페를 연 지 거의 한 해가 될 때다.

"주루 사장님의 솜씨가 대단하시군요. 그림의 가치를 그런 방식으로도 높일 수 있어 놀랐어요. 뵙고 싶은데, 시간을 내주시죠. 카페로 가겠습니다."

주루는 도발적인 우미향의 언동에 기분이 상했지만 웃으며 답했다.

"물론 대환영입니다."

우미향은 저녁 늦은 시간 두 명의 남자들과 카페로 들렀다.

"인사들 하세요. 갤러리 협회 사무국장님과 월간 ≪현장 미술≫의 김천배 기잡니다."

그들은 명함을 꺼내 건넨다.

"무슨 일로 이렇게?"

우미향은 맥주를 한 모금 마시고 무안할 정도로 빤히 주루를 본다.

"단도직입으로 말하죠. 혹시 사기 아닌가요? 시쳇말로 짜고 치는 고스톱, 뭐 이런 거 아니냐는 말이죠?"

우미향의 시비조 말투에 주루는 당황스럽다.

"무슨 말씀이시죠?"

"그 코레아 화가 말입니다. 주루 씨는 그 화가를 모른다고 하셨죠? 정말 몰라요?"

주루는 린도스에서 만난 적이 없는 코레아를 알 턱이 없었다.

"그래요. 모릅니다. 만난 적이 없으니까요. 왜 그러시죠?"

"주루 씨, 오해하시진 말고요. 화단에는 이런 일이 종종 있답니다. 그런데 이게 정말 우연의 일치라면 일치겠지요. 하지만 그렇지 않더라고요. 코레아 씨를 정말 몰라요?"

주루는 화가 났다. 코레아를 실제 모르고 있었고, 자신이 코레아를 알든 모르든 상관할 일이 아니었다.

"최영기 영사 아시죠? 아테네 영사관에서 근무했던, 그분이 지금은 암스테르담에 계셔요. 그분의 말이 주루 씨가 로도스를 방문한 목적이 코레아 씨를 만나기 위해서였다고 하더군요. 코레아 씨를 상대로 주루 씨가 혼인빙자간음으로 소송을 제기한 적이 있다고요."

주루는 순간 가슴이 답답하다. 무슨 얘긴지 알 수가 없다.

"제가 코레아 씨를 상대로 소송을 제기해요? 혼인빙자간음요? 그런 게 있어요?"

"그럼 한 가지 더 말씀드릴까요? 황우현 변호사를 아시지요?"

"황우현 변호사요?"

"왜 이러세요? 주루 씨, 황 변호사에게 의뢰하여 코레아의 통장을 거래 중지시켰잖아요. 저희가 조사해보니 코레아 씨하고 주투 씨는 홈쇼핑에서 같이 근무했고, 홈쇼핑에서 올린 중국 관광 상품에 하자가 생겨 코레아 씨가 회사를 그만두고 그리스로 간 것으로 아는데요. 좋아요. 두 분의 사적인 관계까지 저희가 말하고 싶진 않아요. 물론 이미 알게 되었지만,

저희가 알고 싶은 것은 모종의 거래가 있지 않은가 하는 겁니다. 코레아 씨의 그림을 띄워주고 이익을 얻는 일종의 속임수, 거기에 쑤 작가와 코레아 씨는 서로 잘 아는 화가더라고요. K대학의 미술과 출신으로 서로 그렇고 그런 사이였던 모양이니, 이거 잘 보면 짜고 친 장난이더란 말이지요. 아닙니까?"

주루는 할 말이 없다. 그날 전시장에서 본 화가 쑤의 모습과 그림 속의 여자 모습이 낯설지 않았는데, 그 실체가 연서라는 말이다.

"그거와 내가 그림을 구입하고 카페를 연 것과 무슨 상관이죠?"

"공정한 거래가 아니라는 거지요. 김 기자, 김 기자님 말이 맞아요. 《현장미술》에 싣고 철저하게 파서 허튼짓을 못 하게 해야지요. 주루 씨는 물론 아니라고 하겠죠. 그건 다음 일이고요."

"그 그림들은 내가 린도스 성의 아트플라자와 아테네 갤러리에서 아까 그 최 영사님의 도움을 받아 산 거예요. 도대체 뭐가 문제예요?"

"아직도 사태를 파악하지 못하시네. 이 그림의 가치를 의도적으로 조작한 거란 말이지요. 못 알아들으셨어요?"

주루는 기가 막혔다. 하지만 할 말은 해야 했다.

"김 기자님이라고 하셨죠? 내가 그림의 가치를 조작했다고요? 내가 그림을 팔았어요? 아니면 그림을 평가해달라고 부탁했어요. 내가 산 그림, 그것이 진품이든 아니든 내가 내 가게에 붙이고 장사하는 것뿐이에요. 뭐가 잘못이죠?"

슬그머니 자리에서 일어서며 김 기자는 머뭇거리다가 작심한 듯 말한다.

"잘 모르시겠지만, 우리 《현장미술》은 미술계에 만연된 그림의 가치 조작과 위작, 모작들을 집중적으로 파헤치는 잡집니다. 사실만을 보도하지요. 주루 씨의 일련의 행동이 애매합니다. 시민들의 알 권리에 해당한다는 말이지요. 오늘 확인하러 들른 것입니다. 확인은 끝났고요, 그럼, 저는 그만 자리에서 일어서겠습니다."

김 기자가 자리에서 일어서자 갤러리 협회 사무국장도 따라서 일어서서 밖으로 나갔다. 주루는 자리에 앉아 있는 우미향을 바라보았다. 갤러리에서 봤던 애초의 모습과 거래를 말하던 모습, 지금의 모습이 겹쳐 보이사 쓴웃음을 시었나.

"주루 씨, 오해는 마세요. 이 사실은 제가 제보한 것은 아니고요. 《현장미술》 취재팀이 알아내서 제가 주루 씨를 안다고 하니 사실 여부를 확인해 달라고 해서 온 겁니다. 거듭 말씀드리지만 오해 밀고요. 저도 시금 입장이 곤란해요. 주투 씨, 우리 갤러리에서 그동안 쑤 화가뿐이 아니라, 코레아 씨의 국내 전시회를 준비해 온 것도 사실입니다. 그런데 코레아 씨하고 아무리 연락하려 해도 안 되더라고요. 린도스에도 없고요.

최 영사님의 도움으로 전화번호를 알고 통화를 시도했지만 받지도 않고요. 절 조금 도와주시면 이 문제는 제가 책임지고 해결하지요. 우리 오해 풀고 다시 손을 잡지요."

"손을 잡는다는 말은 무엇을 말하는 거여요?"

"다 아시면서 그러세요. 기왕 이렇게 된 것이니 그 그림들을 모두 제게 넘기시면 자연 해결될 일입니다. 어차피 우린 쑤 화가의 전시를 기획하고 있으니 하는 말입니다. 어차피 비즈니스니까요. 물론 값은 적당히 드리겠어요. 모작이 분명하니 잘 생각하시고, 내일 아침에 전화해 주세요. 월간 잡지니까 시간 여유는 있어요. 공연히 언론에 보도되어 떠들게 되어 좋을 게 뭐 있어요. 언론 문제는 갤러리에서 다 해결합니다. 우리 갤러리 대표는 대형 언론사 사주와 직접 관련이 있거든요. 연락 기다리겠어요."

우미향이 일어서도 주루는 그 자리에서 꼼짝도 하지 않았다. 주루에게는 우미향의 이야기는 관심 밖이다. 주루가 당황한 것은 코레아의 실체가 주루가 찾고자 했던 사람이기 때문이다. 주루는 남아 있는 맥주를 마셨다. 한 떼거리 사람들이 들어왔다. 주루는 자리에서 일어나 손님을 맞았다.

"손님, 죄송한데, 가게 문 닫을 시간이 15분 정도밖에 남지 않아서 어떻게 하죠?"

"그래요? 그림 보러 왔는데, 문 닫기 전까지 그림만 보면 안 될까요?"

"그러세요. 저는 테이블들을 치워야 하니까요."

늦게 들어온 손님들은 1층과 2층의 그림들을 천천히 보았다. 그들이 그림을 보고 돌아가자 주루는 가게 문을 닫고 3층으로 올라갔다. 빈 화실. 필연을 가장한 우연. 주루는 자신이 무슨 확신이 있어 이곳 3층에 화실을 만들었는지 알 수 없다. 주루는 빈방에서 우두커니 앉아 린도스의 성과 성벽 앞의 올리브나무를 생각했다. 주루는 2층으로 내려와 쑤의 그림 앞에 앉았다.

그림 속의 여자는 연서다. 연서는 그 긴 드레스와 허름한 스웨터를 벗고 올리브나무 앞으로 다가간다. 올리브나무는 가지를 길게 늘어뜨리거나 에게해를 건너온 가는 바람만으로도 몸을 떨고 은빛을 반짝인다. 아테네 여신에 바쳐진 올리브나무는 은빛으로 떨고 있는 당산나무가 된다. 한 사내가 그 올리브나무를 그리다가 올리브나무를 끌어안는다. 올리브나무는 사내에게 속삭인다. 사내는 긴 속삭임을 듣고 성 앞에 엎드린다. 올리브나무의 그림자가 사내를 덮었다. 주루는 사내의 몸을 덮는 그림자를 치우고 싶다. 발이 떨어지지 않고, 몸을 움직일 수 없다. 주루는 이 모든 일을 가만히 바라볼 수밖에 없다. 주루는 눈앞에 벌어지는 일들이 우연이 아닌 것을 안다. 주루는 이 모든 일을 자신의 운명이라 여긴다.

주루는 우미향에게 전화를 걸지 않았다. 《현장미술》은 '린도스 성의 올리브나무'에 걸린 그림 속의 진실이란 기사를 현장 특집으로 다뤘다. 더구나 연서의 전시회 기획 기사와 함께였다. 그림을 그린 작가와 카페 주인이 암묵적 거래로 그림의 가치를 조작했을 합리적 가능성이 있다고 날카롭게 비판했다. 기사에 대해 댓글이 넘쳤다. 카페를 찾아와 직접 그림을 본 사람들도 그 기사에 놀라 이성을 잃고, 예술의 가치를 조작한 파렴치에 분노했고, 보험사는 그림에 대한 보험계약이 해약될 수밖에 없다고 알려왔다. 갑자기 카페에 손님들의 발길이 끊어졌다. 골목에 줄을 섰던 젊은 사람들의 모습도 사라졌다. 호기심 많은 사람이나 남에 대해 이런저런 말을 옮기는 것을 좋아하는 수다쟁이들이 카페로 들어와 수군대며 저희끼리 낄낄거리다가 일찍 자리에서 일어섰다. 주루는 손님이 일찍 끊기면 카페 문을 일찍 닫았고, 다음날도 어김없이 제시간에 맞춰 가게를 열었다. 쉬는 날은 쉬었고, 청소 전문 업체를 불러 청소했다. 다행히 꼬치구이 식당들은 여전히 손님들로 북적거렸다.

13
카페
'린도스 성의
올리브나무'

13

 내가 산토리니 피라에서 아테네로 가는 비행기를 탄 것은 두 해나 포도 수확이 끝난 겨울이었다. 아테네는 너무 낯설었다. 거리에는 자동차들이 넘치고 길은 좁았다. 다양한 인종들이 지저분한 얼굴로 거리를 떠돌았다. 비행장에서 멀지 않은 허름한 네오올림푸스 호텔에 짐을 풀고 곧장 쑤의 전시회를 주도한 아테네 인터내셔널 갤러리를 찾아갔다. '이르고스 포도원에서 천국으로 가는 길'과 '정교회 신부와 여인들', '린도스 성의 카페 여인' 한 점씩 두루마기처럼 말아서 들고 갔다. 갤러리는 세련되고 깔끔하다. 갤러리 안에 걸린 누드 그림들과 특별실에서 전시 중인 그림들을 둘러봤다. 특별실에 전시된 그림들은 국립아테네미술아카데미 소속 화가들의 작품이다. 탄력적인 소재와 기법은 아테네 미술의 다양성을 보여주지만 몇몇 누드 그림은 그리스 누드 그림의 전형성을 벗어나지 못했다.

 특별전을 본 후 갤러리 소장의 그림 속에 들어 있는 쑤의 그림을 보았다. '린도스 성의 올리브나무와 여인' 연작 중의 하나였다. 문득 그 그림들이 마리스의 린도스 아트플라자 갤러리에 있던 그림 중 하나라는 것과 쑤가 그곳을 다녀갔다는 생각으로 이상스레 마음이 진정되지 않고 다리가 후들거린다. 창밖을 내다볼 수 있는 의자에 앉아 있던 갤러리 직원이 다가왔다.

"혹시 원하는 그림이 있습니까?"

"아, 예, 저 그림, '린도스의 성의 올리브나무와 여인' 연작이라고 했는데 그림이 여러 점인가요?"

"열 점의 연작이 있었는데 다 팔리고 저 그림 한 점 남았지요. 팔지 않습니다. 저희 갤러리의 중요한 소장품이거든요. 저 화가의 그림을 원하시면 제가 주선할 수는 있습니다."

"그래요. 고맙습니다. 그럼, 그 화가를 직접 만날 수도 있나요?"

"그건 화가가 결정하지요. 화가의 일정을 알 수 없으니까요. 쑤는 까다롭지 않으니 만날 수는 있겠죠. 대신 서재가 싱사되어야 합니다."

나는 고개를 끄덕이고 다시 생각해 보겠다는 말을 남기고 호텔로 돌아왔다. 가지고 간 그림들을 갤러리 주인에게 보여주고 싶지 않았다. 대신 아테네 거리를 걸으며 아테네 서리가 담고 있는 이야기들을 마음속에 담았다. 큰 거리를 지났고, 좁은 폭의 거리와 골목길, 언덕 위의 성벽, 올림픽 공원, 아파트 숲의 올리브나무들을 보았다. 호텔로 돌아오자 이미 어두워졌다. 허술한 호텔의 작은 방에서 창을 통해 볼 수 있는 만큼의 멀리 떨어진 거리를 보았다. 사람들은 거리로 나와 맥주를 마시거나 담배를 피며 이야길 나눴다. 그들의 목소리는 컸고, 싸울 듯이 목청을 돋우어 이층에서 들리는 소리와 분간할 수 없다. TV를 켰다. 그리스 리그의 선두 자리를 놓고 치열한 경쟁을 벌이는 베리아 FC와 올림피아코스 CFP가 공방을 벌이고 있다. 그리스 리그는 축구 경기에 임하는 선수들의 태도가 매우 거칠다. 깊은 태클과 몸싸움을 망설이지 않는다. 그들은 모두 스파르타 군단의 전사들이다. 물러섬이 없다. 앞으로 달리고 부딪고 넘어져 나뒹굴었다. 관중들은 일어나 일제히 환호성을 지르고 당장이라도 그라운드로 내려와 선수들과 합세할 기세다. 관중석에 앉지 못하는 그들의 얼굴은 폭풍을 견디는 선원들처럼 힘이 넘치고, 용감하다. 관중들이나 선수들이나 아가멤돈의 전사가 되어 싸우기 시작하자 싸움을 전하는 아나운서는 더 목이 터져라 외친다.

좋은 자리를 잡기 위해 극장 앞으로 두 시간 전부터 몰려와 줄을 서고 떠들고 있던 사람들이 떠올랐다. 영사실 앞의 좁은 난간에서는 쇼단의 나팔수들이 줄을 서서 나팔을 불었다. 그들이 부는 반주에 맞추어 줄을 선 사람들이 노래를 불렀다. '비 내리는 호남선, 남행 열차에, 흔들리는 차창 너머로……' 나는 간판주임과 그린 세 쪽의 간판을 보고 흡족한 미소를 지었다. 사람들이 잘 그렸다든가 똑같다는 말을 들었기 때문이다. 하춘화는 내가 그렸으나 김수희는 간판주임의 몫이다. 그들 사이에 선 이주일은 정말 그리기 쉽지 않다. 아무리 세밀하게 그려도 이주일이 아닌 다른 사람이 되었다. 하지만 '저게 이주일이야?'라든가 '저 정도는 나도 그리겠다.'는 말에도 우린 기죽지 않았다. 아무렇게나 그려도 이주일은 간판에 걸린 그림이 실제 얼굴보다 낫다고 너스레를 떨었다. 문득 제민천 가의 호서극장 간판실로 돌아가고 싶다. 그곳으로 돌아가 몰려드는 사람들에게서 돈을 받고, 대만원사례를 외치고 싶다. 나는 처음으로 펑펑 울었다. 어깨가 들썩이는 것을 견딜 수 없고, 목구멍을 치고 올라오는 딸꾹질도 멈출 수 없다.

 다음날 오전 나는 공항으로 가서 이틀 후 아부다비를 거쳐 서울로 돌아가는 비행기표를 샀다. 호텔로 돌아와서 가지고 간 작품들을 챙겨 쑤의 작품을 소장한 아테네 인터내셔널 갤러리로 갔다. 갤러리의 여주인은 환한 미소로 반갑게 맞는다. 그녀는 그림을 사는 고객과 구경만 하는 고객을 구별할 수 있는 식견을 갖추고 있다.
 "다시 오실 줄 알았지요. 갤러리 사람들의 직관을 무시할 수 없지요."
 직관, 오랫동안 의지하고 살던 필연을 가장한 우연, 그 흐름에서 살던 긴 시간들이 그 한 단어로 옮겨진 듯하다.

"미안합니다. 그 직관이 조금은 다르군요. 사실 저는 제 그림을 보여주러 왔지요. 팔진 않을 겁니다. 이곳에 맡겨두고 싶어서요. 나는 오늘 돌아가거든요."

"맡겨둔다고요?"

"그렇습니다. 어렵지만 그렇게 해 주시면 좋겠습니다. 이 그림들을 쑤 화가에게 주시면 됩니다. 부득이 연락해서 그림을 가져가라고 하지 않아도 됩니다. 그저 맡아두었다가 쑤 화가가 이곳에 들르면 그때 주시면 됩니다. 그림은 세 점입니다."

"쑤 화가가 가끔 들르시거든요. 어쩌면 열흘 이내에 들를 수도 있고요. 아카데미 그림전이 끝나기 전에는 아마 들를 것이니까요. 그럼 그때 줘도 된다는 말이군요. 그렇게 하지요. 그림을 제가 좀 봐도 되겠습니까?"

여자에게 그림을 넘겼다. 여자는 둘둘 말아 놓은 그림을 펼치고 천천히 바라보았다. 한참 후에 여자는 미소를 짓는다.

"안타깝군요. 아테네를 떠나신다고요?"

"그렇습니다. 내일 떠납니다."

"저런, 제가 이 그림을 맡지 않으면 어쩌시려고 했어요?"

"맡아 주리라고 생각했습니다. 허허."

"그림이 좋군요. 잘 팔리겠어요."

"몇 년간 먹고는 살았습니다. 그리스 사람들이 그림을 좋아하더군요."

"문화를 사랑하니까요. 누구라고 메모를 남길까요?"

갤러리 여자에게 쑤에게 전할 메모를 남겼다.

「린도스에서 머문 날들이 길었지요. 필연을 가장한 우연은 내게 없었고요.」

나는 호텔로 돌아왔고, 거리에서 수블라키를 안주로 라키를 마시고 호텔로 돌아오며 달빛에 취해 흔들흔들 달빛춤을 췄다. 다음날 난 긴 비행 여정 동안 라키에 취해 계속 잠을 잤다.

주루의 카페 '린도스 성의 올리브나무'는 손님이 없는 겨울을 지냈다. 봄이 되자 하나둘 젊은이들이 다시 카페로 돌아왔다. 젊은이들이 골목 안으로 길게 줄을 서지는 않지만, 이곳을 좋아하는 젊은이들의 모임도 생겼다. 그들은 '린도스 성의 올리브나무'란 밴드를 만들었다. 밴드 회원들이 카페에서 모임을 열고 요청하면 주루는 자신이 직접 본 린도스 성의 올리브나무에 대해 이야기했다. 주루의 말을 문학을 전공한 젊은이들이 각색하여 신화로 만들었다. 그 신화는 밴드에 올라가자 순식간에 퍼졌다.

린도스 성의 올리브나무가 말했다.

「오딧세이를 알고 있지. 멈추거나 끝난 것이 아니라 전쟁은 계속되는 것이야. 아테네 여신의 운명적인 욕망이거든. 포세이든의 저주를 견딘 자가 아가멤돈만이 아니라는 것을 보여주고 싶은 군사들이 에게해를 건넜지. 물론 지금도 미국의 철갑선들이 에게해를 덮고 수시로 폭탄을 퍼붓지. 그곳이 어디든 상관없어. 아테네 여신은 아주 변덕스럽거든. 그때도 그랬어. 포세이돈을 견디고 바다를 건넌 군사들에게 아테네 여신은 운명의 칼을 던졌거든, 린도스 성은 무너지고, 성벽 앞에 아테네 여신을 위한 올리브나무가 심어졌지. 그 올리브나무는 린도스 성을 지키던 당산나무, 아마 신목이 되었다네. 그게 나야. 나라고.」

서울에 머무는 동안 '린도스 성의 올리브나무' 란 밴드를 알게 된 것은 우연이다. 대학에 근무하는 친구를 찾아갔다가 쑤의 소식을 들었기 때문이다. 아테네에서 자리를 굳힌 쑤의 서울 전시가 추진되고 있었다. 나는 숙소로 돌아와 인터넷에 쑤의 근황을 알기 위해 검색하던 중, '린도스 성의 올리브나무와 여인' 이란 쑤의 작품 이름을 검색했다. 쑤의 낯익은 작품들이 눈에 들어왔고, 그 끝에 밴드에서 올린 글이 눈에 들어왔다. 그 밴드는 회원만이 글을 검색할 수 있었으나 회원들 중 일부는 밴드에서 퍼낸 글을 자신의 블로그에 올리고 개방한 곳이 있었다. 그 회원은 올리브나무의 말을 전하고 있었다. 그 블로그를 통해 카페 '린도스 성의 올리브나무' 의 위치를 알았고 궁금한 것이 많았으나 당장 그 카페를 찾아갈 여유는 없었다.

자신을 그 밴드의 회원이라 소개한 또 다른 사람의 블로그에 올린 숱한 나무들은 그림 속의 올리브나무만이 아니었다. 블로그 운영자는 수목 전문가일지도 모른다. 그가 수목 전문가가 아니라면 나무에 대하여 그렇게 상세하게 설명할 수 없을 것이다. 혹시 전문가가 아니라면 수목을 사랑하는 사람인 것은 틀림없다. 그 블로그를 보다가 공주 제민천에 자라던 아름드리 버드나무들을 떠올렸다. 공산성 안과 성벽 둘레에 남은 거대한 상수리나무들과 학교 마당에 있던 서너 발을 합해야 겨우 한번 둘레를 안을 수 있는 등나무를 떠올렸다. 그러고 보니 내가 자란 공주 곳곳에 남은 은행나무, 왕벚나무, 버드나무, 상수리나무, 느티나무, 팽나무들은 수백 년이나 살아온 거목들이다. 문득 그 나무들 곁으로 돌아가 머물고 싶었다.

카페를 찾아간 것은 서울 생활을 정리하고 공주로 돌아가기 전이다. 카페는 대학로 인근 낡은 건물들이 모여 있는 곳이다. 카페로 들어가는 골목길에 양고기 꼬치를 전문으로 하는 식당에서 양고기를 굽는 냄새가 진동한다. 유리창으로 들여다보이는 식당 안에는 젊은이들이 테이블마다 그득하다. 로도스에서 카잔카와 처음 갔던 로도스 성 저잣거리 마르코니스의 수블라키 전문점을 떠올렸다. 물론 마르코니스의 수블라키 전문점과는 그 냄새와 다를 것이 없었다. 양고기 꼬치

겉에 칠한 설탕소스가 불에 달궈지며 풍기는 단 냄새로 그득했다. 좋은 생고기로 구웠다며 호기를 부리던 카잔카의 모습이 눈앞에 선했다. 골목 안으로 들어서자 붉은 벽돌로 지어진 낡은 3층집들은 로도스 성들과 다를 게 없다. 카페 안, 놀랍게도 어두운 실내에 집중된 벽 조명을 받는 익숙한 그림들이 붙어 있다. 내가 그린 '린도스 성의 올리브나무'들이다. 놀라 눈이 휘둥그레지고 어찌할 바를 몰랐다. 슬그머니 출입구에서 깊숙한 카페 구석 빈자리에 앉아 벽에 걸린 그림들을 보았다. 마리스의 아트플라자에서 팔린 그림이다. 순간 주방에서 나오는 여인과 마주쳤다. 주루다. 나는 자리에서 벌떡 일어섰다. 주루도 그 자리에서 조금도 움직이지 않는다. 짧은 시간이지만 주루는 팽팽한 긴장감으로 이마를 찡긋거린다.

"혹시 맥주도 됩니까?"

"그리스 맥주 리토스가 있지요. 자리에 앉으세요."

주루는 한참 후에 양고기 꼬치와 함께 리토스 캔맥주를 가져왔다.

"코레아, 방문해 주셔서 영광이어요. 양고기 꼬치는 린도스와는 맛이 좀 다르지만, 혹시 괜찮다면 써비스로 제공하지요."

나는 주루를 가만히 쳐다보았다.

"코레아? 내가 코레아인 걸 알고 있었소? 그런데도 그냥 돌아갔다는 말이오?"

"그땐 전혀 몰랐지요. 아테네로 돌아와 영사의 말을 듣고도 짐작하지 못했지요. 서울로 돌아와 쑤 화가의 전시를 준비한 갤러리를 통해 알았지만, 다시 로도스로 돌아갈 순 없었어요. 내가 들어설 자리가 없어 보이더군요."

나는 고개를 끄덕였다.

"그런 줄도 모르고, 난 로도스 파라다이스블루호텔 카페에서 오후 내내 기다렸소."

"난 줄 아셨어요?"

"아니, 몰랐소. 당신은 이미 한국으로 돌아갔더군."

"그게 운명일지도요. 그곳에는 당신의 흔적이 곳곳에 있더군요."

더는 아무 할 말이 없다. 주루의 사업이 잘 되는지, 그간 어떻게 지냈는지도 묻지 않았다. 미토스 맥주를 벌컥벌컥 마시고, 양고기 꼬치를 먹었다. 늦은 시간이다. 카페에 남아 있던 손님들이 모두 돌아갔다. 주루는 2층에 설린 쑤의 그림도 보여주었다. 두 점은 보지 못한 그림이다.

"쑤 화가의 저 그림 두 점을 산 후 전시회에 갔었지요. 연서 씨는 인터뷰에 바쁘더군요. 예쁘고 자신만만하여 부럽더군요. 나하고는 다르다고 생각했지요. 내가 비집고 들어갈 자리가 없어서 슬프긴 했지만, 사 온 그림들만으로도 충분했어요. 작은 카페니까요."

"중국으로 가진 않았군요?"

"한국인이니까요."

주루는 3층으로 안내했다. 화실이다. 빈 공간. 침대가 있고, 화구들이 있고, 한국을 떠날 때 오피스텔에 남겨두었던 그림들이 고스란히 있다.

"이 그림들은 어찌 된 거요?"

서울로 돌아와서도 오피스텔에 두었던 물건들을 잊고 있었다.

"변호사 사무실에서 당신을 추적하니 오피스텔이 하나 나오더군요. 찾아갔더니 세도 밀리고, 관리비도 밀렸다고 투덜거리기에 대납하고 물건들을 이곳으로 옮겨왔지요. 언제든지 가져가셔도 돼요. 부장님께서 그림 그리는 줄은 정말 몰랐어요."

"먹고 살았으니까."

"아주 들어온 거여요?"

"공주로 가서 작은 화실을 내려고."

"언제 나도 그려줘요. 누드는 싫어요."

공주로 돌아왔다. 호서극장은 문을 닫은 지 오래다. 극장 간판 그림이 붙었던 자리는 텅 비고 너덜너덜 떨어져 나간 시멘트 덧칠이 화려하던 과거의 흔적을 감추고 있다. 극장 뒤 골목 안으로 들어갔다. 골목 안 담벼락에는 지저분한 오물들이 뒤섞여 발을 디딜 틈조차 없고, 흰 벽에는 검은 락카로 그린 잡다한 낙서들이 그득하다. 간판실로 드나들던 문은 삭아 흐트러져서 당장이라도 무너져 내릴 것 같다. 문은 안에서 굳게 쇠줄로 단단히 잠겨 있다.

극장이 보이는 천오백 년 전 대통사의 이름을 가진 대통교 건너 이층을 얻어 화실 겸 살림방으로 썼다. 제민천을 걸어 학교로 오가는 아이들이 다리 인근의 떡볶이와 어묵을 파는 집에 아침부터 저녁까지 수시로 들락거린다. 화실의 입구에 고등학생 이하는 출입을 금한다는 경고문을 써 붙였다. 학부모들의 공연한 오해를 막기 위해서다. 공산성과 우금티, 장마루, 경천, 신풍, 마곡 당산나무가 있는 곳이면 어디나 찾아다녔다. 화실은 당산나무들로 그득하다. 화실의 공간마다 자리를 차지했던 당산나무들은 새로운 그림들로 그려질 때마다 서로 어깨를 걸치고 겹쳐 세워졌고 하나같이 우람하고 당당하다.

여러 곳의 당산나무를 찾아다니다가 아이들이 없는 동네에 우두커니 서 있던 당산나무들이 하나같이 생명력을 잃고 고목이 되어 죽어가는 것을 보았다. 참으로 이상한 일이다. 당산나무 위로 아이들이 올라가는 것을 막았던 노인들은 고목이 되어버린 당산나무를 올려다보며 혀를 찼다. 그 고목 아래에 와서 자리를 잡고 쉬는 이도 없고, 심지어 목을 맸다는 소문도 사라졌다. 당산나무는 이젠 신복이 아니다. 간간히 고목을 잘라 실내 가구를 만드는 이들이 마을을 드나들며 신목을 잘랐다. 그들 누구도 해코지를 당하는 이가 없다. 신들은 어느새 당산나무를 떠났다.

고통스럽다. 당산나무가 하나씩 사라질 때마다 잇몸이 시린 통증으로 시달리다가 이를 뽑았다. 단단했던 치근이 불쑥 뽑히자 시린 통증도 사라지고 입안이 개운하다. 신목이 떠난 마을은 계절이 바뀌면서 노인들이 한꺼번에 여럿 죽었다. 사람들은 신목 탓이 아니라 미세먼지로 호흡이 어려워졌다거나 지하수가 오염되어 여러 암이 창궐한다는 이야길 들으며 서둘러 자기의 집으로 돌아갔다. 혼자 빈방을 지키며 노인들은 자신도 죽을 차례가 되었다며 자식들에게 전화를 걸지만, 자식들은 대개 전화를 받지 않는다. 마을의 노인들은 눈을 감을 때가 되자 마지막 힘을 내어 보건소에서 연결해 준 비상 연락 신호를 보낸다. 119 응급구조대 차량이 달려와 노인들만 남은 마을에서 반송장이 된 노인들의 죽음을 지키고, 장례식장이 딸린 의료원으로 데려갔다. 당산나무가 있는 마을에는 아이들을 데리러 어린이집을 겸한 학원버스들이 신목 아래에서 기다리다가 아이들을 싣고 시내로 달렸다. 당산나무는 아이들이 돌아오는 저녁까지 가지를 키우고 그늘을 늘렸다. 하루를 마치고 돌아온 아이들은 버스에서 내리자마자 신목 앞에 몰려 재잘거리며 놀다가 집으로 돌아갔다.

쑤의 서울 전시가 열렸다. 앞 다투어 몰린 미술평론가들이 쑤와 인터뷰를 했다. 미술 잡지들은 그리스에서 성공한 여성 작가의 작품을 기획특집으로 다루었다. 쑤는 초기 작업의 실

마리가 학원 수강생이던 학생이 그리던 공산성 상수리나무라고 밝혔다. 눈치 빠른 기자들이 공산성 진남루 앞 상수리나무로 몰렸다. 진남루에서 쉬던 노인들은 갑작스럽게 몰린 사진사들이 낯설지만 제각각 기억을 되살렸다.

"아마 새끼 나무로 이어진 것까지 합하면 천 년은 족히 넘겼지 싶네. 영험하다고 소문이 나서 사람들이 와서 늘 빌었어. 시에서 금줄을 벗겨내고 보호수로 지정하자 사람들이 모이질 않아."

어느새 사람들을 지켜주던 당산나무는 사람들의 보호를 받는 존재가 되었다. 구차해진 신들은 당산나무를 떠났다. 사람들은 누구도 공산성 당산나무에 와서 소원을 빌지 않는다. 나무의 가지가 시들고 썩자 한쪽 가지를 베어냈다. 나무는 중심을 잃고 휘청거렸다. 보호수를 관리하는 부서 사람들이 인부를 불러 나무에 받침목을 세웠다. 당산나무는 사람들의 속을 썩이는 애물이 되었다.

쑤는 그림을 팔고 아테네로 돌아갔다. 나는 작품으로 그릴 당산나무를 더 찾을 수 없었다. 누드를 원하는 사람들도 없다. 빈 화실에 처박혀 창밖을 보는 일로 시간을 보냈다. 그 겨울, 눈이 유독 많이 내리고, 제때 눈 더미를 치우지 못한 길은 마비 직전이다. 눈을 보러 우연히 들른 진남루에서 고목의 굵은 가지가 쌓인 눈 더미를 견디지 못하고 부러진 것을 보았다. 나무는 한쪽으로 더 기울어졌다. 사람들은 그 나무를 멀리 피해서 위태로운 성벽으로 돌아다녔다. 그날 성을 내려와 시장 순댓국집에서 정신을 잃을 때까지 술을 마시고 제민천 길을 걸어 화실로 돌아왔다. 새벽이 되었을 때 펑펑 우는 목소리의 전화를 받았다. 주루였다.

"제 누드를 그려주세요. 지금 공주로 가고 있어요."

창문을 활짝 열었다. 차가운 바람이 제민천에 쌓인 눈을 흩뿌리며 몰려들었다. 나는 술을 깨려고 찬물로 샤워를 했고, 화실 난로의 온도를 높여 실내 공기를 덥혔다. 얼굴이 달아오르고 온몸이 나른했다.

주루는 옷을 벗고 의자에 앉았다. 나는 진남루 앞, 가지를 부러뜨린 당산나무를 바로 세웠다. 당산나무는 눈이 그득한 가지를 툭툭 털고 새잎을 피웠다. 거무튀튀하던 나무줄기에 햇살이 비취자 은빛으로 반짝이며 살아서 꿈틀거린다. 성벽 낮은 곳에서 바람이 불자 주루가 머리칼을 날리며 당산나무를 감싼다. 당산나무는 활짝 세상을 열고 주루를 맞는다. 주루는 미소를 지으며 당산나무 안으로 성큼 걸어 들어간다. 나는 눈을 가늘게 뜨고 당산나무를 보았다. 벌거벗은 주루가 당산나무가 되어 내 앞에 섰다. 비로소 당산나무를 그리기 시작한다. 나뭇잎 하나하나 반짝이는 은빛이 세상을 덮는다. 그것은 린도스 성의 올리브나무다. 의아한 눈으로 그림을 보았다.

당산나무가 몸을 떨다가 환하게 미소를 짓는다. 주루다. 그날 나는 주루의 곁에서 깊은 잠을 잤다. 〈끝〉

■■■ **작가의 말**

　그리스 로도스는 신들의 속삭임이 현실에서 어우러지는 곳이다. 로도스 동남쪽 끝 린도스 성에 기둥과 일부 벽이 남은 아테네 신전 바닥을 뚫고 사는 올리브나무는 작가가 살고 있는 공주 공산성의 느티나무와 다를 게 없다. 느티나무는 금줄을 두른 당산나무의 흔적을 지닌다.

　사람들이 뒤를 돌아보게 되는 것은 흔적이 남았기 때문이다. 그 흔적이 이야기가 되어 흐를 때 비로소 작가는 눈물로 받아들인다. 작가의 문을 열고 선뜻 들어서는 이들을 사뭇 그리워하는 것은 그들이 강을 건너고, 바다로 나가 고독한 그곳을 향하기 때문이다.

　그리스 여행에서 돌아온 몇 해 동안 공산성을 걸었다. 공산성에서 그림을 그리는 이들을 보았다. 문득 그림을 글로 쓸 수 있으면 하는 바람이 있었다. 그림을 그리고 꼬리잡기 놀이를 하는 아이들이 이 소설의 주인공들이다. 우리의 삶이 놀이의 연속이라면 참 좋겠다는 생각이다.

　이 소설 『린도스 성의 올리브나무』를 「도서출판 〈등〉」 소설선 첫 작품으로 올리게 되어 기쁩니다. 또 걱정이 앞서지요. 늘 마수걸이는 간절합니다. 새 하루를 열기 때문이거든요. 독자들의 관심은 작가의 난전을 여는 마수걸이입니다. 고맙습니다.

2021. 6. 공주 공산성을 걸으며 김홍정

린도스 성의 올리브나무

첫판 1쇄 펴낸 날 2021년 6월 20일

지은이 · 김홍정
펴낸이 · 유정숙
펴낸곳 · 도서출판 등
기　획 · 유인숙
관　리 · 류권호
디자인 · 김현숙
편　집 · 김은미, 이성덕

ⓒ 김홍정 2021

주　소 · 서울시 노원구 덕릉로 127길 10-18
전　화 · 02.3391.7733
홈페이지 · dngbooks.co.kr/밝은.com
이메일 · socs25@hanmail.net

정 가 · 15,000원

■ 이 도서는 한국문화예술위원회의 2020년도 아르코문학창작 지원사업에 선정되어 발간된 작품입니다.

• 이 책은 저작권법에 따라 보호받는 저작물이므로 무단 전재와 무단 복제를 금합니다.
• 이 책의 전부 또는 일부를 이용하려면 저자와 도서출판 〈등〉에 동의를 받아야 합니다.
• 이 책에 쓰인 그림은 정해진 절차에 따라 저작권자의 동의를 받아 사용하였습니다.